FRIDA MEY

Manchmal muss es eben Mord sein

atb aufbau taschenbuch

Hinter Frida Mey verbergen sich Friedlind Lipsky und Ingeborg Struckmeyer, die ihre Figuren am liebsten gemeinsam um die Ecke bringen. Friedlind Lipsky arbeitet als Journalistin und lässt sich von den Abgründen ihres Umfelds zu ihren tödlichen Einfällen inspirieren. Ingeborg Struckmeyer lebt in München und sammelte ihre Mordserfahrung in Kurzgeschichten, die mehrfach ausgezeichnet wurden.

Mehr unter www.fridamey.de

Wer andere schikaniert, lebt gefährlich – zumindest in der Umgebung von Elfriede Ruhland, die als freiberufliche Office-Managerin von Büro zu Büro zieht. Dank ihr werden Arbeitsabläufe optimiert, Papierberge und Büroleichen aller Art verschwinden einfach. Denn ganz nebenbei, immer mit einem Lächeln auf den Lippen, entsorgt Elfie kurzerhand die wahren Problemfälle eines jeden Unternehmens – despotische Deppen mit Entscheidungsgewalt, intrigante Zicken, fiese Vorstandsmitglieder und perfide Controller. Wer auch immer auf seinen Untergebenen rumhackt, wird von Elfie mit geschickt inszenierten »Unfällen« aus dem Weg geräumt. Ordnung muss schließlich sein. Doch dann geht etwas schief, und die junge Kommissarin Alex kommt ihr auf die Fährte. Obwohl die eigentlich ganz andere Sorgen und ebenfalls mit einem echten Drachen zu kämpfen hat – mit der herrischen Tante Lydia ihres Freundes Hubert, die mitsamt Mops bei ihnen einzieht und die sie nur zu gern zum Schweigen bringen würde.

FRIDA MEY

Manchmal muss es eben Mord sein

EIN BÜRO-KRIMI

atb aufbau taschenbuch

FSC
www.fsc.org
MIX
Papier aus verantwortungsvollen Quellen
FSC® C083411

ISBN 978-3-7466-2868-4

Aufbau Taschenbuch ist eine Marke der
Aufbau Verlag GmbH & Co. KG

2. Auflage 2013

Umschlaggestaltung Mediabureau Di Stefano, Berlin
unter Verwendung eines Motivs von MHJ / iStockphoto
Satz LVD GmbH, Berlin
Druck und Binden CPI – Clausen & Bosse, Leck
Printed in Germany

www.aufbau-verlag.de

Prolog

Das Adrenalin pumpte auf Hochtouren durch ihren Körper. Sie hatte Mühe, sich auf den Verkehr zu konzentrieren.

Ihre Gedanken überschlugen sich, kehrten jedoch immer wieder zu demselben Schluss zurück:

Es gab für alle Probleme eine Lösung!

An der nächsten roten Ampel blickte sie in den Rückspiegel und lächelte sich zu. Das neue Poloshirt stand ihr wirklich gut.

Lauthals begann sie zu singen. Als sie in ihre Straße einbog, schmetterte sie ihre Lieblingsmelodie aus »Carmen«:

»Auf in den Kampf, Tore-e-e-ero …«

Schwungvoll nahm sie die letzte Kurve – da stand er am Ende der langen Auffahrt und grinste sie an.

Automatisch stieg sie auf die Bremse, einen Moment lang zögerte sie.

»Es gibt für alle Probleme eine Lösung!«, sagte sie mit fester Stimme.

Dann trat sie das Gaspedal bis zum Anschlag durch.

1

Endlich mal wieder eine ordentliche Beerdigung. Wohlwollend ließ Elfie ihren Blick über die Trauergemeinde schweifen und zählte sechsundvierzig Personen – genau richtig für die Kapelle am Waldfriedhof. Einige mussten zwar stehen, doch das sorgte erst für die richtige Atmosphäre.

Nicht nur die Anzahl der Trauernden fand Elfies Wohlgefallen, sondern auch deren stilvolles Auftreten. Ausnahmslos alle trugen Schwarz, wie es sich gehörte. Das ließ sich gut an.

Der Pfarrer sprach über das Leben und Sterben, über Abschiednehmen und Trauer. Elfie gefiel seine eher philosophische Sichtweise. Wie oft hatte sie bei diesen Gelegenheiten schon salbungsvolles und inhaltsleeres Geschwafel hören müssen. Genauso verabscheute sie die Anbiederungsversuche mancher Geistlicher, die so taten, als ob sie den Verstorbenen gut gekannt hätten, und ihn womöglich in den Himmel lobten. Wie erfrischend, dass hier nichts von alldem stattfand. Denn bei einem Fiesling wie Martin Morgenstern gab es dazu auch nicht den geringsten Anlass, wie übrigens bei den meisten Controllern nicht.

Als die Musik einsetzte und die Sopranistin das »Ave Maria« sang, merkte Elfie, wie sich tiefe Ergriffenheit bei der Trauergemeinde ausbreitete. Auch sie selbst verspürte einen Kloß im Hals, hinter ihren Lidern brannte es. So glockenrein und mit echtem Gefühl hatte Elfie das »Ave Maria« noch nie gehört. Offensichtlich hatten die Hinterbliebenen nicht gespart und eine ausgezeichnete Opernsängerin engagiert. Wahrscheinlich konnten sie ihr Glück kaum fassen, dachte Elfie bei sich, sie hatten nun allen Grund zu feiern.

Sechs distinguierte Herren traten nach vorn und hoben den Sarg an. Das mussten Morgensterns Bekannte aus dem Rotary-Club sein. Auch sie hatte jemand mit Sorgfalt ausgewählt. Sie waren alle ungefähr gleich groß und schritten gleichmäßig und würdevoll dahin. Was für ein schönes Bild.

Die Familie wirkte sehr gefasst, vor allem die Witwe. Kein Wunder, Frau Morgenstern war deutlich jünger als ihr Mann. Sie konnte jetzt noch einmal ganz von vorn beginnen.

Am Grab sprach der Pfarrer noch ein paar kurze Worte. Als er den »tragischen Unglücksfall« erwähnte, brach ein Sonnenstrahl durch den wolkenverhangenen Märzhimmel. Elfie konnte nur mit Mühe ein Kichern unterdrücken. Schnell zog sie ihr Taschentuch hervor und kaschierte ihre Belustigung mit einem Hüsteln. Wie immer trat sie als Letzte an das Grab und warf eine schwarze Rose auf den Sarg. Diesmal hatte sie eine mit extra vielen Dornen ausgesucht. Dann häufte sie mit der Schaufel so viel Erde wie möglich auf und warf sie schwungvoll hinterher. Erde zu Erde. Adieu, Martin Morgenstern.

Mit sich und der Welt im Reinen, verließ Elfie den Friedhof. Es war immer ein erhebendes Gefühl, ein Projekt erfolgreich beendet zu haben. Und diese würdevolle Beerdigung hatte den krönenden Abschluss gebildet. Einen Moment lang überlegte Elfie, ob sie noch bei Ludwig vorbeischauen sollte. Aber Mittwoch fiel nicht in ihre üblichen Besuchszeiten, das würde ihn nur verwirren. Sie konnte ihm auch morgen noch von dem wunderschönen Begräbnis erzählen. Und übermorgen würde sie mit ihrem neuen Auftrag bei der Sekuranz-Versicherung beginnen.

2

»Gestatten, mein Name ist Ruhland, Elfriede Ruhland. Ich bin hier, um Ordnung zu schaffen.« Mit einem Lächeln übergab Elfie ihre Visitenkarte.

»Toll, dass Sie da sind. Ich bin Jenny Lehmann, die Assistentin von Frau Schicketantz. Sie ist zurzeit außer Haus. Aber ich werde Ihnen alles zeigen.«

Die junge Frau warf einen Blick auf die Visitenkarte. »*Ordnung ist das halbe Leben*«, las sie Elfies Slogan. »Na, dann leben wir hier wohl in der anderen Hälfte. Unsere Ablage versinkt im Chaos. Kommen Sie, Ihr Platz ist da hinten.«

Mit traumwandlerischer Sicherheit schlängelte sich Jenny Lehmann zwischen den Schreibtischen hindurch, von denen man vor lauter Aktenstapeln kaum etwas sehen konnte. Ein großer Tisch am Fenster war mit Ablagekörben und farbigen Mappen übersät. Schnell nahm Jenny einen Stoß Akten vom Schreibtischstuhl, sah sich suchend um und packte die Mappen dann auf einen ohnehin schon schwindelerregend hohen Turm, der augenblicklich ins Wanken geriet. Automatisch streckte Elfie die Hände aus, doch wider Erwarten fiel der Stapel nicht um.

»So, das ist Ihr Arbeitsplatz. Gleich hier finden Sie die Ordner, in die alles einsortiert werden muss.«

Jenny zeigte auf Regale, die eine ganze Wand des Großraumbüros vom Boden bis zur Decke füllten, und eine riesige Hängeregistratur dem Fenster gegenüber.

»Wie aufmerksam von Ihnen, dass Sie mir einen Tisch ans Fenster gestellt haben. Da ist das Licht so gut«, sagte Elfie.

Jenny errötete. »Das war eigentlich eher Zufall.«

»Nein, das sollte so sein. Zufälle gibt es nicht im Leben, Frau Lehmann.«

»Sagen Sie doch Jenny zu mir, das tut hier sowieso fast jeder. Und damit fühl ich mich auch wohler.«

Elfie nickte. »Aber gern, wenn Ihnen das lieber ist, Jenny.«

Als Jenny im Slalom zu ihrem Platz zurückging, schaute Elfie ihr interessiert nach. Wie einfallsreich sich die jungen Leute heute doch anzogen – diese verschiedenen Schichten übereinander. Jenny bevorzugte offenbar Geblümtes in allen Variationen, was ihr mädchenhaftes Aussehen vorteilhaft unterstrich. Ihre hellroten Haare und ihr blasser Teint ließen sie zerbrechlich wirken. Doch die unzähligen Sommersprossen verliehen ihr etwas Pfiffiges und ließen Elfie an ihren Ludwig denken.

Elfie ging von Tisch zu Tisch und stellte sich den anderen Mitarbeitern vor. Dann strich sie ihren Faltenrock glatt und machte sich an die Arbeit. Davon war reichlich vorhanden. Es gab weder eine alphabetische Ordnung noch ein nach Farben gegliedertes System, nicht einmal Inhaltsverzeichnisse. In diesem Aktenchaos konnte sich wirklich kein Mensch zurechtfinden.

Zunächst aber nahm sie aus ihrer Tasche das Handwerkszeug, das sie nach den Erfahrungen der Vergangenheit immer selbst an einen neuen Arbeitsplatz mitbrachte. Sie sortierte alles in die Schubladen: farbige Stifte, Lineal, Scheren,

Anspitzer, Radiergummis, Alleskleber, Büroklammern. In ein kleines Fach in der Mitte legte sie ihren Füller mit der Goldfeder, ein Geschenk von Ludwig.

Nun brauchte sie nur noch einen vernünftigen Locher. Hilfesuchend schaute sie zu Jenny Lehmann hinüber. Die merkte gleich auf und trat sofort vor Elfies Schreibtisch.

»Kann ich Ihnen helfen?«

»Ja, ich brauche dringend einen stabilen Locher.«

»Am besten Sie rufen direkt das Lager im Keller an. Wird von Herrn Bender betreut. Er hat die Durchwahl siebenacht. Ich geh aber auch gern runter und hol Ihnen den Locher rauf.«

Jenny flitzte los und war in wenigen Minuten mit einem großen schwarzen Locher zurück.

Elfie strahlte. »Sie sind ein Schatz! Zum Dank richte ich Ihnen ein wunderbar übersichtliches System ein.«

»Das wäre klasse, wenn man endlich mal auf Anhieb was finden könnte.«

»Das werden Sie bestimmt, das verspreche ich Ihnen.«

Als Erstes nahm sich Elfie die Ablagefächer vor, und allmählich wuchsen auf ihrem Tisch akkurat geordnete Stapel in die Höhe. Ab und zu sah Elfie über ihre Lesebrille hinweg auf ihre neue Umgebung. Eigentlich mochte sie Großraumbüros nicht so gern. Das ständige Telefonklingeln und Tastaturgeklapper sorgten oft für eine erhebliche Geräuschkulisse. Aber hier gefiel es Elfie. Ein voluminöser Gummibaum, ein gelbgrüner Ficus sowie ein großblättriger Philodendron und einige Zimmerpalmen schluckten die Geräusche und lenkten von den kalten grauen Metallschreibtischen ab. Außerdem hatte Elfie trotz der üppigen Pflanzen alle Mitarbeiter im Blick, was bei ihrer Arbeit ein unschätzbarer Vorteil war. Alles in allem herrschte in diesem Büro eine betriebsame und arbeitsreiche, aber durchaus harmonische Atmosphäre. Elfie seufzte zufrieden und widmete sich weiter ihren Stapeln.

Während Elfie die letzten Blätter der Ablage einsortierte, wurde es totenstill im Büro. Sie blickte verwundert auf. Auch das Licht schien trüber geworden zu sein. Sie sah zum Fenster. Strahlender Sonnenschein! Nun nahm Elfie das Klackern hoher Absätze wahr, das immer lauter wurde. Alle verschanzten sich hinter ihren Akten. Nur Jenny sprang auf und eilte zur Tür.

»Guten Morgen, Frau Schicketantz«, sagte Jenny zu der hereinstöckelnden Dame. Das also war die Abteilungsleiterin.

Ohne nach links oder rechts zu sehen, ging diese grußlos auf ihr Büro zu, ließ ihr rotgepaspeltes schwarzes Wollcape von den Schultern gleiten. Jenny konnte es gerade noch auffangen. Elfie schob ihre Lesebrille auf die Nasenspitze und sah über den Brillenrand hinweg die schmale Silhouette der Vorgesetzten in ihrem Büro verschwinden.

»Wo sind die Unterlagen im Fall Schobert?«, scholl es schrill durch die offene Tür. »Wie lange soll ich eigentlich noch darauf warten? Herrgott, Frau Lehmann, gehen Sie mir doch aus dem Weg. Haben Sie mein Cape endlich aufgehängt? Das dauert wieder. Kein Wunder, dass Sie nichts geschafft kriegen. Also, wo sind die Unterlagen Schobert! Herr Weber, brauchen Sie eine schriftliche Einladung?«

Im hintersten Winkel des Großraumbüros erhob sich ein junger Mann so hastig, dass sein Stuhl gegen die Wand krachte.

»Was ist denn das schon wieder für ein Lärm! Nicht zum Aushalten! Sollte heute nicht diese Office-Managerin anfangen? Statt nur für Ordnung könnte sie auch gleich für Ruhe sorgen!«

Elfie sah mitleidig zu Herrn Weber hinüber. Der junge Mann war blass geworden. Die Akte, die er in Händen hielt, fiel zu Boden, einzelne Blätter flatterten umher. Hektisch griff er nach ihnen und stürmte los.

»Na endlich! Was ist das eigentlich für ein Laden, den ich übernommen habe? Das reinste Chaos! Frau Lehmann, schicken Sie mir diese komische Ordnungstante rein. Und machen Sie mir einen Kaffee. Aber dalli!«

Jenny blickte mit verzweifeltem Gesichtsausdruck zu Elfie herüber, hob hilflos die Schultern. Elfie stand auf und ging in das Büro der Abteilungsleiterin. Als sie an Jenny vorbeikam, lächelte sie ihr aufmunternd zu und drückte ihre Hand. Sie war eiskalt.

»Darf ich mich vorstellen? Ich bin Elfie Ruhland. Hier ist meine Karte. Ich organisiere in den nächsten Wochen Ihr Büro.«

»Wunderbar, es ist dringend nötig, dass hier mal jemand gründlich aufräumt. Mein Vorgänger hat mir ein heilloses Durcheinander hinterlassen. Und ich muss jetzt sehen, wie ich damit fertig werde.« Nadine Schicketantz' Lächeln erinnerte Elfie an eine Raubkatze, die sich auf ihre Beute freut. Ihr Lippenstift passte genau zu ihrem roten Kostüm. »Also, ich hoffe, dass Sie die Arbeitsabläufe dieses Büros binnen kurzem neustrukturiert und optimiert haben. Dieser Laden muss endlich zum Laufen gebracht werden, damit ich den Rücken frei habe und mich um die strategischen Aufgaben kümmern kann.«

Elfie legte den Kopf schief.

»Ein bisschen wird es schon dauern, bis hier Ordnung herrscht«, meinte sie.

»Nun, wie dem auch sei«, sagte Nadine Schicketantz, »Frau Lehmann soll Ihnen zur Hand gehen. Obwohl es dadurch sicher nicht rascher geht. Die junge Dame ist weiß Gott nicht die Schnellste. Wo bleibt mein Kaffee?!«

Jenny balancierte das Tablett mit Tasse, Milch und Zucker zur Tür herein. Ihre Hand zitterte, und unter den strengen Augen von Nadine Schicketantz verschüttete sie ein wenig Kaffee, der prompt auf ihr Kleid schwappte.

»Nicht einmal das können Sie!«, spottete Nadine Schicketantz. »Um den Kaffee ist es schade, um Ihr Kleid weniger. Wo kann man eigentlich solche Fummel kaufen? In der Gärtnerei? Klar, dass Sie die Blumen gießen müssen.« Sie lachte laut über ihre eigene Bemerkung.

Jenny war noch blasser geworden. Ihre Sommersprossen funkelten im Wettstreit mit den pinkfarbenen Blümchen ihres Kleides.

»Ach, mir gefällt, wie sich die jungen Leute heute kleiden«, sagte Elfie und lächelte Jenny zu, deren Gesicht sich aufhellte.

Nadine Schicketantz' Lächeln dagegen verschwand, ihr roter Mund wurde zu einem schmalen Strich.

»Frau Lehmann, bringen Sie mir einen frischen Kaffee. Und dann an die Arbeit! Ich gehe davon aus, dass Sie meinen Bericht abgeschlossen haben, und erwarte ihn auf meinem Schreibtisch.«

Als Elfie zurück zu ihrem Tisch ging, stellte sie fest, dass sämtliche Mitarbeiter mit gesenkten Köpfen dasaßen. Nachdenklich strich Elfie über die Kette ihres Medaillons und holte ihr Notizbuch aus der Tasche. Sie blätterte durch die vielen eng beschriebenen Seiten und schüttelte den Kopf. Bisher war es erst ein einziges Mal vorgekommen, dass sie schon am ersten Tag ein neues Projekt in Angriff hatte nehmen müssen. Auf eine leere Seite schrieb sie in Druckbuchstaben »NADINE SCHICKETANTZ« und unterstrich den Namen zweimal. Den Rest der Seite unterteilte sie mit einem schwarzen Mittelstrich. Über die linke Hälfte setzte sie ein grünes Pluszeichen, über die rechte ein rotes Minuszeichen. Darunter kam der erste Eintrag – natürlich ein Minus, das Elfie mit Datum und Uhrzeit versah.

Genug für heute. Gegen 18 Uhr klappte Elfie den Ordner zu. Sie streckte sich und rieb sich die Augen. Sie hatte ganz schön was geschafft. Ihr Schreibtisch war fast leergeräumt. Morgen würde sie sich den Akten auf den Fensterbänken widmen. Sie sah über die Papierstapel hinweg, die sich vor ihrem Schreibtisch türmten.

Außer ihr war niemand mehr im Raum. Jenny war vor ein paar Minuten im Büro der Abteilungsleiterin verschwunden und hatte die Tür hinter sich geschlossen. Es war nur undeutliches Gemurmel zu hören.

Plötzlich keifte Nadine Schicketantz los.

»Wie stellen Sie sich das vor? Meinen Sie, ich hätte Lust, wegen Ihrer Trödelei meine Chancen in der Firma aufs Spiel zu setzen? Sie wollen meine Assistentin sein? Sehen Sie bloß zu, dass Sie fertig werden! Übermorgen will ich den Bericht haben, aber diesmal muss er präsentabel sein. Und jetzt gehen Sie mir aus den Augen. Ich kann Ihr Blümchengesicht nicht mehr sehen!«

Die Bürotür öffnete sich. Jenny stürmte heraus. Ihre Schultern zuckten.

Elfie folgte ihr in die Teeküche und nahm sie tröstend in den Arm. »Sie Arme! Hier, bitte.« Sie hielt Jenny ein Stofftaschentuch hin. Jenny entwand sich ihr, riss ein Stück Papier von einer Haushaltsrolle ab und putzte sich die Nase.

»Geht schon wieder«, murmelte sie. »Aber es ist gemein, wie die Schicketantz sich aufführt. So oft habe ich schon Überstunden gemacht, Dateien und Statistiken für sie aufbereitet und ihr meine Vorschläge präsentiert. Sie bedankt sich nicht einmal – im Gegenteil, sie macht mich nur runter. Und dann geht sie noch zur Geschäftsleitung und verkauft meine Ideen als ihre. Gemein, einfach gemein!«

Jenny schluchzte noch einmal auf. Elfie strich ihr über den Rücken.

»Soll ich Ihnen einen Tee machen?«

Elfie blickte auf das hölzerne Kästchen mit den Teebeuteln, das auf der Arbeitsplatte stand. Earl Grey, Hibiskus, Rooibos, Melisse, Kamille – in wildem Durcheinander. Sie drehte die Papiertütchen so herum, dass man die Aufschrift lesen konnte, und reihte sie sorgfältig hintereinander.

»Vielleicht einen Kamillentee? Der beruhigt.«

»Bloß nicht!« Jenny schüttelte sich. »Den musste ich immer bei meiner Großmutter trinken, wenn ich krank war. Scheußlich! Aber trotzdem danke. Am besten gehe ich jetzt einfach nach Hause.«

»Dann tun Sie sich wenigstens dort etwas Gutes. Trinken Sie einen heißen Kakao, und denken Sie nicht mehr an die Firma. Morgen sieht die Welt schon wieder ganz anders aus!«

»Wer's glaubt …«, schniefte Jenny.

»Aber natürlich, Sie werden sehen, es kommt alles in Ordnung«, sagte Elfie bestimmt, griff nach Tasche und Schal und machte sich ebenfalls auf den Heimweg.

Im Treppenhaus blieb sie stehen, zückte ihr Notizbuch und trug mit dem roten Stift ein weiteres Minus auf der neuen Seite ein. Sie runzelte die Stirn. Zwei Einträge an einem Tag hatte noch niemand geschafft.

3

Alex hielt die Waffe mit ausgestreckten Armen vor sich, ging hinter einer niedrigen Mauer in Deckung, spähte dann vorsichtig darüber hinweg und versuchte zu erahnen, was als Nächstes passieren würde.

Auf einmal sprang ein Mann mit Motorradhelm hinter einem Auto hervor. Er hielt eine Maschinenpistole umklammert und zielte.

Alex erstarrte für den Bruchteil einer Sekunde, bis das monatelang eintrainierte Programm einsetzte – den Täter anrufen, sich als Polizist zu erkennen geben und ihn zur Aufgabe bewegen.

Alex konzentrierte sich auf den Schützen, versuchte, sich in ihn hineinzudenken, mit ihm zu reden. Zuerst stand er nur da, dann ließ er die Waffe sinken. Erleichtert atmete Alex aus.

Doch im selben Moment erschien ein anscheinend völlig ahnungsloser Kollege in Uniform auf der Bildfläche. Sofort riss der Täter die Waffe wieder hoch. Alex visierte ihn an und gab einen gezielten Schuss ab. Der Mann kippte vornüber, seine Waffe fiel scheppernd zu Boden.

»Schluss für heute.« Die Stimme drang blechern aus dem Lautsprecher.

Mit schweißnassen Händen steckte Alex die Heckler & Koch ins Holster.

Draußen wartete Franz Gutbein, der Trainer im Schießkino. Er grinste.

»Gut gemacht! Du hast kaum fünf Minuten gebraucht, um ihn auszuschalten. Wenn nicht der Grüne aufgetaucht wäre, hätte der Schütze schon allein wegen deiner schönen Worte aufgegeben.« Gutbein war ein netter Kerl, immer fröhlich und umgänglich.

»Vielleicht habe ich mich zu stark auf den Täter konzentriert und die Umgebung vernachlässigt.« Alex blickte mit gerunzelter Stirn auf die Videoaufzeichnung, die Gutbein gestartet hatte.

»Nein, nein, das war schon ganz richtig so. Du bist ja nie allein bei einem Einsatz, so dass die Kollegen dich abgesichert hätten.«

»Hätte ich nicht doch irgendwie verhindern können, dass er in Panik gerät?« Alex schaute Gutbein fragend an.

»Das weißt du doch selbst. In so einer Situation ist man völlig machtlos, das geht so schnell, da ist nichts mehr zu machen.« Gutbein blätterte in seinen Unterlagen. »Du weißt, dass du gleich noch am Schießstand dran bist? Dein Chef übrigens zur gleichen Zeit mit dir. Hoffentlich vergisst der Herr Hauptkommissar seinen Termin nicht, sonst kann ich wieder hinter ihm hertelefonieren.«

Es lohnte nicht, zurück ins Büro zu gehen, also holte sich Alex einen Kaffee aus dem Automaten, setzte sich auf eine der Bänke vor den Schießkabinen und beobachtete die Kollegen.

Alex mochte es, mit Waffen umzugehen, hatte es schon als Kind gelernt, natürlich unter der strengen Aufsicht von Großvater und Onkel, die begeisterte Jäger waren.

Noch ein letzter Schluck Kaffee, dann warf Alex den Pappbecher in den Papierkorb und betrat den Schießstand.

Die gewohnte Routine begann: Kopfhörer aufsetzen, zur Waffe greifen, die korrekte Haltung einnehmen, sich auf das Ziel konzentrieren und feuern. Nach dem Probetraining überprüfte Alex mit Gutbein die Ergebnisse. Da klappte eine Tür, und aus einer der anderen Schießkabinen erschien Brause mit einem triumphierenden Lächeln im Gesicht.

»Na, wie war ich?«, fragte er und biss in seine Leberkässemmel.

»Sehr gut, wie immer. Aber du solltest mal die Ergebnisse von Alex sehen. Sie schießt erstklassig. Da kannst nicht mal du mithalten. Hier, schau mal.« Gutbein präsentierte stolz Alex' Schießergebnisse, so als ob er selbst dafür verantwortlich wäre.

Brauses Gesicht verfinsterte sich. »Bei Adels wird einem das Schießen wohl in die Wiege gelegt. Glaub bloß nicht, dass ich jetzt Schützenkönigin zu dir sage.« Er starrte Alex böse an und polterte hinaus.

Gutbein kicherte. »Das hat ihm aber gar nicht geschmeckt, dass ihm jemand den Rang abgelaufen hat – und dann auch noch eine Frau. Gut gemacht.« Er hieb Alex derb auf die Schulter. Dann sah er sich um, ob sie auch wirklich allein waren, und senkte die Stimme. »Ab und zu machen die Kollegen hier ein kleines Wettschießen. Es ist zwar nicht erlaubt, aber was keiner weiß, macht keinen heiß. Brause zieht sie immer alle ab. Aber nun sieht es so aus, als ob er seinen Meister gefunden hätte.«

4

Es war ein herrlicher Samstagmorgen. Wie immer nahm Elfie den Bus um 9.53 Uhr.

»Na, geht's wieder zum Waldfriedhof?«, fragte der Busfahrer, als sie einstieg.

Elfie nickte und deutete auf ihren Picknickkorb.

»Heute ist es auch das erste Mal warm genug, um dort zu frühstücken.«

Sie setzte sich auf einen Einzelplatz am Fenster und holte ihren *Ewigen Quell* aus ihrer Handtasche. Sie schlug eine beliebige Seite auf und begann zu lesen.

Frühling läßt sein blaues Band
Wieder flattern durch die Lüfte;
Süße, wohlbekannte Düfte
Streifen ahnungsvoll das Land.

Mörike war heute genau das Richtige.

Erst als der Fahrer an der Endhaltestelle den Motor abstellte, tauchte sie wieder aus ihrer Lektüre auf. Sie steuerte den Blumenladen an und kaufte ein Bund roter Tulpen.

Auf dem Friedhof war noch nicht viel los. An ihrer Bank angekommen, legte Elfie sich das Sitzkissen zurecht. Dann entfernte sie die Folie von den Tulpen und drehte sich mit dem Strauß zum Grab.

»Hallo mein Lieber, schau, was ich dir mitgebracht habe. Ist das nicht ein wundervolles Rot?«

Zärtlich strich sie über den Namenszug auf dem Grabstein und zündete ein neues Grablicht an. Dann machte sie es sich auf der Bank gemütlich und packte den Korb aus.

Dank der neuen Thermoskanne war der Kaffee noch wunderbar heiß. Sie nahm sich ein hartgekochtes Ei und schälte es ab.

»Du kannst dir nicht vorstellen, Ludwig, was für eine Unordnung in diesem Büro herrscht. In dieser Abteilung weiß die linke Hand nicht, was die rechte tut. Da habe ich sicher wochenlang zu tun.«

Gedankenverloren streute sie ein wenig Salz auf das Ei.

»Die Jenny ist ein so nettes Mädchen, so frisch und natürlich. Ich glaube, sie hat genauso viele Sommersprossen wie du.«

An der frischen Luft schmeckte das Frühstück gleich doppelt so gut. Herzhaft biss sie in ihr Butterbrot. Das zweite Ei klopfte sie energisch gegen die Bank, bevor sie es pellte.

»Aber diese Frau Schicketantz, bei der habe ich kein gutes Gefühl. Alle haben Angst vor ihr, und sie ist furchtbar ungerecht. Dass es solche Menschen geben muss!«

Elfie nahm die Plastikdose mit den Radieschen und öffnete sie so schwungvoll, dass ein paar herausfielen. Sie stand auf und sammelte sie wieder ein. Zwei waren bis ans Grab gekullert. Gerade als sie sich wieder setzen wollte, trat sie auf etwas Hartes – ein letztes Radieschen, das sie übersehen hatte. Sie hob die Überreste auf und betrachtete sie nachdenklich. Dann ging sie zum Grab und drückte das zerquetschte Radieschen in die Erde. Die anderen Ausreißer putzte sie mit einem Taschentuch ab.

»Du weißt ja, wie das ist. Ich glaube, ich werde ein Auge auf sie haben müssen. Meinst du nicht auch, Ludwig?«

Erwartungsvoll blickte sie zum Grablicht. Es flackerte. Ludwig war also auch ihrer Meinung.

Am Montagmorgen streikte der Kopierer auch beim dritten Versuch. Elfie verließ den Kopierraum, um Jenny um Rat zu fragen.

»Da müssen Sie unseren Helden anrufen – Durchwahl sechs-sechs«, sagte Jenny. Auf Elfies ratloses Gesicht hin erklärte sie: »Das ist unser Hausmeister. Der heißt Heldt mit Nachnamen, allerdings mit dt. Aber Sie brauchen ihn gar nicht mehr anzurufen. Da kommt er schon.«

Elfie sah auf dem Flur etwas Rosafarbenes vorbeihuschen und machte sich schnell auf den Weg zum Kopierraum.

»Das darf doch wohl nicht wahr sein! Wer hat denn schon wieder den Kopierer geschrottet?«, scholl es ihr bereits auf dem Flur entgegen. »Wie oft habe ich gesagt, dass die Papierkassette nicht bis zum Anschlag gefüllt sein darf? Aber die feinen Herrschaften wissen ja immer alles besser. Und ich kann den Schlamassel wieder ausbaden.«

Der Mann im Kopierraum schnaufte so heftig, dass Elfie fürchtete, sein enganliegendes rosa T-Shirt würde jeden Moment aus den Nähten platzen. Darunter zeichnete sich ein schmächtiger Körper ab. Elfie konnte seine Rippen zählen.

»Wahrscheinlich ist das meine Schuld«, sagte sie schnell, bevor er wieder zu schimpfen anfing.

Der Hausmeister sah zu ihr auf. Er war höchstens 1,60 Meter groß. Sein Gesicht war genauso schmal wie der Rest und momentan ziemlich rot angelaufen.

»Wen haben wir denn da? Sind Sie neu?«

»Ich arbeite nur vorübergehend hier und bringe Ordnung in die Akten der Firma. Mein Name ist Elfie Ruhland.«

»Ich bin Will Heldt, der Hausmeister, oder besser gesagt das Mädchen für alles in diesem Laden. Sie glauben gar nicht, was die mir hier alles aufhalsen. Ständig ist irgendwas kaputt. Und dann soll alles am besten schon vorgestern repariert sein. Manchmal weiß ich gar nicht, was ich zuerst machen soll.«

»Da kann die Firma aber froh sein, jemanden wie Sie gefunden zu haben. Sie haben übrigens einen sehr interessanten Vornamen – Will. Den hört man selten.«

Der Hausmeister strahlte, warf sich in die Brust und schien gleich um zehn Zentimeter gewachsen zu sein.

»Na ja, eigentlich heiße ich Wilfried. Aber das klingt so altmodisch und passt gar nicht zu mir. Deswegen nenne ich mich Will – Sie wissen schon, wie Will Smith, der Schauspieler. Haben Sie seinen neuesten Film schon gesehen? Der Typ ist einfach stark. Und dann erst Kevin Costner. Ich hab mir extra die Haare so schneiden lassen wie er.«

Will Heldt fuhr sich mit der rechten Hand über seinen Kopf mit den kurzen braunen Stoppeln. Elfie fühlte sich eher an einen Igel als an den Hollywoodstar erinnert.

Ein Mann in elegantem Anzug und mit grauen Schläfen sah zur Tür herein.

»Geht der Kopierer endlich wieder?«, fragte er ungehalten.

»Bin ja schon dabei«, entgegnete Heldt und machte sich sofort an dem Gerät zu schaffen.

Sobald der Mann verschwunden war, wandte er sich wieder Elfie zu.

»Das war der Leiter von *Feuer, Wasser, Sturm,* Stefan Windisch«, erklärte er. »Sieht er nicht aus wie George Clooney?« In seiner Stimme schwang unverkennbar Bewunderung mit. »Na, jetzt wollen wir doch mal sehen, ob wir die Kiste nicht wieder hinkriegen.« Erneut beugte er sich über das Innenleben des Kopierers, bis er nach einer Weile die Abdeckung schloss. »So, das hätten wir. War ein ordentlicher Papierstau.« Er senkte die Stimme: »Aber sagen Sie bloß der Zicketantz nicht, dass es so schnell gegangen ist. Die weiß meine Arbeit überhaupt nicht zu würdigen und scheucht mich den ganzen Tag rum.«

Zicketantz?! Wie passend, dachte Elfie.

»Bei mir heißt die Schicketantz nur Zicketantz – so wie die sich immer aufführt«, fuhr der Hausmeister auch schon fort. »Die ist ein richtiges Biest und macht hier jedem das Leben schwer. Vor allem die kleine rothaarige Miss Flower Power, die jetzt ihre Assistentin ist, stampft sie regelmäßig unangespitzt in den Boden. Wie das arme Ding das nur aushält?«

»Wie lang geht das denn schon so, Herr Heldt?«

»Ach, Will reicht. Miss Flower Power ist jetzt, glaube ich, an die sechs Monate bei uns. Und die Zicketantz auch. Vorher war sie in der Zentrale. Und stellen Sie sich vor, ihre Assistentin dort, die war so mit den Nerven fertig, dass sie in die Klapsmühle eingeliefert werden musste.«

»In die Nervenheilanstalt? Das ist ja schrecklich!«

»Ja, klar. Und ich glaube, die ist immer noch dort. Kennen Sie übrigens *Einer flog über das Kuckucksnest* mit Jack Nicholson, wo er diesen Irren spielt, der gar nicht irre ist?«

Elfie schüttelte den Kopf.

»Na, macht nichts. Das ist auch kein Film für zarte Gemüter. So, jetzt muss ich aber weiter. Im dritten Stock klemmt eine Tür. Man sieht sich.«

Er ging pfeifend davon.

Elfie presste die Lippen zusammen und tastete nach ihrem Medaillon. Es war wirklich kein Zufall, dass sie diesen Auftrag bekommen hatte. Sie wurde hier dringend gebraucht.

Es begann bereits zu dämmern, als Alex am Friedhof ankam. Schnell füllte sie zwei Gießkannen mit Wasser und trug sie zum Grab. Nach dem Gießen setzte sie sich auf die Bank. Der Marmor des Grabsteins funkelte. Alex war gern hier, vor allem um diese Tageszeit. Hier konnte sie in Ruhe den Erinnerungen an ihre Eltern nachhängen. Kein Wunder, dass der Friedhof für sie zu einer Art Heimat geworden war.

Allerdings war es langsam an der Zeit, das Grab neu zu bepflanzen. Die Einfassungen aus Buchsbaum, die Zwergzypresse und den Efeu, der mittlerweile alles überwucherte, hatte Großvater nach dem Tod ihrer Eltern ausgewählt. Der Unfall war jetzt schon fast zwanzig Jahre her. Die Trauer hatte zwar nachgelassen, doch Alex spürte immer noch eine schmerzliche Leere, wenn sie an ihre Eltern dachte. Bei Großvater hatte es ihr rein äußerlich an nichts gefehlt, doch weder er noch Onkel Walter hatten sie je in den Arm genommen oder getröstet. Alex war praktisch seit ihrem zehnten Lebensjahr ohne Frauen aufgewachsen. Nun war Großvater auch schon drei Jahre tot. Und Walter lebte seit langem in Australien.

Sie musterte wieder das Grab. Selbst wenn es jetzt allein in ihrer Verantwortung lag, hatte sie sich bisher nicht dazu aufraffen können, etwas zu ändern, obwohl ihr die Gestaltung des Grabes überhaupt nicht gefiel. Doch im Moment veränderte sich so vieles in ihrem Leben. Sie hatte die lang ersehnte Stelle bei der Kripo bekommen – und sie hatte Hubert gefunden. Es ging ihr so gut wie schon lange nicht mehr. Da würde sie es auch schaffen, das Grab ihrer Eltern ansprechender zu gestalten. Am besten sollte sie sich von einem Gärtner beraten lassen.

»Eine Fuchsie würde gut passen und vielleicht Gemswurz«, hörte sie plötzlich eine Stimme hinter sich. »Die blüht so schön gelb und setzt sich auch im Efeu durch.«

Alex sprang auf und entdeckte hinter der Bank die freundliche ältere Dame mit der graumelierten Strickjacke, die sie schon oft auf dem Friedhof gesehen hatte. Doch außer einem Gruß und zwei Sätzen über das Wetter im Vorbeigehen waren sie noch nie näher ins Gespräch gekommen.

»Sie können wohl Gedanken lesen«, sagte Alex verblüfft. »Ich habe gerade über eine Neubepflanzung nachgedacht.«

»Da braucht es keine übernatürlichen Fähigkeiten«, lachte die andere. »Sie haben so intensiv das Grab begutachtet. Da lag die Vermutung nahe. Außerdem habe ich einfach die Gelegenheit genutzt, denn ich wollte Sie schon lange mal ansprechen. Sie sind ja seit einiger Zeit sehr oft hier.«

»Genau genommen seit eineinhalb Jahren«, erklärte Alex. »Da bin ich hergezogen.«

Die Frau las die Inschrift auf dem Grabstein. »*Gregor und Margarethe von Lichtenstein*. Ihre Eltern?«

Alex nickte nur. Eine Weile herrschte Schweigen, doch es war nicht unangenehm. Alex stellte verwundert fest, dass sie sich in Gegenwart dieser Frau wohlfühlte. Darum streckte sie die Hand aus und sagte: »Und ich bin Alex von Lichtenstein.«

»Elfie Ruhland. Sehr erfreut.« Die Frau ergriff Alex' Hand und fuhr ihr mit der Linken kurz über die Schulter – eine Geste, die Alex normalerweise bei Fremden als viel zu intim gewertet hätte. Doch in diesem Fall kam es ihr ganz natürlich vor.

»Aber zurück zum Thema«, fuhr Elfie Ruhland fort. »Wenn Ihnen der Efeu nicht gefällt, nehmen Sie doch Ysander als Bodendecker. Das gibt einen dichten grünen Teppich. Dahinein könnte man eine Fuchsie pflanzen. Die ist winterhart und mehrjährig, genauso wie die Gemswurz. Die könnte hierhin.« Sie ging um das Grab herum. »Und dort könnte ich mir ein Ziergras vorstellen. Dazu können Sie mit Vergissmeinnicht, Schlüsselblumen oder Stiefmütterchen immer wieder für frische Farben sorgen.«

»Sie kennen sich aber gut aus. Da brauche ich ja gar keinen Gärtner mehr«, entgegnete Alex.

»Nun ja, im Laufe der Jahre habe ich schon viele Gräber gesehen. Wenn Sie möchten, stehe ich Ihnen bei der Umgestaltung gern zur Seite.«

Alex zögerte. Sie war es gewohnt, alles allein zu regeln. Doch der mütterlichen Freundlichkeit von Elfie Ruhland konnte sie nicht widerstehen.

»Das wäre nett. Was treibt Sie so regelmäßig her, kümmern Sie sich auch um ein Grab?«

»Ja, da hinten, auf der anderen Seite.« Die Handbewegung fiel sehr vage aus. »Aber nun muss ich los. Der Friedhof schließt gleich. Wir sehen uns sicher bald wieder. Dann plaudern wir weiter.«

»Das würde mich freuen. Auf Wiedersehen, Frau Ruhland.«

5

Während Elfies Hände ganz automatisch Stöße von Papier lochten und hefteten, dachte sie an ihre Begegnung mit der jungen Frau auf dem Friedhof. Endlich hatte sie den Kontakt hergestellt. Sie war ihr auf den ersten Blick sympathisch erschienen und brauchte offenbar Unterstützung – nicht nur bei der Grabbepflanzung. Die Eltern waren früh gestorben, beide an einem Tag, sicher ein Unfall. Wie schrecklich für ein Kind. Kein Wunder, dass sich die junge Frau einen Schutzpanzer zugelegt hatte und sich ziemlich herb gab. Doch die burschikose Kleidung und Frisur konnten nicht über ihren weichen und einfühlsamen Kern hinwegtäuschen, den Elfie zu erkennen glaubte. Sie hatte sich sogar mit einem Männernamen vorgestellt – Alex. Dabei hieß sie sicher Alexandra. Was für ein hübscher Name.

»Die Sonne scheint heute so schön«, riss sie Jennys Stimme aus ihren Gedanken. »Wollen wir die Mittagspause auf der Dachterrasse verbringen?«

»Gern, ich kann ein bisschen frische Luft gebrauchen.« Als Elfie aufstand, rutschte ihr der kleine Locher, den sie immer bei sich trug, aus der Rocktasche.

Jenny versuchte, ihn aufzufangen, griff jedoch ins Leere.

»Huch, was haben Sie denn da?«

Elfie hielt ihr den Locher entgegen, der an einer Kette

befestigt war. »Den habe ich immer bei mir, falls es etwas zu lochen gibt.«

Jenny schüttete sich aus vor Lachen. »Nicht böse sein, ich lache nicht über Sie. Aber so was hab ich noch nie gesehen. Das ist wohl ein *Locher to go*?«

Jenny holte ihren Salat aus dem Kühlschrank in der Teeküche, Elfie griff nach Butterbrotdose und Thermoskanne und folgte Jenny die Treppe in den dritten Stock hinauf, wo die Büros der Führungsetage und die Dachterrasse lagen.

»Vorsicht, Frau Ruhland, in der obersten Stufe fehlt ein Stück. Da kann man leicht hängen bleiben.«

Vor allem mit hohen Absätzen, dachte Elfie und musterte die fehlerhafte Stelle. Nicht ganz ungefährlich, dieses Loch in der Stufe.

Oben angekommen, betraten sie einen etwas sterilen Aufenthaltsraum, von dem aus eine breite Glastür auf eine Terrasse führte. Drei Tische und ein paar Stühle aus weiß lackiertem Schmiedeeisen wirkten ausgesprochen einladend. Auf einem der Stühle lag eine große Handtasche mit goldgeflochtenen Henkeln.

»O nein«, entfuhr es Jenny, noch bevor Elfie die Besitzerin der Tasche entdeckte, die ganz am Rand der Terrasse stand und über die Brüstung nach unten spähte. Als die beiden ins Freie traten, zuckte die Frau zusammen und drehte sich um. Eine elegante Erscheinung: honigfarbener Hosenanzug, dazu passende Sommerstiefeletten, blondgesträhnte Hochsteckfrisur.

»Ach, hallo. Sie wollen wohl auch frische Luft schnappen?«, sagte die Frau.

Mit fahrigen Bewegungen ließ sie ihre Hände in den Jackentaschen verschwinden, förderte ein Päckchen und ein goldenes Feuerzeug zutage. Hastig steckte sie sich ein Zigarillo an und inhalierte tief. Dann griff sie nach ihrer Tasche und ging Richtung Tür.

»Ich will Sie nicht stören. Ich habe nur nach meinem Auto gesehen. Es steht im Parkverbot«, sagte sie im Vorbeigehen.

Bevor sie im Gebäude verschwand, drückte sie das gerade erst angezündete Zigarillo wieder aus.

Jenny holte tief Luft und begann zu husten. Nicht nur ihre Sommersprossen leuchteten, sie hatte außerdem rote Flecke an Hals und Ausschnitt. Elfie sah sie fragend an.

»Das war die Frau von Stefan Windisch, dem Abteilungsleiter von *Feuer, Wasser, Sturm*«, flüsterte Jenny. »Außerdem ist sie die Schwester vom Chef, also von Direktor Wolter. Im ersten Stock ist ihr Büro. Da hat sie ihre Immobilienagentur. Sie verkauft und vermietet aber nur solche Luxusschuppen, die sich kein normaler Mensch leisten kann. Na, zum Glück ist sie jetzt weg, und wir können die Terrasse genießen«, fügte sie in normaler Lautstärke hinzu.

»Sie scheint um einiges älter zu sein als ihr Mann.«

»Ja, ich glaube, so um die zehn Jahre.«

Jenny ließ sich auf einen Stuhl fallen, um gleich wieder aufzuspringen und ein paar Sitzkissen zu holen. Dann schob sie Elfie einen Stuhl zurecht.

»Wirklich hübsch hier«, meinte Elfie.

Sie wollte sich gerade setzen, als ihr Blick auf die Blumenkästen fiel, die an der Außenseite des Geländers angebracht waren.

»Die armen Osterglocken!«, rief sie. »Die sind ja schon fast vertrocknet.«

In einer Nische neben dem Kamin entdeckte sie eine Gießkanne mit etwas Wasser. Vorsichtig goss sie die Erde zwischen den Osterglocken und zupfte dann einige welke

Stängel heraus. Das Schlechte musste doch immer raus, damit das Gute wachsen und gedeihen konnte! Obwohl sie dafür kaum Kraft aufwenden musste, begann der Blumenkasten zu wackeln.

Über die Blumen hinweg sah sie auf die Straße hinunter. Das war aber ganz schön hoch. Dann beugte sie sich noch einmal vor. Auf dem Gehsteig, genau unter den Blumenkästen, ging jemand hin und her und rauchte. Das war doch dieser Stefan Windisch. Hatte seine Frau vielleicht gar nicht nach ihrem Auto, sondern nach ihrem Mann Ausschau gehalten? Jedenfalls rauchte er zum Glück nicht hier oben, sondern unten auf dem Gehweg.

Elfie ließ den Wagen ausrollen und parkte ihn in dem kleinen Hof neben Paul-Friedrich Spechts Antiquariat. Hier war er gut geschützt, niemand würde ihn zerkratzen oder einen Spiegel abbrechen. Sorgfältig verriegelte sie die Beifahrertür von innen, stieg dann aus und vergewisserte sich, dass auch die Fahrertür abgeschlossen war. Liebevoll strich sie mit der Hand über den alten VW Käfer.

Zusammen mit Ludwig hatte sie damals die Farbe ausgesucht. Stratosphärensilber. So etwas gab es heute gar nicht mehr. Und nach seinem Tod hatte sie das Auto übernommen, es immer gut gepflegt, keine Inspektion ausgelassen, obwohl der Wagen erst knapp dreißigtausend Kilometer auf dem Buckel hatte.

Sie war stolz auf den blausilbernen Glanz und die Tatsache, dass nirgends auch nur die kleinste Roststelle zu sehen war. Allerdings fuhr sie auch selten mit dem Wagen. Eigentlich war sie eine richtige Sonntagsfahrerin. Dann genoss sie es, bei schönem Wetter auf freien Straßen spazieren zu fahren.

Ansonsten nutzte sie lieber die öffentlichen Verkehrsmittel. Da konnte sie in ihrem Gedichtbüchlein lesen oder ihren Gedanken nachhängen, ohne sich auf den Verkehr konzentrieren zu müssen.

Inzwischen war sie am Eingang des Antiquariats angelangt. Die Ladentür war noch nicht abgeschlossen. Elfie schob den schweren russischgrünen Samtvorhang, der als Windschutz diente, zur Seite. Ein melodisches Glöckchenspiel erklang.

»Hallo Paul-Friedrich!«, rief sie und sah zunächst nur seine Schuhe, wie immer auf Hochglanz poliert, dann die dunkle Hose mit den scharfen Bügelfalten, schließlich ihn zur Gänze, wie er sich, auf der höchsten Sprosse einer Leiter stehend, in die Höhe reckte, um ein Buch ins oberste Regal zu stellen.

»Hallo Elfie«, kam es etwas gepresst zurück, dann geriet Paul-Friedrich hoch oben ins Schwanken. Mit knapper Not gelang es ihm, das Gleichgewicht zu halten. Elfie eilte ihm zu Hilfe, hielt die Leiter fest.

»Was machen Sie denn da? Sie können sich bei einem Sturz sonst was brechen! Sie wissen doch, die meisten Unfälle passieren bei solchen Gelegenheiten.«

»Wem sagen Sie das, Elfie? Gerade heute habe ich in der Zeitung die neueste Unfallstatistik gelesen. Die meisten Unfälle geschehen allerdings im Haushalt, nicht am Arbeitsplatz.«

»Na ja«, Elfie wiegte den Kopf, »das mag schon sein. Andererseits ist das Berufsleben auch nicht ungefährlich.«

»Da mögen Sie recht haben. Aber, kommen Sie, Elfie. Gehen wir nach oben. Im Samowar ist frischer Tee. Der tut uns beiden sicher gut.«

Paul-Friedrich stellte die Leiter in die Ecke, schloss die

Ladentür und stieg hinter Elfie die steile Wendeltreppe hinauf.

»Gab es nicht auch in der Firma, wo Sie zuletzt für Ordnung gesorgt haben, einen tödlichen Unfall? Elfie, passen Sie bloß auf!«, mahnte Paul-Friedrich.

Elfie nickte nur.

Oben angekommen, fiel ihr Blick auf einen kleinen Tisch unter dem Fenster. »Was ist denn das?«

Paul-Friedrichs Augen strahlten vor Begeisterung. »Das ist ein richtiger Roulettetisch. Nur ein bisschen kleiner als im Spielcasino. Ich habe ihn bei einem Versandhaus bestellt. Er muss noch austariert werden, damit er ganz gerade steht, sonst werden die Ergebnisse verfälscht.«

Elfie sah Paul-Friedrich fragend an.

»Ich bin dabei, ein neues Gewinnsystem für das Roulette zu entwickeln. An diesem kleinen Tisch kann ich die Trefferquoten empirisch ermitteln. Anhand der statistischen Daten kann ich mein System absichern. Und Sie wissen ja – ich und meine Statistiken! Kommen Sie, drehen Sie doch mal.«

Elfie schüttelte lächelnd den Kopf, setzte dann aber das Roulette in Betrieb.

»*Rien ne va plus,* nichts geht mehr!«, rief Paul-Friedrich, und beide warteten gespannt, bei welcher Zahl die Kugel zum Stillstand kam.

»Dreizehn! An einem Dreizehnten bin ich geboren«, meinte Elfie erfreut.

»Dann ist die Dreizehn wohl Ihre Glückszahl. Vielleicht können wir sie ja mal in einem richtigen Casino ins Spiel bringen.«

»Aber nur, wenn sie in die Statistik passt«, gab Elfie trocken zur Antwort.

Paul-Friedrich grinste etwas verlegen. »Jetzt setzen Sie sich erst einmal. Ich bringe Ihnen den Tee.«

Elfie ließ sich in einen Sessel sinken. Sie war gern hier in diesem gemütlichen Raum mit den Möbeln, die Paul-Friedrich von seinen Eltern und Großeltern geerbt hatte.

Paul-Friedrich kam mit dem Tee. Beim Eingießen streifte er ihre Hand ein wenig länger als nötig. Elfie verkrampfte sich unter der kaum spürbaren Berührung und griff zu ihrem Medaillon. Was würde Ludwig dazu sagen? Sie entspannte sich erst wieder, als Paul-Friedrich sich ihr gegenüber in seine Geheimratsecke setzte. Geheimratsecke nannte er sie augenzwinkernd, weil dort seine wertvollen Goethe-Ausgaben standen. Er liebte diese alten Bücher und würde sie nur im äußersten Notfall verkaufen. Erst kürzlich allerdings hatte er sich von seiner ältesten Goethe-Gedichtsammlung trennen müssen, weil das Badezimmer nach zwei Wasserrohrbrüchen komplett saniert werden musste. Seitdem wusch sich Paul-Friedrich »bei Goethen« die Hände. Im Augenblick schien das Geschäft aber ganz gut zu gehen.

»Haben Sie neue Manschettenknöpfe?«, fragte Elfie zwischen zwei Schlucken Tee. Paul-Friedrich nickte stolz und zog an den Ärmeln seines Hemdes, damit Elfie die Manschettenknöpfe besser sehen konnte. Obwohl er doch den ganzen Tag zwischen den alten Büchern verbracht hatte, war sein Hemd blütenweiß, sein Anzug wirkte frisch gebügelt. Wie er das nur machte? Und wie ordentlich es immer bei ihm war.

Elfie lehnte sich zurück und beschloss, den Abend einfach zu genießen.

6

Tulpen in Lila und Rosa sowie leuchtend gelbe Narzissen – die Blumen waren eine Augenweide. Alex musste immer wieder hinsehen. Seit sie den üppigen Strauß heute früh vor ihrer Wohnungstür gefunden und spontan mit aufs Kommissariat genommen hatte, freute sie sich über die Farbenpracht. Und darüber, dass Hubert sie immer wieder mit liebevollen Aufmerksamkeiten überraschte. Er hatte sie nie bedrängt, aber doch beharrlich umworben und damit ihren Schutzpanzer durchbrochen.

Zum ersten Mal war Alex ernsthaft verliebt. Manchmal konnte sie es selbst kaum glauben, dass sie sich tatsächlich auf eine feste Beziehung eingelassen hatte. Es gab Momente, in denen sie es einfach nur genoss, mit Hubert zusammen zu sein – wenn sie morgens nach einer gemeinsamen Nacht neben ihm aufwachte oder wenn sie Hand in Hand lange Spaziergänge machten. Dann breitete sich in ihr ein nie gekanntes warmes Gefühl aus, so als sei sie endlich angekommen, wo sie hingehörte. Doch genauso oft plagten sie Zweifel, ob sie das Richtige tat. Machte sie sich durch ihre Gefühle für Hubert nicht viel zu abhängig von ihm? Je weiter sie ihn in ihr Leben ließ, desto mehr lief sie Gefahr, von ihm verletzt zu werden.

Wieder fiel ihr Blick auf den herrlichen Frühlingsstrauß auf ihrem Schreibtisch. Offenbar stammte er sogar aus Huberts Garten. Sie lächelte, als sie an die Worte auf der beiliegenden Karte dachte. Da stand: *Nicht nur mein Herz lege ich Dir zu Füßen, sondern alles, was ich habe. Anbei ein kleiner Vorgeschmack. Freue mich schon auf heute Abend.*

Ja, Alex freute sich auch, denn die ganze Woche über hatte sie Hubert noch nicht gesehen. Sie gingen beide völlig in ihrer Arbeit auf und fanden nicht viel Zeit füreinander. Aber vielleicht war das auch gut so. Denn zu viel Nähe tat selten gut. Heute würden sie jedenfalls feiern. Immerhin waren sie schon seit einem Jahr zusammen.

»Haste schon Salat fürs Abendessen eingekauft?« Brauses Stimme riss Alex aus ihren Gedanken.

Verwirrt blickte sie auf. Brause biss in seine unvermeidliche Leberkässemmel und deutete mit der anderen Hand auf ihren Blumenstrauß. Sie war sprachlos. Er nannte diese wunderbaren Blumen Salat? Der Mann hatte wirklich kein bisschen Sinn für Schönheit. Kein Wunder, dass ihm seine Frau davongelaufen war.

Brause lachte laut los und schlug sich auf einen seiner dicken Schenkel. Die Köpfe der Kollegen fuhren herum. Felix feixte hinter Brauses Rücken, und Gudrun verdrehte die Augen.

»Chef, der Witz ist so alt, der hat einen Bart bis nach China«, sagte sie.

»Na und? Er ist trotzdem gut. Nun guck nicht so beleidigt!« Er knallte Alex eine Aktenmappe auf den Tisch.

»Hier hast du noch ein paar hübsche neue Unfälle am Arbeitsplatz. Was hast du dazu überhaupt rausgefunden? Wenn du so erstklassig arbeitest, wie du schießt, hast du ja bestimmt schon einen Serienkiller ausfindig gemacht, der am liebsten Leute bei der Arbeit umbringt.« Brauses Stimme troff vor Sarkasmus.

Alex kochte innerlich. Warum hackte der Chef nur ständig auf ihr herum? Sie atmete tief durch und versuchte, ihre Stimme ruhig klingen zu lassen.

»Ich habe alle bisherigen Unfälle gründlich überprüft, hab mir die Örtlichkeiten angeschaut und Zeugen befragt. In keinem Fall gibt es auch nur den geringsten Hinweis auf Fremdeinwirkung.«

»Hab ich ja gleich gesagt, dass da nix dran ist. Aber unser lieber Staatsanwalt Doktor Prinz«, Brause bleckte die Zähne, »weiß es natürlich mal wieder besser und scheucht uns sinnlos in der Gegend herum.«

Vor allem uns, dachte Alex bitter. Sie war doch die Einzige, die hier herumgescheucht wurde.

»Offenbar sitzt unserem Prinzen die Pressemeute im Nacken.« Brauses Miene hellte sich bei dem Gedanken sichtbar auf. »Deswegen braucht er eine ausführliche Stellungnahme zu diesen bescheuerten Unfällen – und zwar noch heute. Das ist natürlich dein Job, werte Prinzessin. Von Adel zu Adel sozusagen.«

Alex ignorierete die Stichelei und schaute auf die Uhr. »Aber das ist ja kaum zu schaffen!«

»Tja, dein Problem.« Brause verließ, sichtlich zufrieden, den Raum.

»Wolltest du heute nicht früher weg?« Gudrun beugte sich zu Alex herüber. »Mensch, mach doch in Gottes Namen endlich mal den Mund auf und lass dir nicht alles gefallen! Bei Brause kommst du so nicht weit.«

»Was soll ich denn machen, wenn der Staatsanwalt das heute noch braucht?« Widerwillig machte sich Alex an die Arbeit. Hätte Brause ihr das nicht ein bisschen früher sagen können? Hoffentlich schaffte sie es wenigstens noch, nach Hause zu fahren und sich umzuziehen, bevor sie Hubert traf.

Elfie hörte Nadine Schicketantz schon keifen, bevor diese das Büro betrat.

»Ich habe Ihnen doch schon einmal gesagt, dass die Treppenstufe gerichtet werden muss, Herr Heldt! Gestern Abend bin ich dort hängen geblieben und habe mir einen Absatz von meinen nagelneuen Manolos abgebrochen.«

»Sie können mich ruhig Will nennen!«

»Das lassen wir lieber bleiben, derartige Vertraulichkeiten mit Hausmeistern gehören nicht zu meinen Gepflogenheiten. Und lassen Sie mich gefälligst ausreden.«

Nadine Schicketantz kam ins Büro, den Hausmeister im Schlepptau. »Also, sehen Sie zu, dass die Treppenstufe gerichtet wird, und zwar sofort. Ich habe keine Lust, mir wegen Ihrer Nachlässigkeit ein weiteres Paar Schuhe zu ruinieren. Wissen Sie eigentlich, was die kosten? Ich hätte nicht übel Lust, sie Ihnen in Rechnung zu stellen.«

»Ich hab ja die Treppenfirma längst beauftragt und schon dreimal nachgefragt. Die sagen jedes Mal, dass sie das entsprechende Material bestellt haben und noch darauf warten«, verteidigte sich der Hausmeister und fügte mit einem Grinsen hinzu: »Versichern Sie Ihre Schuhe doch.«

Die Abteilungsleiterin drehte sich zu ihm um und musterte ihn abschätzend von Kopf bis Fuß. »Jetzt werden Sie mal nicht unverschämt. Das sind doch alles faule Ausreden. Wie ich Sie kenne, haben Sie noch nicht einmal mit der Firma Kontakt aufgenommen. Aber: Ende der Diskussion! Spätestens übermorgen Früh ist die Stufe repariert, sonst gibt es einen Eintrag in Ihre Personalakte, dafür werde ich sorgen.«

Ohne den Hausmeister eines weiteren Blickes zu würdigen, stöckelte Nadine Schicketantz in ihr Büro und knallte die Tür hinter sich zu.

Kopfschüttelnd blickte Will Heldt sich um. Alle Mitarbeiter schienen in ihre Arbeit vertieft. Elfie lächelte zu ihm hinüber. Heldt erwiderte ihr Lächeln, winkte lässig ab und stolzierte hinaus.

»Unsere Miss Zicketantz, wie sie leibt und lebt!«, meinte Elfie aus dem Flur zu hören.

Sie griff zu ihrem Notizbuch.

»Der Chef kommt!«, rief Jenny halblaut durch das Büro, nachdem sie den Hörer aufgelegt hatte. Auch Nadine Schicketantz schien den Ausruf gehört zu haben und ging Direktor Wolter entgegen.

»Meine Damen, meine Herren«, grüßte Wolter freundlich in die Runde. »Ich habe gehört, dass die Bearbeitungsfrequenz der Abteilung sich schon deutlich verkürzt hat. Mein Dank gebührt Ihnen, liebe Frau Schicketantz. Nach so kurzer Zeit haben Sie offenbar alles im Griff.«

Die Abteilungsleiterin lächelte geschmeichelt.

»Und wie macht sich unsere junge Mitarbeiterin?« Wolter beugte sich zu Jenny hinunter. »Ich höre ja nur Gutes von Ihnen.«

Jenny wurde rot vor Freude.

»Nun ja, sie bemüht …«, setzte Nadine Schicketantz an, wurde jedoch von ihrem Chef rigoros unterbrochen.

»Ich bin in Eile und wollte nur kurz den Vorgang Meyer-Halberstadt mit Ihnen besprechen. Gehen wir in Ihr Büro.«

Zehn Minuten später kam Wolter wieder durch die Tür. Im Hinausgehen sagte er: »Und wegen der Sache Arnold kommen Sie nachher zu mir, Frau Schicketantz!«

»Aber selbstverständlich«, säuselte diese und begleitete ihren Chef bis zur Tür. Dann verschwand sie in ihrem

Büro und ließ sich den restlichen Nachmittag nicht mehr sehen.

Als sich ihre Tür das nächste Mal öffnete, war es schon nach halb sieben. Außer Jenny und Elfie war niemand mehr da.

»Sie können gehen. Heute brauche ich Sie nicht mehr«, wandte die Schicketantz sich an Jenny und eilte mit einer Akte unter dem Arm in Richtung Treppenhaus.

Jenny sprang auf. »Wenn ich mich beeile, erwische ich noch den Bus um zwanzig vor. Oder soll ich auf Sie warten, Frau Ruhland?«

»Nein, nein. Laufen Sie nur. Ich räume noch meine Sachen auf und gehe dann auch.«

Als Jenny davongerannt war und Elfie ihr Handwerkszeug im Schreibtisch verstaut hatte, zog sie ein Staubtuch hervor und rieb damit die Oberfläche blank.

Über die Schicketantz konnte man sagen, was man wollte, aber ihre Arbeit erledigte sie anscheinend gut, und ihrem Chef war sie eine zuverlässige Mitarbeiterin.

Jetzt wusste Elfie endlich, was sie jeden Dienstag- und Donnerstagabend im dritten Stock machte. Sie besprach sich offenbar mit ihrem Vorgesetzten. Jedes Mal kam sie pünktlich um halb acht zurück, um dann aus dem Haus zu eilen. Man konnte sich auf die Schicketantz verlassen – so oder so.

Elfie holte ihr Notizbuch hervor und gab Nadine Schicketantz ein grünes Plus. Das einzige bisher.

Elfie öffnete die Tür zum Caritas-Sozialzentrum. Rüdiger kam ihr schon auf dem Flur entgegen. Er legte ihr einen Arm um die Schultern.

»Unsere Elfie – wie immer die Erste. Du, nach dir kann man ja die Uhr stellen.«

»Hallo Rüdiger.«

Er schob sie ein wenig von sich und sah ihr intensiv in die Augen.

»Du, geht es dir nicht gut? Ich spüre da etwas in deiner Aura.«

»Ach, Rüdiger, in der Firma, in der ich gerade arbeite …«

»Aber, Elfie, du weißt doch – alles hängt davon ab, was du aus den Dingen machst.«

Er nahm sie bei der Hand und führte sie in den Therapieraum, wo schon alles für die Gruppensitzung vorbereitet war. Die Vorhänge waren zugezogen, das Licht war gedimmt, und die Duftkerzen brannten. Auch die Musik lief bereits. Heute waren dumpfe Trommelklänge zu hören.

»Komm, leg dich hin.« Rüdiger dirigierte sie zur Couch. »Ich streiche dir die negativen Energien aus.«

Was würde sie nur ohne Rüdiger tun? Er wusste einfach immer, was gut für sie war. Mit sanftem Druck strich er im Rhythmus der Trommeln immer wieder von oben nach unten an ihren Seiten entlang. Sie fühlte sich schon viel besser.

»Jetzt setz dich auf und atme tief in deine Mitte«, sagte Rüdiger. »Konzentrier dich auf deinen Atem, wie er dir neues Leben bringt. Immer und immer wieder.«

Dann kamen die anderen Teilnehmer, und Elfie ging schnell zu ihrem Platz im Stuhlkreis. Sie saß immer rechts neben Rüdiger.

Auf ihrer anderen Seite ließ sich eine Neue nieder. Sie sah verweint und übermüdet aus.

»Wie immer wollen wir uns zu Beginn unserer gegenseitigen Unterstützung versichern«, sagte Rüdiger. »Dazu reichen wir uns alle die Hände, dann schließen wir die Augen und geben unsere Energie in den Kreis.«

Rüdigers Hand strahlte die gewohnte beruhigende Wärme aus. Elfie spürte sofort die aufbauende Kraft, die von ihm ausging.

Die Neue dagegen traute sich kaum zuzufassen.

»Ich spüre, dass der Kreis noch nicht geschlossen ist«, murmelte Rüdiger. »Vertraut euch dem Kreis an. Nehmt euch an. Alles ist gut.«

Elfie fasste die Hand der Neuen beherzter und ließ die Energie fließen.

Nun war Rüdiger zufrieden. »Jetzt sprecht mir nach: *Ich bin stark … Ich bin stark …*«

Elfie liebte Rüdigers Stimme. Sie hatte einen so vollen und angenehmen Klang. Nun kam er zu den Leitsätzen, die Elfie leise mitsprach, um ihre wohltuende Wirkung noch besser zu spüren.

»Wir fühlen Ruhe und Harmonie in uns. Wir akzeptieren die Verantwortung für uns selbst und für unsere Mitmenschen. Wir sind aktiv und stehen zu unseren Überzeugungen. Wir befreien uns von allem Negativen und gestalten unser Leben bewusst. Nun danken wir dem Kosmos für die Energie. Dann öffnen wir wieder die Augen.«

Nach einem Moment der Besinnung stand Rüdiger auf.

»Es gibt gute Nachrichten: Die T-Shirts sind fertig.«

Aus einem großen Jutesack nahm er ein schwarzes T-Shirt heraus. »Schaut mal, wie schön sie geworden sind. Ich hab mir doch gedacht, dass der Schriftzug mit Kartoffeldruck gut rüberkommt.«

Rüdiger strahlte. Die Buchstaben waren zwar ziemlich windschief und verschwommen geraten, aber Elfie wusste ja, dass der Aufdruck *Ich darf das* bedeuten sollte – eines ihrer Lieblingsmantras.

»Für jeden von euch habe ich extra einen passenden

Farbton angemischt, natürlich alles rein pflanzlich«, fuhr Rüdiger fort.

»Für Yvonne«, er deutete auf die Neue neben Elfie, »ist das auf jeden Fall Sonnengelb. Denn tief in ihrem Innern hat sie ein sonniges Gemüt. Da bin ich ganz sicher.«

Elfie war sich da nicht so sicher, denn Yvonne schaute noch kläglicher drein als zuvor.

»Für Elfie«, fuhr Rüdiger fort, »konnte es natürlich nur eine Farbe sein: Burgunderrot. Das steht für Leidenschaft und Tiefe, versetzt mit einem kühlen Schuss Rationalität.«

Wie gut Rüdiger sie doch kannte. Voller Dankbarkeit nahm sie das T-Shirt in Empfang.

»Zieht es gleich über«, forderte Rüdiger die Gruppe auf, als er die T-Shirts verteilt hatte. Stolz betrachtete er sein farbenfrohes Werk. »Unsere persönliche Farbe schenkt uns zusätzliche Energie. Angefüllt mit dieser Energie, nehmen wir das Mantra tief in uns auf. Sprecht mir nach: Ich darf das … Ich darf das … Ich darf das …«

Der Satz ging Elfie den ganzen Abend nicht mehr aus dem Kopf. Noch beim Einschlafen murmelte sie ihn vor sich hin und sah ihn deutlich vor sich. In Kartoffeldruck auf burgunderrotem Hintergrund.

7

Hubert öffnete die Tür zur Taverna di Antonio und ließ Alex den Vortritt. Carlotta, Antonios Nichte, begrüßte sie überschwänglich und führte sie zu ihrem Lieblingstisch in der kleinen Nische.

»Chef heute nich da«, erklärte sie, während sie ihnen die Speisekarten überreichte, »aber ich habe Überraschung. Un momento.«

Sie verschwand und kam kurz darauf mit zwei Gläsern Prosecco und einer langstieligen roten Rose zurück.

»Tanti auguri.« Mit einem spitzbübischen Lächeln ließ sie die beiden allein.

»Dass Carlotta sich daran erinnert, was heute für ein Tag ist«, wunderte sich Alex.

»Natürlich habe ich mit Antonio darüber gesprochen, als ich den Tisch reserviert habe. Denn immerhin war Carlotta ja unsere Glücksfee.« Hubert lachte und erhob sein Glas. »Hätte sie nicht unsere Bestellungen verwechselt, hätten wir uns nie kennengelernt.«

Sie stießen an und tranken einen Schluck.

Alex musste grinsen, als sie an den Abend vor einem Jahr zurückdachte. An das erstaunte Gesicht des Mannes am Nebentisch, als er ihren Salat serviert bekam, während Carlotta Alex eine Riesenportion Nudeln mit Käse vorsetzte. An sein sympathisches Lächeln, als sich ihre Blicke trafen und er mit der Salatplatte in der Hand an ihren Tisch kam. Da hatte sie ihn ganz spontan eingeladen, sich doch zu ihr zu setzen.

»Du wolltest doch nur deine Tagliatelle wiederhaben«, witzelte Alex.

»Im ersten Moment schon. Aber dann hast du mich in deinen Bann geschlagen – mit deiner Schönheit, deiner Ausstrahlung.« Hubert nahm ihre Hand. »Ich fühlte mich sofort zu dir hingezogen und wusste, dass du die Richtige für mich bist.«

»Schönheit, ja klar.« Alex fuhr sich mit der Linken durch ihr Haar, das sich heute mal wieder jeder Annäherung an eine ordentliche Frisur widersetzt hatte.

Das Gespräch wurde ihr entschieden zu ernsthaft. Musste man denn über Gefühle auch noch reden? Es war doch so schon kompliziert genug, mit ihnen fertig zu werden.

»Ich finde dein Haar wunderbar. Deine Locken mögen zwar ab und zu ein Eigenleben führen«, sanft strich er ihr eine Strähne aus dem Gesicht, »aber sie passen zu dir und unterstreichen dein klassisches Profil. Für mich bist du die schönste Frau der Welt.«

Alex spürte, wie ihr die Röte ins Gesicht stieg, und sah sich betreten um. Sie fühlte sich alles andere als wohl in ihrer Haut.

»Keine Sorge«, beruhigte er sie, »die Nische schützt uns vor unautorisierten Lauschern, hier sind wir ganz für uns. Davon abgesehen, dass ich es am liebsten der ganzen Welt erzählen würde, wie glücklich ich bin.«

Er streichelte ihre Hand, was einen wohligen Schauer durch Alex' Körper jagte, und blickte sie erwartungsvoll an.

Glücklicherweise trat in diesem Augenblick Carlotta an

den Tisch und fragte nach ihren Wünschen. Schnell entzog Alex Hubert ihre Hand und griff nach der Speisekarte.

»Mmh, vielleicht teilen wir uns den Antipasti-Teller«, schlug sie vor, froh über den Themenwechsel. »Und danach hätte ich zur Feier des Tages gern Saltimbocca alla romana.«

»Sehr gut. Das nehme ich auch.« Hubert bestellte dazu eine Flasche Pinot Grigio.

Nachdem Carlotta Wein und Wasser gebracht hatte, zog Hubert ein kleines Kästchen aus der Tasche und legte es feierlich vor Alex hin.

»Oh, wie schön. Ich liebe Geschenke«, sagte sie betont munter, um die aufsteigende Beklemmung zu überspielen. »Leider hatte ich keine Zeit mehr, für dich etwas zu besorgen. Brause hat mir heute kurz vor Schluss noch jede Menge Arbeit aufgehalst, so dass ich …«

»Mach es einfach auf«, unterbrach Hubert sie mit belegter Stimme.

Alex schlug das Herz bis zum Hals, als sie den Ring sah – ein schmaler goldener Reif mit einem Saphir in der Mitte. »Der ist wunderschön«, flüsterte sie.

»Und passt genau zu deinen Augen.« Hubert nahm den Ring und steckte ihn ihr an den Finger. »Sandra, Liebes, willst du meine Frau werden?«

Alex stockte der Atem. Ihre Gedanken wirbelten wild durcheinander. Am liebsten wäre sie im Boden versunken, um sich einer Antwort zu entziehen.

Huberts erwartungsfroher Blick versetzte ihr einen Stich. Hubert, der einzige Mensch, der sie Sandra nannte – so wie ihre Mutter es getan hatte. Aber das war in einem anderen Leben gewesen, als sie noch ein kleines Mädchen war. Jetzt war sie doch Alex, die toughe Polizistin, die nichts und niemanden an sich heranließ.

Sie räusperte sich und sah Hubert in die Augen. Sie wollte ihn nicht verletzen.

»Ich weiß nicht, was ich sagen soll. Das kommt so überraschend. Außerdem gehst du doch bald auf Forschungsreise.«

»Ja eben, umso lieber komme ich zurück. Ich liebe dich und möchte so oft wie möglich mit dir zusammen sein. Am besten, du ziehst gleich bei mir ein. Heiraten könnten wir dann im Sommer, und anschließend machen wir eine phantastische Hochzeitsreise. Wohin möchtest du?«

Ganz mechanisch sagte sie: »Nach Manaus, ins Teatro Amazonas.«

Auf den Fotos vor dem alten Opernhaus im Dschungel sahen ihre Eltern so glücklich aus. Es war ihre letzte Reise gewesen.

»Das ist eine tolle Idee, das machen wir.« Hubert war sichtlich begeistert.

Alex nahm all ihren Mut zusammen. »Aber ich glaube, ich kann dich nicht heiraten. Jedenfalls noch nicht. Ich brauche einfach mehr Zeit. Verstehst du das?«

Sie sah, dass Hubert schluckte. Aber er holte tief Luft und lächelte sie dann an.

»Nimm dir so viel Zeit, wie du brauchst. Hauptsache, wir sind uns einig, dass wir irgendwann heiraten wollen. Und bis dahin leben wir einfach so zusammen. Wenn du bei mir wohnst, haben wir viel mehr Zeit füreinander. Wir sparen uns das Hin- und Herfahren, und du brauchst dich um keinen Haushalt mehr zu kümmern. Und mit Thea kommst du doch gut zurecht, oder?«

»Ja, schon. Aber …« Alex zögerte. Sollte sie es wirklich wagen, zu Hubert zu ziehen? Wenn er nun mehr von ihr erwartete, als sie geben konnte? Aber wenn sie ihm das auch noch abschlug, wäre er bestimmt tief enttäuscht. Sie wollte ihn nicht verlieren. Er war das Beste, was ihr seit langem passiert war. Und wenn sie zusammenlebten, könnte sie am schnellsten herausfinden, ob sie sich ganz auf ihn einlassen konnte. Sie sah auf den Ring an ihrem Finger, und plötzlich fühlte sich alles ganz leicht an. Nicht mehr allein zu sein war eine verlockende Vorstellung. Und eine patente Haushälterin wie Thea zur Seite zu haben, störte sie nun wirklich nicht.

Sie gab sich einen Ruck. »Dann kündige ich meine Wohnung zum nächsten Ersten.«

Hubert sprang auf und küsste sie stürmisch.

»Oh là là, so viel *amore!*« Carlotta servierte die Vorspeise, nahm den Wein aus dem Eiskübel und schenkte ihnen ein.

8

Heute Morgen war Elfie später dran als sonst. Die feingliedrige Kette ihres Medaillons hatte sich beim Anziehen verhakt und war gerissen. Das hatte dem guten Gefühl, mit dem sie aufgewacht war, einen gehörigen Dämpfer versetzt. Denn ohne ihr Medaillon mit Ludwigs Bild fühlte sie sich nackt, und von dem Juwelier, zu dem sie es gleich gebracht hatte, konnte sie es erst am nächsten Tag wieder abholen. Außerdem mochte sie es nicht, so spät ins Büro zu kommen, auch wenn sie sich ihre Arbeit zeitlich einteilen konnte, wie sie wollte.

Schon im Flur schlug ihr die ungemütliche Stille entgegen, die so häufig über dem Büro lastete. Sie seufzte.

Also hatte es wieder einen Auftritt der Schicketantz gegeben. Wer dieses Mal wohl ihr Opfer gewesen war? Hoffentlich nicht Jenny, wie so oft.

Elfie warf einen Blick zum Büro der Abteilungsleiterin. Die Tür war geschlossen, aber man hörte leise ihre Stimme, von kurzen Pausen unterbrochen. Solange sie telefonierte, ließ sie wenigstens ihre Mitarbeiter in Ruhe.

Kaum hatte Elfie mit der Arbeit begonnen, summte eine Fliege heran, die sich auf ihre Aktenordner und Papierstapel setzte und schließlich um ihren Kopf schwirrte.

»Lass das!«, meinte Elfie streng und wedelte die Fliege davon.

»Meine Damen und Herren, ich grüße Sie!«

In der Tür zum Flur stand Stefan Windisch, der Abteilungsleiter von *Feuer, Wasser, Sturm*. Er verharrte ein paar Augenblicke, wie um allen Gelegenheit zu geben, ihn gebührend zu bewundern.

Er sah tatsächlich gut aus. Elegant geschnittener Anzug, weißer Rolli, teure Schuhe, groß, schlank, dunkelhaarig, graue Schläfen. Ein bisschen wie George Clooney, da hatte der Hausmeister schon recht.

George Clooney ging zu Jennys Platz, legte ihr die Hand auf die Schulter, fast väterlich – aber nur fast, wie Elfie stirnrunzelnd zur Kenntnis nahm.

»Na, wie geht es unserer Jüngsten? Baby, mach doch nicht so ein Gesicht. Immer dran denken, Falten machen hässlich.« Mit diesen Worten nahm er seine Hand von Jennys Schulter und ging, ohne anzuklopfen, in das Büro der Schicketantz.

»Darling, alles im grünen Bereich?«, hörte Elfie ihn noch fragen, dann schloss sich die Tür hinter ihm und man vernahm nur noch undeutliches Gemurmel.

Erneut surrte die Fliege durchs Büro. Weber schlug mit einem Aktendeckel nach ihr. Da nahm sie Kurs auf Elfie und landete auf ihrer Hand. Ungehalten schüttelte Elfie sie ab.

»Jetzt aber!« Sie tastete nach ihrem Medaillon, vergeblich, Ludwig war ja beim Juwelier.

Schon wieder brummte ihr die Fliege um den Kopf und ließ sich ausgerechnet auf ihrer Brille nieder. Sie krabbelte über die Gläser, so dass Elfie nichts sehen konnte und beim Herumwedeln ihren Füller vom Schreibtisch fegte.

»Und jetzt reicht's!« Elfie griff in ihre Handtasche.

Ein kurzer heftiger Knall, und sie hatte dem Störenfried den Garaus gemacht.

Alle wandten sich ihr zu, starrten abwechselnd sie und die weinrote Fliegenklatsche an.

»Ich habe sie gewarnt«, entschuldigte sich Elfie, »aber wer nicht hören will, muss fühlen!«

Sie schob den Stiel der Fliegenklatsche zusammen und ließ sie in ihrer Tasche verschwinden. Weber stierte sie immer noch mit offenem Mund an.

Kurz darauf wurde sie schon wieder gestört, weil aus dem undeutlichen Gemurmel im Büro der Abteilungsleiterin eine lautstarke Auseinandersetzung geworden war. Dann stürmte Stefan Windisch, bleich vor Wut, aus dem Büro, knallte die Tür hinter sich zu. Er war fast schon im Flur, als er noch einmal bei Jenny stehen blieb und ihr etwas zuflüsterte.

Jenny errötete, ihre Sommersprossen leuchteten im Wettstreit mit ihren Augen.

Alex stieß den Spaten in die Erde und sah sich im Garten um, betrachtete die blühenden Blumen und Sträucher. Seit einer Woche wohnte sie bei Hubert und hatte ihren Einzug noch nicht eine Sekunde lang bereut. Ja, sie verstand gar nicht mehr, weshalb sie zunächst gezögert hatte. Es war so schön, jeden Abend in Huberts Armen einzuschlafen und jeden Morgen neben ihm aufzuwachen.

Am vergangenen Sonntag hatten sie ausgiebig gefrühstückt, in der Wochenendbeilage der Zeitung gestöbert, waren dann eng umschlungen durch den frühlingswarmen Garten geschlendert. Und Alex hatte Hubert gleich ein paar Vorschläge zur Umgestaltung des Gartens gemacht.

»Zu Hause hatten wir einen kleinen Pavillon, weiß gestrichen mit vielen Fenstern. So etwas würde sich hier auch gut machen.«

Hubert hatte sie in die Arme genommen und gelacht:

»Mach du nur. Ich freu mich, wenn du alles so herrichtest, wie es dir gefällt. Dann …« Er beendete den Satz nicht, aber Alex hatte ohnehin gewusst, was er sagen wollte: Dann kommt das Heiraten vielleicht auch bald für dich in Frage.

Nun, eins nach dem anderen, dachte sie. Sie griff wieder nach dem Spaten. Einen Busch hatte sie schon umgepflanzt, nun kam der zweite an die Reihe. Und nächste Woche konnte der Pavillon in Auftrag gegeben werden. Sie freute sich schon darauf.

Plötzlich hörte sie ein Geräusch, das sie zunächst nicht zuordnen konnte, und drehte sich um. Zu ihrem Erstaunen sah sie einen fetten Mops, der sein Bein am Stamm der alten Linde hob und sich, nachdem er sich erleichtert hatte, auf den Bauch plumpsen ließ und sie angrinste.

»Was machst du denn hier?«, fragte sie ärgerlich. Wer ließ seinen Hund einfach in einen fremden Garten laufen?

»Sie haben Besuch!«, scholl es von der Terrassentür her.

»Ja, das sehe ich«, murmelte Alex und ging mit dem Spaten auf den Mops zu. Sie stupste ihn an, aber der Mops rührte sich nicht.

»Um Himmels willen, was machen Sie mit Amadeus?« Eine schrille Stimme klang Alex unangenehm in den Ohren.

Sie fuhr herum. In der Terrassentür stand Thea und neben ihr eine Dame im Pelzmantel, für den es wohl viel zu warm war, jedenfalls war das Gesicht der Dame stark gerötet. Vielleicht fürchtete sie aber auch um den Mops, der offensichtlich ihr gehörte.

Alex beeilte sich, zum Haus zu gehen, wischte sich unterwegs die erdverkrusteten Hände an der Hose ab und strich sich eine Locke aus der Stirn. Als sie vor den beiden Frauen stand, öffnete Thea den Mund, um etwas zu sagen, kam aber nicht dazu.

»Ich bin Lydia Schmid-Reichenwald, die Tante von Hubertus. Und das ist mein Amadeus.« Das Pathos, mit dem die Dame im Pelzmantel sich vorstellte, entbehrte nicht einer gewissen Komik, so dass Thea und Alex vermieden, sich anzusehen, um nicht in Gelächter auszubrechen.

Das war also Huberts Tante Lydia, von der er ihr schon erzählt hatte.

»Nett, dass Sie uns besuchen. Hubert ist zwar nicht da, aber lassen Sie uns doch hineingehen und eine Tasse Kaffee zusammen trinken«, schlug Alex vor.

Lydia Schmid-Reichenwald zog die rechte Augenbraue hoch. »Tee, bitte«, meinte sie. »Ich nehme Darjeeling.«

Alex sah Thea fragend an.

»Kein Problem«, knurrte diese vor sich hin. »Es ist alles da.«

Sie verschwand eilig in Richtung Küche.

»Amadeus, Liebling, komm zu Frauchen! Es gibt auch ein Leckerli«, flötete Huberts Tante. Es dauerte ein wenig, bis der Mops sich in Bewegung setzte, aber schließlich hechelte er zur Tür herein.

»Sie wollen doch wohl nicht mit den schmutzigen Gummistiefeln das kostbare Parkett ruinieren?!« Lydias Stimme klang streng, die Flötentöne waren offensichtlich nur für Amadeus reserviert.

»Natürlich nicht«, murmelte Alex und schlüpfte aus den Gummistiefeln in die hinter der Tür stehenden Clogs.

»Noch ist es ja nicht Ihr Haus.« Lydias Lächeln schien so falsch wie ihre Zähne. Sie ging voraus ins Wohnzimmer. Amadeus trottete hinterher. Seine Pfoten hinterließen feine Schmutzspuren auf dem Parkett. Huberts Tante strich mit der Hand über den alten Sekretär. »Der hat schon meiner Großmutter gehört.« Sie betrachtete ihre Fingerspitzen.

Kein Staubkörnchen zu sehen, was Lydia offensichtlich enttäuschte.

In diesem Augenblick kam Thea mit dem Tablett aus der Küche. Ihre Augen wurden schmal. Ein bisschen lauter als sonst klapperte sie mit dem Geschirr und deckte den Tisch für zwei Personen.

»Warum haben Sie nicht für sich mitgedeckt?«, fragte Alex. »Setzen Sie sich doch zu uns.«

»Bloß nicht!«, zischte Thea, allerdings so leise, dass Huberts Tante sie nicht hören konnte.

»Hat man in adligen Kreisen einen Hang zum Küchenpersonal?«

Wieder dieses falsche Lächeln. Aus den Augenwinkeln sah Alex, wie Theas Rücken sich versteifte und sie den Kopf in den Nacken warf. Alex verkniff sich eine Antwort.

Inzwischen hatte Lydia den Pelz auf einem Sessel abgelegt und auf einem kleinen Zweisitzer Platz genommen. Sie sah sich um. »Das ist ja wirklich ein sehr schönes Zimmer. Und es gibt auch reichlich Platz im Haus.«

Alex nickte nur. Lydia zog aus den Tiefen ihrer Tasche eine hellblaue Decke mit Goldrand hervor, breitete sie auf ihrem Schoß aus und bettete Amadeus darauf. Anschließend förderte sie ein Tütchen mit Pralinen zutage. Sie steckte dem Mops einen Schokotrüffel zu, den dieser sabbernd verschlang.

»Hubert ist leider noch im Institut«, eröffnete Alex etwas lahm das Gespräch.

»Ach, der Junge hängt ja so an mir, und ich sehe ihn viel zu selten. Aber das wird sich bald ändern.« Während Alex noch über die Bedeutung des letzten Satzes nachdachte, kam Thea mit Tee – Darjeeling – sowie einem Teller mit Gebäck herein. Nachdem sie den Tee eingegossen hatte, zog sie sich zurück, nicht ohne den Pelz vom Sessel mit zur Garderobe zu nehmen.

»Schau mal, Amadeus, so schöne Leckerlis!« Lydia schien den Mops mit ihrer Begeisterung anzustecken, so dass er versuchte, seine flache Schnauze in Richtung Gebäck zu bewegen. Alex griff nach dem Teller, bot Huberts Tante etwas an und stellte den Teller außer Reichweite von Amadeus ab.

Erstaunlicherweise verbrachten Alex und Lydia dann doch eine recht angenehme Stunde miteinander. Lydia erzählte von Hubert. Wie gern sie ihn hatte. Wie er als kleiner Junge gewesen war. Dass er nicht auf Bäume geklettert war, sondern immer schon Ameisen und Regenwürmer beobachtet hatte. Kein Wunder, dass er später Zoologie studiert hatte.

Amadeus schnarchte derweil auf der blauen Decke, nachdem er schlussendlich doch den Löwenanteil der Plätzchen gefressen hatte.

»Nachdem wir uns so nett unterhalten haben, sollten wir uns doch duzen«, meinte Tante Lydia und zeigte ein Lächeln, das Alex nicht mehr so ganz falsch erschien. »Ich bin Lydia, aber das weißt du ja schon. Und du bist Alexandra.«

Im ersten Moment wollte Alex protestieren, aber dann nickte sie nur. Für Lydia war Alexandra wohl genau das Richtige.

»Wir sollten mit einem Gläschen Eierlikör darauf anstoßen«, befand Lydia.

Alex hoffte inständig, dass ein solches Getränk nicht im Hause wäre, aber tatsächlich gelang es Thea, eine Flasche Eierlikör aus den Tiefen der Hausbar hervorzuzaubern.

Alex machte gute Miene zum bösen Spiel und nippte an dem pappsüßen Zeug. Lydia trank ihr Glas in einem Zug leer.

9

»Stell dir vor, Ludwig, ein einziges Plus und siebenundzwanzig Minuszeichen! Das hat noch keiner geschafft. Und das nach so wenigen Wochen.«

Ludwigs Grablicht flackerte kurz auf.

»Du bist also auch der Meinung, dass das so nicht weitergehen kann. Die Schicketantz-Schikanen müssen aufhören, nicht wahr?«

Das Grablicht flackerte heftig.

Elfie nickte Ludwig zum Abschied zu. »Bis Samstag dann!«

Es war kühl geworden. Der Wind rauschte durch Bäume und Sträucher. Elfie fröstelte. Sie kramte ihren burgunderfarbenen Pulli aus der Tasche und zog ihn über. Liebevoll strich sie über die flauschige Wolle und dachte an den nasskalten Märztag zurück, als sie ihn das letzte Mal getragen hatte. In Gedanken versunken verließ sie den Friedhof und fuhr mit dem Bus ins Büro zurück, achtete nicht einmal auf den Busfahrer.

Sie fand das Büro verlassen vor. An Jennys Platz allerdings sah es noch genauso aus wie zuvor, als sie Hals über Kopf hinausgestürzt war, nachdem die Schicketantz sie völlig grundlos angeschrien hatte. Der Computer war nicht heruntergefahren, und auf dem Tisch türmten sich aufgeschlagene Ordner und lose Blätter.

Es war normalerweise überhaupt nicht Jennys Art, einfach davonzulaufen und eine solche Unordnung zu hinterlassen. Aber nach dieser entsetzlichen Szene kein Wunder.

Elfie kniff die Lippen zusammen. Ludwig hatte ganz recht, so etwas konnte sie nicht länger dulden!

Sie warf einen kontrollierenden Blick durch die offene Bürotür der Abteilungsleiterin. Das Zimmer war leer, aber die Schreibtischlampe brannte, und die elegante schwarze Lacktasche stand auf dem Schreibtisch.

Sie war also wieder im dritten Stock, wie jeden Dienstag und Donnerstag um diese Zeit. Elfie sah auf die Uhr. Noch fünf Minuten. Dann würde sie die Treppe herunterstöckeln.

Rasch machte Elfie einen Rundgang durch die Etage, sah sogar in den Toiletten nach. Niemand mehr da.

Noch eine Minute. Elfie öffnete die Tür zum Treppenhaus und lauschte.

Stille.

Pünktlich um halb acht ging das Licht im Flur an. Oben schlug eine Tür. Schnelle Schritte auf der Treppe.

Elfie öffnete ihr Medaillon und nickte Ludwig entschlossen zu. Dann ging sie nach oben. Gleich musste die Schicketantz die kaputte Stufe erreichen.

Da kam sie auch schon schwungvoll um die letzte Kurve. Als sie Elfie sah, hielt sie abrupt in ihrer Bewegung inne und geriet ins Taumeln, konnte sich gerade noch mit einer Hand am Geländer festhalten und stolperte Elfie bis vor die Füße.

»Meine Güte, haben Sie mich erschreckt! Was schleichen Sie denn hier so rum? Sie haben wohl ein paar Akten zu viel gelocht. Jetzt gehen Sie mir schon aus dem Weg. Ich muss zu einer After-Work-Party.«

Als Elfie sich keinen Zentimeter von der Stelle rührte, versuchte Nadine Schicketantz, sie wegzuschubsen. Elfie strich über ihren burgunderfarbenen Pullover, ging einen kleinen Schritt zurück und – tat, was sie tun musste.

Ein kurzer Schrei, das Stakkato hoher Absätze, die am Geländer entlangschrammten.

Totenstille.

Elfie zog ihr Notizbuch aus der Rocktasche und strich den Namen Nadine Schicketantz schwungvoll durch.

Am nächsten Morgen packte Elfie den burgunderfarbenen Pullover sorgfältig in Seidenpapier und verstaute ihn ganz hinten im Schrank. So bald würde sie ihn hoffentlich nicht wieder brauchen.

Sie machte sich auf den Weg ins Büro.

Als die Tür des Firmengebäudes hinter ihr zufiel, kam der Hausmeister aufgeregt auf sie zu.

»Stellen Sie sich vor, Frau Schicketantz ist tot!«, rief er mit gepresster Stimme.

»Ach«, meinte Elfie.

»Ja, die Treppe hinuntergestürzt. Als ich gestern Abend wie üblich meine Runde drehte, hab ich sie gefunden.« Er folgte Elfie in den zweiten Stock hinauf.

»Hier lag sie. So! Genau so!«

Der Hausmeister warf sich auf den Boden und verrenkte die Glieder. Dabei verhakte er einen Fuß im Treppengeländer, verdrehte die Augen und hielt die Luft an.

Na ja, so ungefähr, dachte Elfie.

Nach ein paar Sekunden sprang er wieder auf.

»Sie kann noch nicht lange dagelegen haben, sie war noch ganz warm«, fügte er hinzu. »Ich habe den Notarzt angerufen und in der Zwischenzeit selbst versucht, sie zu reani... zu reaminier... Also ich hab versucht, sie wiederzubeleben.«

Er warf sich in die Brust. »Schließlich bin ich hier im Haus der Ersthelfer. Aber es war zu spät. Sie muss sofort tot gewesen sein. Hat jedenfalls der Notarzt gesagt. Und der Krankenwagen hat sie auch gar nicht mitgenommen. Die Sanis haben die Polizei gerufen.«

»Und?«, fragte Elfie gespannt. »Ist die gekommen?«

»Ja, klar! Erst kamen zwei Typen vom Streifendienst und später so ein Hauptkommissar von der Kripo. Pause hieß der oder so ähnlich. Der hat nur gegähnt. Und wie der aussah! Hatte sich sein Jackett über die Schlafanzugjacke gezogen, an der dauernd die Knöpfe aufgingen, weil er so fett ist.«

»Und was hat er gesagt?«

»Wenig. Gemeckert hat er, dass man ihn wegen eines blöden Unfalls mitten in der Nacht aus dem Bett geholt hätte. Ich bitte Sie, es war gerade mal halb elf! Wann geht der denn schlafen?!«

»Das war alles?« Elfie fuhr sich mit der Zunge über die trockenen Lippen.

»Dann hat er sich die kaputte Treppenstufe angeguckt. Ich habe ihm gleich gesagt, dass ich nichts dafür kann, dass die immer noch nicht repariert ist. Wenn doch die Firma so schwer an das Ersatzmaterial kommt! Ich versteh sowieso nicht, dass die Zicke ..., äh, die Tote, ich meine, Frau Schicketantz nicht besser aufgepasst hat. Na, die Fragen von diesem Kommissar waren sowieso nur Formsache. *Eindeutig ein Unfall durch eine defekte Treppenstufe*, hat er in sein Handy getrötet und die Typen mit dem Zinksarg bestellt. Die kamen dann eine Stunde später. Und dann konnte ich endlich ins Bett gehen. Da war es schon Mitternacht, und heute musste ich wieder früh …« Der Hausmeister unterbrach seinen Redestrom, weil jemand von unten die Treppe heraufkam.

Elfie nutzte die Gelegenheit, um ins Büro zu schlüpfen.

10

Alex warf die Tüte mit den Einkäufen in den Kofferraum. Der grauseidene Hosenanzug sah einfach toll aus. Der etwas hellere Rolli passte genau dazu. Sie hatte lange keine neue Garderobe mehr gekauft, und so etwas Elegantes brauchte sie ja auch selten. Aber heute Abend wollte sie an Huberts Seite besonders aussehen. Hubert hatte Karten für ein Klavierkonzert mit Lang Lang besorgt, und das war etwas so Außergewöhnliches, dass sie dazu auch außergewöhnlich angezogen sein wollte. Auch ein paar neue Schuhe hatte sie erstanden. Dunkelgraues Lackleder – mit sechs Zentimeter hohen Absätzen. Hoffentlich konnte sie darauf halbwegs laufen. Aber wie hatte das kleine Mädchen im Schuhgeschäft neben ihr gesagt, als es Alex' Zögern bemerkt hatte: »Du bist doch eine Frau. Du kannst auf jeden Fall auf hohen Absätzen laufen. Später, wenn ich eine Frau bin, kann ich das ja auch.«

Alex und die Verkäuferin hatten gelacht und waren sich einig gewesen. »Na, wenn das so ist, dann sind diese Schuhe auf jeden Fall die richtige Wahl.«

Zu Hause angekommen, trug Alex ihre Einkäufe hinein, hängte den Anzug im Schlafzimmer auf den Bügel und sah auf die Uhr. Sie hatte noch Zeit genug, eine Runde zu joggen.

Mit jedem Schritt traten die Gedanken an die Arbeit weiter in den Hintergrund. Schon wieder hatte es einen tödlichen Unfall gegeben, dieses Mal bei einer Versicherung. Aber das hatte auch bis morgen Zeit.

Verschwitzt, mit roten Wangen und gut gelaunt ging sie nach dem Laufen unter die Dusche. Dann bearbeitete sie ihre widerspenstigen Locken mit dem Glätteisen und brachte zumindest eine passable Frisur zustande. Sie war dabei, sich anzuziehen, als sie die Haustür klappen hörte.

»Hubert? Ich bin oben, mach mich fertig für das Konzert. Du solltest dich beeilen.«

Keine Antwort.

»Hubert?«

Immer noch nichts. Beunruhigt ging Alex nach unten.

Hubert saß auf der Couch im Wohnzimmer, hatte die Hände vors Gesicht geschlagen und sagte keinen Ton.

»Stimmt irgendetwas nicht?«, fragte Alex voller Sorge.

»Das kann man wohl sagen.« Hubert fuhr sich mit den Händen durch die Haare und lachte. Ein bitteres Lachen. »Tante Lydia zieht bei uns ein. In zwei Wochen schon«, stieß er hervor. Wieder raufte er sich die Haare, so dass sie in alle Himmelsrichtungen standen.

Alex verschlug es die Sprache. »Wie… wieso das denn?«, stotterte sie schließlich.

»Mein Großvater hat ihr vertraglich das Wohnrecht auf Lebenszeit zugesichert. Ich wusste natürlich davon, habe mir aber nie Gedanken darüber gemacht. Schließlich hatten sie und Onkel Hermann ein eigenes Haus. Dieses Wohnrecht schien für mich nur auf dem Papier zu bestehen. Immerhin ist mein Onkel schon ein paar Jahre tot, und nie hat Tante Lydia ein Wort über dieses verflixte Wohnrecht verloren.«

»Und jetzt ist das plötzlich anders?« Alex konnte es nicht fassen.

Hubert zog die Schultern hoch und stöhnte. »Heute Nachmittag hat sie mich in der Uni angerufen und mir mitgeteilt, dass sie ab sofort von ihrem Wohnrecht Gebrauch machen wird. Sie will ihr eigenes Haus vermieten und von jetzt an nicht mehr so weit draußen wohnen. Näher bei ihren Freundinnen, näher bei – ach, was weiß ich, wo oder bei wem! Jedenfalls heißt näher in diesem Fall: bei uns! Sie wird bei uns wohnen.«

Alex ließ sich neben Hubert auf das Sofa sinken. Wie versteinert saß sie da. Als Hubert den Arm um sie legen wollte, wandte sie sich ab.

»Sandra, Liebste, es tut mir so leid.« Zerknirscht ließ Hubert die Hände wieder in den Schoß sinken. »Verzeih mir! Ich habe es mir so schön vorgestellt mit uns beiden. Und bisher war es doch auch schön – oder?«

Alex nickte. »Sehr schön sogar«, sagte sie mit leiser Stimme und drehte sich wieder zu Hubert. Dabei stieß sie mit dem Fuß an etwas und bückte sich danach. Am Boden lag eine Tüte mit dem Logo einer Parfümerie.

»Ist das für mich?«, fragte sie.

Hubert nickte.

»Dein *Cool Water* erinnert mich immer an meinen Chef. Der benutzt das auch«, sagte er. »Deswegen habe ich einen Duft ausgesucht, der gut zu dir passt.«

Alex wickelte das Geschenk aus. Ein Parfumflakon: *Roma* von Laura Biagiotti. Vorsichtig versprühte sie den Duft auf die Innenseite ihrer Handgelenke, verteilte dann ein wenig an den Ohrläppchen. Ein bisschen blumig vielleicht, aber angenehm frisch, fruchtig, ermutigend. Alex straffte die Schultern und hob den Kopf. »Warten wir ab, was auf uns zukommt. Vielleicht wird ja alles gar nicht so schlimm.«

Sie wies auf die Karten für das Klavierkonzert, die vor ihnen auf dem Couchtisch lagen. Teure Karten. Für Plätze in der ersten Reihe.

»Lass uns nach oben gehen und uns umziehen, sonst kommen wir zu spät ins Konzert. Und das können wir Lang Lang schließlich nicht antun.«

11

Was für ein wundervoller Tag! Die Sonne strahlte schon aus allen Knopflöchern, als Elfie das Haus verließ. Spontan beschloss sie, zu Fuß zur Arbeit zu gehen. Ein Blick auf die Uhr zeigte ihr, dass sie früh genug dran war.

Voller Tatendrang marschierte Elfie los und summte eine beschwingte Melodie vor sich hin, die ihr gar nicht mehr aus dem Kopf ging. Nach einer Weile fiel ihr auch der Text dazu ein:

Wochenend und Sonnenschein
Und dann mit dir im Wald allein …

Im Büro herrschte ebenfalls eitel Sonnenschein. So lichtdurchflutet war Elfie der Raum noch nie vorgekommen. An der Türschwelle blieb sie einen Moment stehen und genoss das friedliche Bild. Einige Mitarbeiter arbeiteten konzentriert, andere unterhielten sich oder tranken Kaffee.
Doch das Wichtigste war die entspannte Atmosphäre, die über allem lag. Sogar Weber wirkte ausgeglichen und lächelte Elfie an, als sie zu ihrem Platz ging. Dabei waren gerade einmal drei Wochen vergangen, seitdem Nadine Schicketantz das Zeitliche gesegnet hatte. Die Abteilung hatte sich ungewöhnlich schnell von der negativen Atmosphäre befreit.

Elfie spürte eine tiefe Zufriedenheit, gemischt mit einem kleinen Anflug von Stolz, in sich aufsteigen. Wie schön, dass sie mit ihrem Projekt wieder einmal so viel Gutes hatte bewirken können. Die Ablage war bereits auf Vordermann gebracht. Heute wollte sie mit Jenny ihre Vorschläge für das Vorsortieren des Posteingangs besprechen.

»Meine Damen und Herren.« Stefan Windisch hatte den Raum betreten und blickte mit charmantem Lächeln in die Runde. »Leider konnte ich mich bisher nicht gebührend um Sie kümmern, da in meiner eigenen Abteilung wichtige Geschäfte anstanden. Doch ab sofort komme ich verstärkt meiner Aufgabe nach, auch hier nach dem Rechten zu sehen, bis über die Neustrukturierung entschieden ist. Ich zähle auf Ihre konstruktive Mitarbeit.«

Elfie schob ihre Lesebrille Richtung Nasenspitze. Alle sahen Windisch erwartungsvoll an.

»Als Erstes brauche ich einen Überblick über die laufenden Vorgänge.« Windisch baute sich vor Jennys Schreibtisch auf. »Und wer könnte mir da besser zur Hand gehen als die tüchtige Assistentin meiner Vorgängerin? Jenny, ich erwarte Sie heute um achtzehn Uhr dreißig mit allen relevanten Unterlagen im dritten Stock. Da sind wir ungestört.«

Jenny blickte verlegen zu Boden. Wahrscheinlich war es ihr peinlich, dass Windisch sie vor versammelter Mannschaft lobte.

Aber Elfie freute sich. Endlich ein Chef, der Jennys Fähigkeiten zu schätzen wusste.

Windisch durchquerte den Raum und blieb bei Elfie stehen.

«Wie ich höre, sind Sie erfolgreich dabei, Ordnung in die Akten zu bringen und die Arbeitsabläufe zu optimieren. Halten Sie mich doch über Ihre Fortschritte auf dem Laufenden.« Er musterte Elfie. »Ein hübsches Medaillon haben Sie da. Sicher ein wertvolles Stück.«

Elfie wurde es warm ums Herz. Windisch war ein aufmerksamer Beobachter und sah gleich, worauf es ankam.

«Ja, das Medaillon ist mir lieb und teuer«, entgegnete sie. »Ich würde mich nie von ihm trennen.«

Plötzlich wurde Windisch ernst. »Dann passen Sie nur gut darauf auf. Sonst geht es Ihnen noch wie meiner Frau. Die hat ihren Diamantring verloren, den ich ihr zur Hochzeit geschenkt habe.«

Einen Moment lang blickte Windisch stumm durch Elfie hindurch, dann drehte er sich um und ging grußlos hinaus.

Der arme Mann. Der Verlust des Rings schien ihm sehr nahezugehen. Das konnte Elfie gut nachfühlen. Nicht auszudenken, wie sie ohne ihr Medaillon zurechtkommen sollte. Und wie mochte es Frau Windisch zumute sein?

Elfie straffte sich. Nein, etwas so Wertvolles durfte man einfach nicht verlieren. Entschlossen nahm sie ihre Vorschlagsliste zur Hand und ging zu Jenny.

Mit quietschenden Reifen brachte Alex das Auto zum Stehen und stürmte zum Haus. Heute waren sie endlich dem Tankstellenmörder auf die Schliche gekommen und hatten ihn nach einer Verfolgungsjagd verhaftet. Das alles hatte viel länger als geplant gedauert, und dann hatte sie in der Konditorei auch noch warten müssen. Nur wegen der dämlichen Malakoff-Torte, die unbedingt aus dem Café Mozart sein musste. Warum tat sie sich das eigentlich an? Lydia war doch Huberts Tante und nicht ihre – und zog noch dazu ungefragt bei ihnen ein.

Alex blieb einen Moment stehen und atmete tief durch. Sie tat es für Hubert. Sie hatte sich für ihn entschieden und würde das gemeinsam mit ihm durchstehen. Vielleicht hatte sie Lydia beim letzten Mal auch nur auf dem falschen Fuß erwischt, und diese war eigentlich ganz umgänglich. Man würde sehen. Alex hatte sich jedenfalls fest vorgenommen, sie freundlich zu begrüßen, und deshalb extra Lydias Lieblingstorte besorgt. Leider würden sie die zu zweit verspeisen müssen, denn Hubert hatte heute Nachmittag Vorlesung.

In der Diele legte sie das Kuchenpaket ab und schlüpfte aus dem Mantel. Thea erschien mit dem Staubwedel in der Hand.

»So, die Zimmer der Gnädigsten sind fertig«, sagte sie mit grimmiger Miene. »Sogar den goldenen Wassernapf und das alberne Hundesofa habe ich aufgestellt, damit Frauchens Liebling auch stilvoll ruhen kann.«

»Thea, was täte ich nur ohne Sie?«

»Sie machen Ihren Job – ich meinen«, winkte Thea ab. »Aber wenn Sie sich noch frisch machen wollen, sollten Sie sich beeilen. Ich hab hier alles im Griff.«

Thea schnappte sich das Kuchenpaket und verschwand in Richtung Küche.

Alex lief die Treppen hinauf. Am liebsten hätte sie geduscht, doch dazu war keine Zeit mehr. Sie zog ihre zerknitterte weiße Bluse aus, nahm eine frische aus dem Schrank und bürstete noch schnell ihre Haare, mit mäßigem Erfolg, ihre Locken waren einfach nicht zu bändigen. Zuletzt verrieb sie ein paar Tropfen *Roma* an ihren Handgelenken. Den alten Flakon mit *Cool Water* hatte sie bereits entsorgt. Es kam ihr inzwischen viel zu herb vor.

Da ertönte auch schon die Türklingel. Rasch ging sie nach unten.

Während Thea Taschen und Koffer hereinschleppte, stand

Lydia unbeweglich wie eine Statue im Flur und starrte Alex entgegen.

»Lydia, herzlich willkommen.« Das war zwar glatt gelogen, aber was sollte sie sonst sagen? Sie gab Lydia die Hand und strich Amadeus kurz über den Kopf. Doch der würdigte sie keines Blickes.

Gemeinsam gingen sie ins Wohnzimmer, wo Thea schon einen kleinen Tisch mit Teegeschirr eingedeckt hatte.

»Meine Liebe, ich hätte es sehr zu schätzen gewusst, wenn du mich bereits in der Diele empfangen hättest, statt von sonstwo herbeizueilen und die Treppe herunterzustürmen.« Lydia kniff die Lippen zu einem schmalen Strich zusammen. »Aber die jungen Frauen heutzutage wissen anscheinend nicht mehr, wo ihr Platz ist und was sie ihrer Stellung schuldig sind.«

»Ihrer Stellung schuldig?«, fragte Alex irritiert. »Die jungen Frauen von heute haben einen Beruf und verdienen ihr eigenes Geld.«

»Das mag ja in den unteren Klassen durchaus so sein, aber in unseren Kreisen … Und du bist doch immerhin eine *Von!*«

»Wollen wir uns nicht setzen und eine Tasse Tee trinken? Natürlich Darjeeling«, schlug Alex vor, dankbar, dass Thea in diesem Moment mit der Torte hereinkam. Auf keinen Fall wollte sie sich von Lydia provozieren lassen. Eine halbe Stunde Smalltalk und dann würde Tantchen in ihren Zimmern verschwinden. Hoffentlich.

12

»Meine Damen und Herren!«

Elfie blickte auf. Stefan Windisch hatte den Raum betreten und trug wie immer sein George-Clooney-Lächeln auf den Lippen.

»Seit ich diese Abteilung von Frau Schicketantz zusätzlich zu meiner eigenen übernommen habe, gewinne ich mehr und mehr den Eindruck, dass auf dieser Etage viel zu viele Leute mit viel zu wenig Arbeit beschäftigt sind. Als Erstes brauche ich einen genauen Überblick über das Gesamtvolumen der Aufgaben, die hier anfallen. Denn in Relation zur Zahl der Schadensfälle müsste die Abteilung deutlich kleiner sein. Deshalb bitte ich Sie, nacheinander zu mir in mein Büro zu kommen. Ich möchte mir anhand Ihrer Personalakte und im Einzelgespräch einen Eindruck von Ihren Qualifikationen, Ihren Tätigkeiten und der jeweiligen Arbeitsleistung verschaffen. Die Reihenfolge dürfen Sie gern untereinander ausmachen. Zählen Sie es an den Fingern ab, oder würfeln Sie es aus. Es wäre mir aber lieb, wenn sich der erste Mitarbeiter in etwa einer Viertelstunde bei mir einfinden würde.«

Sein Lächeln wirkte wie festgeklebt in seinem Gesicht, als er das Büro verließ.

Trotz des liebenswürdigen Tonfalls hingen seine Worte unheilverkündend im Raum. Es war still. Elfie wusste nicht, wie sie seine Anweisung einordnen sollte. War Stefan Windisch unzufrieden mit dem Arbeitspensum, das hier geleistet wurde? Hatte er ein Problem mit dem einen oder anderen Mitarbeiter? Würde es am Ende gar zu Entlassungen kommen?

Die Stille wurde von einem lauten Krachen beendet, das Elfie zusammenzucken ließ. Weber hatte vor lauter Nervosität seinen kompletten Aktenturm vom Schreibtisch gestoßen.

»Am besten gehen wir in alphabetischer Reihenfolge«, schlug Ilse Behring schließlich vor, »somit bin ich die Erste.«

Sie sah auf ihre Armbanduhr. Als fünfzehn Minuten verstrichen waren, stand sie auf, strich ihren Rock glatt, straffte die Schultern und verließ das Büro.

Nach ihr ging ein Mitarbeiter nach dem anderen in Windischs Abteilung hinüber. Die meisten kehrten mit gesenkten Köpfen zurück. Niemand verriet etwas über den Inhalt seiner Unterredung mit Windisch.

Was war da los? Elfie zweifelte. War Windisch gar nicht der nette Chef, als der er sich zunächst dargestellt hatte? Ein Wolf im Schafspelz etwa? Hatte sie sich in ihm getäuscht? Sie würde die ganze Aktion beobachten, Ludwig zu Rate ziehen müssen. Aber sie konnte doch nicht schon wieder …

Sie griff nach ihrem Notizbuch, aber der Vierfarbstift, mit dem sie ihre Eintragungen machte, klemmte. Irritiert legte sie ihn beiseite.

Elfie war im Begriff, die Toilettenkabine zu verlassen. Sie hatte bereits die Hand an der Türklinke, als sie hörte, wie zwei ihrer Kolleginnen den Raum betraten und ein Gespräch miteinander begannen.

»Ich wollte mal mit dir reden«, sagte Silke Kampmann,

»deshalb habe ich dir ein Zeichen gegeben, damit wir uns hier treffen.«

»Und worüber willst du mit mir reden?« Ilse Behrings Stimme klang zögernd, fast abweisend.

»Na, das kannst du dir doch wohl denken! Ich möchte wissen, was Windisch von dir wollte.«

»Sprich gefälligst nicht so laut. Wer weiß, wer uns hören kann!«, zischte Ilse Behring.

Elfie spürte, wie ihr das Blut zu Kopf stieg. Zu gern hätte sie die Kabine verlassen, aber dafür war es jetzt zu spät.

»Denkst du vielleicht, hier gibt es Wanzen oder versteckte Kameras? Das wär ja wohl das Letzte!« Silke Kampmann lachte, aber ihr Lachen klang nicht überzeugend. Es lag ein Unterton von Angst darin.

»Das hier wäre nicht die erste Firma, die versucht, ihre Mitarbeiter zu bespitzeln und an allen möglichen Orten zu überwachen. Aber jetzt sei ruhig!«, sagte Ilse Behring so leise, dass Elfie sie kaum verstehen konnte.

»Also hat Windisch von dir auch verlangt, die Kollegen auszuhorchen, dich nach beruflichen und privaten Problemen zu erkundigen? Ob einer in Scheidung lebt, wie viele Kinder einer hat, wie viel Schulden bei der Bank und so«, flüsterte Silke Kampmann.

Elfie hörte den Schnappverschluss einer Handtasche klicken.

»Ich sag nichts dazu. Das, was wir mit Windisch besprochen haben, ist vertraulich. Außerdem ist Windisch der Schwager vom Chef, die beiden sind doch ganz dicke. Ich kann keinen Ärger mit ihm gebrauchen. Hör also auf, mich seinetwegen zu löchern!« Ilse Behring versuchte, energisch zu klingen, aber ihre Stimme zitterte bei diesen Worten.

»Du bist gemein, Ilse.« Silke Kampmann schien den Tränen nahe. »Ich will doch nur wissen, was ich machen soll. Ich kann es mir nicht leisten, meinen Job zu verlieren. Mein Mann studiert noch, wir brauchen das Geld dringend.«

»Meinst du, als Alleinerziehende kann ich auf das Geld verzichten? Mein Sohn hat gerade eine Lehre angefangen, wächst außerdem jeden Tag ungefähr einen Zentimeter und frisst mir die Haare vom Kopf. Es muss eben jeder zusehen, wie er zurechtkommt.«

Darauf verließ eine von beiden den Raum. Das Toilettenfenster wurde geöffnet. Elfie hörte tiefe Atemzüge, ein leises Schluchzen, einen abschließenden Seufzer. Dann schloss sich abermals die Tür.

Elfie hatte die Luft angehalten. Nur ungern hatte sie das Gespräch belauscht, eigentlich hasste sie Heimlichkeiten dieser Art. Andererseits war jetzt klar, dass Stefan Windisch einen dicken Minusstrich verdient hatte.

Als Elfie am nächsten Morgen das Büro betrat, spürte sie sofort, wie sich die Atmosphäre durch das Auftreten Windischs verändert hatte. Es war unnatürlich still, kaum jemand schaute von seiner Arbeit auf. Sogar der Gummibaum in der Ecke sah heute trauriger aus als sonst.

So ein Unsinn, schalt sich Elfie. Das kam ihr alles nur so vor, weil sie sich selbst unwohl fühlte. Im Hals kratzte es, auch der Kopf tat ihr weh. Hoffentlich hatte sie sich keine Sommergrippe eingefangen.

Den ganzen Vormittag ging ihr die Arbeit nur zäh von der Hand. Zur Verbesserung der Standards für die Beantwortung von Kundenanfragen fiel ihr heute einfach nichts ein. Nachdenklich stützte Elfie ihren Kopf auf die Hände und starrte vor sich hin. Sie konnte doch nicht ein zweites Projekt in derselben Firma anfangen.

Ihr wurde heiß. Sie zog die Strickjacke aus. Doch nach ein paar Minuten fröstelte sie schon wieder. Diese Klimaanlage war einfach ungesund. Elfie sehnte sich nach frischer Luft. Die meisten Mitarbeiter waren schon in die Mittagspause entschwunden. Sie griff zu ihrer Butterbrotdose, legte sie aber wieder zurück, weil sie merkte, dass sie doch keinen Appetit hatte. Stattdessen nahm sie ihre Jacke und verließ das Büro, um draußen ein paar Schritte zu laufen.

Als Elfie beim Café Valentino vorbeikam, sah sie Jenny ganz allein an einem Tisch sitzen. Elfie überkam ein schlechtes Gewissen. Sie hatte den ganzen Vormittag nicht auf Jenny geachtet, weil sie zu sehr mit ihren eigenen Befindlichkeiten beschäftigt war. Sie ging zurück zur Eingangstür. Ein Tee würde ihr jetzt guttun.

Jenny war völlig in ihre Gedanken vertieft und schreckte hoch, als Elfie sie begrüßte.

»Ach, Frau Ruhland, Sie sind's.« Ihr Lächeln wirkte gezwungen.

»Na, heute so ganz allein? Das sieht Ihnen gar nicht ähnlich«, sagte Elfie betont munter.

»Eigentlich war ich verabredet.«

»Da haben Sie wohl einen heimlichen Verehrer. Wie nett. Dann will ich nicht stören. Vielleicht kommt er ja noch.«

Jenny sah auf die Uhr. »Wohl kaum. Wahrscheinlich hat er Besseres zu tun.« Und mit einem Blick auf die aufgeschlagene Zeitung vor ihr, fügte sie hinzu: »Wo er doch in gehobenen Kreisen verkehrt.«

Elfie drehte den Kopf, um das Foto besser sehen zu können. Wortlos schob Jenny die Zeitung zu ihr herüber. Elfie kniff die Augen zusammen und holte ihre Lesebrille aus der Jackentasche. Aber … aber das war ja der Windisch! Er und seine Frau in eleganter Abendkleidung. Verständnislos sah Elfie auf.

»Jenny, was soll das heißen?«

Jenny wandte den Kopf zur Seite. Nach einer Weile sagte sie leise: »Dabei hat er gesagt, er lässt sich scheiden.«

Elfie brauchte einen Moment, bis sie die Bedeutung der Worte verstand. »Wollen Sie damit sagen, dass Sie was mit Windisch haben?«

Jenny nickte und drehte sich langsam wieder zu Elfie. Tränen liefen ihr die Wangen hinab. Elfie gab ihr ein Taschentuch. Ihr fehlten die Worte. Dieser Windisch! Wie konnte er nur ein junges Mädchen verführen? Sanft strich sie Jenny über den Arm.

»Ach, Kind. Was machen Sie denn für Sachen? Der Windisch ist doch viel zu alt für Sie. Außerdem ist er verheiratet.«

Jenny wischte sich über die Augen. »Er war immer so nett zu mir, hat gesagt, nur ich würde ihn verstehen. Und seine Ehe bestehe nur noch auf dem Papier. Und jetzt das!«

Jenny zeigte auf den Zeitungsartikel. Die Überschrift lautete *Zum Hochzeitstag nach Monte Carlo*. Auf dem Foto schmiegte sich Helene Windisch eng an ihren Mann. Beide lächelten strahlend in die Kamera.

Elfie begann zu lesen.

Bei der großen Charity-Gala des Lions Club stachen wieder einmal Helene und Stefan Windisch als das attraktivste Paar der Stadt heraus. Exklusiv für unsere Leser befragten wir die beiden nach dem Rezept für ihr langjähriges Glück.

»Es wird einem nichts geschenkt im Leben«, bekannte Stefan Windisch. »So wie sich jeder von uns seinen beruflichen Erfolg mit großem Einsatz erkämpft hat, so intensiv bemühen

wir uns auch um unsere Ehe. Man darf nichts als selbstverständlich nehmen.«

Was für sensible Worte aus dem Mund eines Mannes, der sich jeden Tag in der knallharten Geschäftswelt der Versicherungsbranche behaupten muss. Auch dass seine Frau deutlich älter ist, macht dem einst heißbegehrten Junggesellen offenbar nichts aus.

»Wir haben uns gesucht und gefunden«, sagte der 41-Jährige mit träumerischem Lächeln. Seine 49-jährige und immer noch sehr attraktive Frau sah ihren Gatten dabei so verliebt an wie am ersten Tag.

»Wir lassen uns unsere Freiräume«, verriet sie. »Denn was zählt, ist auch in einer Beziehung nicht die Quantität, sondern die Qualität. Und ab und zu nehmen wir uns eine Auszeit vom Alltag.«

Schon fast zehn Jahre sind die beiden Turteltauben glücklich verheiratet. Ihren baldigen Hochzeitstag feiern sie mit einer Reise nach Monte Carlo, wo sie einst ihre Flitterwochen verbrachten. Dort haben sie sich dasselbe Zimmer reservieren lassen, das sie während ihrer Hochzeitsreise bewohnten – im exklusiven Hotel Metropole, das nur wenige Schritte vom berühmten Casino entfernt liegt, dem sie auch einen Besuch abstatten wollen.

Elfie musste an Paul-Friedrich denken. Ein Besuch im Spielcasino von Monte Carlo würde ihm sicher auch gefallen. Doch als sie Jennys tieftraurigen Blick sah, schob sie den Gedanken schnell beiseite. Hier ging es nicht um die neueste Leidenschaft ihres langjährigen Bekannten, sondern um diesen Windbeutel, diesen Windisch.

»Der hat Ihnen nur leere Versprechungen gemacht«, sagte sie so sanft wie möglich und tätschelte Jennys Arm.

Sie fragte sich, ob Windisch damit nicht Gründe genug geliefert hatte, ihn zu einem neuen Projekt zu machen? Elfie wollte schon ihr Notizbuch zücken. Da fiel ihr ein, dass sie ohne Tasche und damit auch ohne Notizbuch unterwegs war – ein Zeichen, dass sie nicht tätig werden sollte?

Am besten besprach sie die Angelegenheit mit Ludwig. Andererseits traute sie sich kaum, ihm zu berichten, dass es jetzt auch mit Windisch Probleme gab. Aber was sollte sie denn machen, wenn der sich als so schwere Enttäuschung entpuppte?

»Was soll ich denn jetzt tun?«, schluchzte Jenny.

Elfie nahm die Brille ab und legte behutsam einen Arm um Jennys Schultern.

»Sie sind ja völlig durch den Wind. Wahrscheinlich haben Sie auch noch nichts gegessen.«

Resolut winkte Elfie den Ober herbei. »Zweimal Hühnersuppe bitte.«

Dann wandte sie sich wieder Jenny zu. »Jetzt stärken wir uns erst einmal. Dann sieht die Welt schon ganz anders aus.«

Jenny sah sie zweifelnd an.

»Es ist ja kein Wunder, dass Sie so schlecht beieinander sind«, fuhr Elfie fort. »Zuerst die Probleme mit Frau Schicketantz. Ich weiß, wie Ihnen das zugesetzt hat. Und kaum sind die aus der Welt, verdreht Ihnen dieser Windisch den Kopf. Das wäre für jeden von uns ein bisschen viel auf einmal.«

Elfie musterte Jenny nachdenklich. »Haben Sie schon einmal daran gedacht, professionelle Hilfe in Anspruch zu nehmen?«

»Wer soll mir schon helfen?«, murmelte Jenny. »Vielleicht irgend so ein Psychoheini?«

»Ich kenne jemanden, der Ihnen guttun würde, einen Therapeuten, der wirklich etwas von seinem Beruf versteht. Sein Vater hat mir in einer schweren Lebenskrise sehr geholfen, und Rüdiger ist genau wie er: einfühlsam, dabei voller Überzeugungskraft und menschlicher Wärme.«

Jenny hob den Kopf und sah Elfie ungläubig an. »Sie hatten eine schwere Lebenskrise? Das kann ich mir gar nicht vorstellen. Sie wirken immer so ruhig und ausgeglichen.«

»Ach, Jenny, im Leben eines jeden Menschen gibt es Schicksalsschläge, die er bewältigen muss. So oder so. Wie wäre es, wenn ich Sie einmal mitnähme zu einer Gruppenstunde mit Rüdiger? Zwar sind meist alle Plätze besetzt, aber Rüdiger würde für Sie sicher eine Ausnahme machen und Ihnen helfen.«

»Eine Gruppe, der ich was aus meinem Leben erzählen muss? Das kann ich nicht. Das will ich auch nicht. Das ist nichts für mich. Ganz bestimmt nicht.« Jenny schüttelte sich.

Elfie versuchte es weiter: »Ich könnte mit Rüdiger sprechen. Vielleicht kann er ein Einzelgespräch mit Ihnen führen, das Ihnen in Ihrer jetzigen Situation weiterhilft.«

Jenny zuckte die Achseln. »Wenn Sie meinen, kann ich das ja mal versuchen.«

13

Alex stand schon mit einem Bein vor der Haustür, als Lydia sie zurückrief, damit sie die Pralinenschachtel für Amadeus aus dem Schrank holte.

»Amadeus braucht unbedingt sein Morgenleckerli, und ich komme so schlecht da oben dran. Thea ist noch nicht da, und Hubertus ist ja schon zur Universität gefahren, so dass er mir nicht helfen kann. Sonst hätte ich ihn natürlich gebeten.«

Natürlich hätte sie Hubertus gebeten! Wie sie ihn ja um jede Kleinigkeit bat. Nur damit er Zeit mit ihr verbrachte. Und wie waren die Pralinen da oben in den Schrank gekommen – geflogen vielleicht? Lydia hatte sie doch selbst dorthin verbannt, damit Amadeus der Schokoladenduft nicht dauernd in die Nase stieg und er daraufhin den kostbaren Schrank zerkratzte.

Schnell verließ Alex das Haus und fuhr davon, bevor Lydia noch weitere Aufgaben für sie einfielen. Wie oft hatte sich Alex in den letzten Tagen nach ihren eigenen vier Wänden zurückgesehnt, nach der Wohnung in der Nähe des Kommissariats, in der jetzt eine junge Kollegin lebte, die vermutlich jeden Morgen pünktlich zum Dienst erschien, während sie mal wieder im Stau stand. Alex schlug mit der Hand aufs Lenkrad, aber dadurch löste der Stau sich natürlich auch nicht auf. Warum hatte sie Huberts Drängen nur nachgegeben? Na ja, an ihm lag es nicht, dass sie ihren Einzug bereute. Im Gegenteil, er war ja selbst am Boden zerstört, weil Tante Lydia ihre Zweisamkeit zunichtemachte. Manchmal tat er ihr richtig leid, weil er von seiner Tante so selbstverständlich in Anspruch genommen wurde und für gemeinsame Zeit mit Alex fast nur die Nächte übrig blieben.

Alex lächelte in sich hinein. Zumindest die Nächte waren wunderbar. Allerdings waren auch die gezählt, denn bald würde Hubert seine große Forschungsreise antreten und dann bliebe sie mit Amadeus und Tante Lydia allein. Ohne Hubert, wie sollte sie das nur überstehen?

Bei dem Gedanken daran stöhnte Alex vor Wut auf, schlug mit beiden Fäusten aufs Lenkrad und – wundersamerweise setzte sich die Autoschlange in Bewegung. Sie sah auf die Uhr und atmete erleichtert auf. Sie würde es noch pünktlich schaffen.

Während der letzten paar hundert Meter ging sie den Fall Eberdin, der heute zur Besprechung mit dem Staatsanwalt anstand, in Gedanken noch einmal durch. Ein bisschen nervös war sie schon, denn sie hatte Dr. Prinz bisher noch nicht persönlich kennengelernt.

Im Polizeipräsidium rannte sie die Treppen hinauf, verschnaufte für einen Moment vor Hauptkommissar Brauses Büro, zupfte an ihrer Garderobe herum und strich sich die Locken aus der Stirn. Dann öffnete sie entschlossen die Tür.

Bis auf den Staatsanwalt waren schon alle da. Brause warf Alex einen vorwurfsvollen Blick zu.

»Pünktlichkeit ist die Höflichkeit der Könige«, setzte er an. »Und das gilt …«

Da wurde die Tür aufgerissen, und Dr. Constantin Prinz stürmte herein. Alex hatte zwar schon einiges über ihn gehört, doch niemand hatte ihr erzählt, wie gut der Mann aussah. Groß, durchtrainiert, dunkelhaarig, elegant gekleidet. Das Faszinierendste waren jedoch seine strahlenden tiefblauen Augen.

»Guten Morgen, guten Morgen«, grüßte Prinz freundlich in die Runde. »Ich habe gehört, es gibt Neuigkeiten im Fall Eberdin.«

»Ja, wir haben den Fall gelöst.« Brause grinste zufrieden.

»Na endlich! Warum hat das so lange gedauert, Brause?« Prinz war stehen geblieben und sah auf den Hauptkommissar hinab.

Brause fuhr auf. Sein Gesicht lief rot an, und die Adern an seiner Schläfe traten hervor. Er öffnete den Mund, doch Prinz winkte ab.

»Ist ja jetzt nicht mehr wichtig.«

Brause knurrte nur, während Prinz spöttisch grinste.

»Dann erzählen Sie mal, Brause.«

»Gestern ist uns der Täter endlich ins Netz gegangen. Unsere Zeugin hat ihn bei der Gegenüberstellung sofort erkannt und war sich ganz sicher, dass er es war. Aber er konnte ein wasserdichtes Alibi vorweisen. Zur fraglichen Zeit war er nämlich auf einem Polizeirevier, um seinen Wagen gestohlen zu melden.«

»Ja, was denn nun? Ich denke, Sie haben ihn geschnappt?«

»Tja«, begann Brause, »das war so …«

Prinz unterbrach ihn. »Machen Sie es bitte kurz, ich muss zu einem Gerichtstermin.«

»Zwillinge.«

»Geht es etwas ausführlicher?«

Brause knirschte mit den Zähnen und kreuzte die Arme über seinem mächtigen Bauch. »Na, was denn nun? Sie wollten es doch in Kurzfassung!«

Alex schaute zwischen Brause und Prinz hin und her. Was war denn mit den beiden los?

»Also?«, forderte Prinz.

Eine ungemütliche Stille breitete sich aus. Alex wollte gerade etwas sagen, als Felix das Wort ergriff.

»Alex, ich meine Frau von Lichtenstein, hatte die Idee, dass wir es vielleicht mit eineiigen Zwillingen zu tun haben könnten. Und so war es dann auch. Der eine Zwilling hat das Alibi besorgt, der andere die Tat begangen. Diesen Zwilling haben wir gerade noch am Flughafen geschnappt, als er die Fliege machen wollte.«

Prinz wandte sich Alex zu. »Dann gebührt dem jüngsten Mitglied der Mordkommission ja ein besonderes Lob.«

Alle Augen richteten sich auf Alex. Brause starrte sie mit zusammengezogenen Augenbrauen finster an. Gudrun schien sich gut zu amüsieren, sie zwinkerte Alex zu.

»Wunderbar, dank Ihrer Kombinationsgabe können wir einen erfolgreichen Abschluss des Falls vermelden!« Prinz kam mit ausgestreckter Hand auf sie zu.

Alex stand auf, trotzdem reichte sie ihm kaum bis zu den Schultern. Er ergriff ihre Hand. Alex merkte, wie ihr die Röte ins Gesicht stieg.

»Vielen Dank, Herr Doktor Prinz. Aber die Kollegen haben genauso viel zur Lösung des Falls beigetragen.« Alex versuchte vorsichtig, ihm ihre Hand zu entziehen, da griff er mit beiden Händen zu.

»Nicht so bescheiden, liebe Frau von Lichtenstein. Dank Ihnen ist uns der Täter nicht entwischt. Stellen Sie sich vor, wie lange wir nach ihm hätten suchen müssen, wenn er es geschafft hätte, sich ins Ausland abzusetzen.«

Nach einem letzten Lächeln und einem tiefen Blick aus seinen unglaublich blauen Augen ließ er Alex los und sah auf die Uhr. »Ich muss zum Gericht.« Damit raffte er seine Sachen zusammen, warf seine Robe über den Arm und rauschte aus dem Raum.

»Aufgeblasener Idiot! Was glaubt der eigentlich? Unser kleiner Prinz führt sich mal wieder auf wie ein König, während wir die Drecksarbeit machen.« Brause stemmte sich aus seinem Stuhl hoch.

»Und dann will er auch noch wissen, warum wir den Fall nicht früher lösen konnten.« Er hieb mit der Faust auf den Schreibtisch.

Die Aktenmappe, die an der Tischkante gelegen hatte, fiel zu Boden. Alex streckte automatisch die Hände aus, um sie aufzufangen, doch zu spät. Sie bückte sich, um die verstreuten Blätter aufzusammeln.

»Aber, Chef, jetzt beruhig dich wieder«, sagte Gudrun. »Unser Beau wollte dich nur mal wieder ein bisschen hochnehmen. Und das ist ihm ja auch hervorragend gelungen.«

14

Seit Tagen hatte sich Windisch nicht mehr in der Abteilung gezeigt. Die gedrückte Stimmung entspannte sich allmählich wieder. Elfie war froh, dass sie noch keinen Eintrag in ihr Notizbuch gemacht hatte. Nicht auszudenken, wenn sie ohne guten Grund mit einem neuen Projekt begonnen hätte. Ludwig gegenüber würde sie das lieber nicht erwähnen.

Auf ihrem Weg in die Teeküche hörte Elfie ein klirrendes Geräusch hinter sich. Als sie sich umdrehte, bog gerade der Hausmeister um die Ecke. Er trug um die Hüften einen üppig bestückten Werkzeuggürtel, der bei jedem Schritt schepperte.

Elfie blieb stehen. »Einen wunderschönen guten Morgen. Ich wollte gerade Kaffee machen. Möchten Sie auch eine Tasse?«

»Das wäre nett.« Will Heldt schien sich wirklich zu freuen. Wahrscheinlich bot ihm das sonst niemand an.

Elfie ging voraus in die Teeküche. »Sie haben ja schwer zu tragen.« Sie deutete auf den Werkzeuggürtel.

»Ach was. Ein richtiger Mann kann das. Außerdem schnalle ich mir den Gürtel gern um. Erinnert mich immer an Gary Cooper.«

Der Hausmeister baute sich breitbeinig vor Elfie auf und steckte seine Daumen in den Gürtel. »Wie der in *Zwölf Uhr mittags* als Marshal ganz allein in dieser verlassenen Stadt dasteht und auf die Bösen wartet – absolut cool. Und dann zieht er seine Revolver. Genau so.«

Heldt griff in seinen Gürtel, riss einen Hammer und einen Schraubenschlüssel heraus und zielte damit auf Elfie.

»Sie wollen mich doch wohl nicht erschießen?« Elfie hob lachend die Hände.

»Nein. Sie gehören ja zu den Guten. Sie wären dann Grace Kelly, die die Frau des Marshals spielt – der übrigens Will Kane heißt.« Stolz warf sich Heldt in die Brust.

»Also noch ein Namensvetter von Ihnen.« Elfie zwinkerte dem Hausmeister zu. »Jetzt ist der Kaffee fertig. Nehmen wir doch einen Moment Platz.«

Nach dem ersten Schluck Kaffee setzte Will Heldt ein sorgenvolles Gesicht auf. »Aber unser George Clooney gefällt mir im Moment überhaupt nicht.«

Da sind wir schon zwei, dachte Elfie und sagte laut: »Meinen Sie, dass er zu viel arbeitet?«

Der Hausmeister winkte ab. »Nee, ich glaube, das ist wegen der Schicketantz. Irgendwie fehlt sie ihm wohl.«

»Weil er sich jetzt auch um ihre Abteilung kümmern muss?«, vermutete Elfie.

»Ach was.« Heldt zögerte einen Moment und musterte Elfie stirnrunzelnd, dann stand er auf und schloss die Tür. »Was glauben Sie, wie es bei denen im Konferenzraum immer abgegangen ist. Zwischen halb sieben und sieben habe ich mich schon gar nicht mehr in den dritten Stock getraut.«

»Ich dachte, um die Zeit hat sich Frau Schicketantz mit Direktor Wolter besprochen«, warf Elfie erstaunt ein. »Und worüber hat sie sich denn mit Windisch gestritten?«

»Gestritten? Nein, die haben eine Nummer geschoben. Der Chef ist um diese Zeit doch gar nicht mehr im Haus.

Und ich denke nicht, dass die Schicketantz an einem flotten Dreier Gefallen gefunden hätte. Der Windisch dagegen kann ja gar nicht genug kriegen. Aber mit seinem eigenen Schwager – wohl eher nicht.«

Elfies Gedanken überschlugen sich. Was war der Windisch für ein infamer Kerl! Hatte nicht nur Jenny verführt, sondern auch noch was mit der Schicketantz gehabt. Und die hatte sich ihr einziges Plus unverdient erschlichen. Statt mit ihrem Chef hatte sie sich mit Windisch getroffen. Die Empörung schnürte Elfie die Kehle zu.

Will Heldt sah sie besorgt an. »Das haut den stärksten Seemann um, was? Nur nicht so einen Casanova wie den Windisch.«

Elfie dachte an den Zeitungsartikel über das attraktivste Paar der Stadt. »Was sagt denn seine Frau dazu? Ich dachte, die beiden wären so glücklich verheiratet.«

Heldt runzelte die Stirn und schien angestrengt nachzudenken, während er an seinem Kaffee nippte. »Ich glaube, sie weiß es nicht. Und warum sollten die beiden nicht glücklich sein? Er liebt sie eben alle.«

»Wen meinen Sie mit *alle*?«, fragte Elfie verwirrt.

»Also, da hätten wir mal die Brünette vom Reisebüro im Erdgeschoss.« Heldt begann, an den Fingern abzuzählen. »Dann die Schwarzhaarige von der Risikolebensversicherung. Und die Blonde, das ist seine Assistentin.« Heldt sah ungläubig auf seine Finger. »Das kann noch nicht alles sein. Ach ja, der Rotschopf. Den hat er noch nicht so lange. Und die Schicketantz zählt ja jetzt nicht mehr.« Einen Finger knickte er wieder ab.

Elfie war sprachlos. Dieser Schuft hatte ja einen ganzen Harem. Die arme Frau Windisch.

»Wahrscheinlich braucht er jetzt eine Neue, damit er sich

wieder wohlfühlt«, sagte der Hausmeister. Und mit einem Unterton der Bewunderung: »Wie er das nur alles schafft? Ich wollte ihn schon mal fragen, ob er eine besondere Diät macht oder so. Und wie er all die Namen auseinanderhält? Aber wahrscheinlich nennt er sie alle Darling.«

Heldt erhob sich. »Jetzt muss ich wieder an die Arbeit. Danke für den Kaffee.«

Als das Geklapper seines Werkzeuggürtels schon nicht mehr zu hören war, saß Elfie immer noch reglos da und starrte in ihre Tasse. So viele Frauen gleichzeitig! So etwas hatte Elfie noch nie erlebt. Aber das fiel eigentlich nicht in ihren Aufgabenbereich. Doch er hatte Jenny das Herz gebrochen. Und in der Abteilung hatte er auch schon Unfrieden gesät. Sie beschloss, dass nun alles davon abhinge, wie sich sein Verhalten weiterentwickelte und was für Absichten er tatsächlich hegte. Sie musste mehr über seine Pläne herausfinden.

Entschlossen stand Elfie auf, nahm noch einen Schluck Kaffee und verzog das Gesicht, weil er inzwischen kalt und bitter schmeckte.

Endlich Feierabend! Alex versuchte, die Gedanken an die Arbeit beiseitezuschieben. Schon wieder war ein tödlicher Unfall auf ihrem Schreibtisch gelandet. Diese seltsame Häufung konnte langsam kein Zufall mehr sein. Als Alex zu Hause aus dem Auto ausstieg, drehte sie zuerst eine kleine Runde durch den Garten. Ihr Blick fiel auf die Rosen. Um die würde sie sich am Samstag kümmern. Aber vorher musste sie zum Gartencenter, sie brauchte Torf, Rosendünger und …

Abrupt blieb sie stehen. O nein!

Amadeus wühlte sich wie ein Wildschwein durch die Blumenbeete und grub die Dahlienknollen aus. Wo sich doch gerade die ersten zarten Triebe zeigten.

Bevor sich Alex von ihrem Schrecken erholt hatte, kam Lydia auf die Terrasse. »Ja, wo ist denn mein Schatzilein? Ich habe ein Leckerli für dich.«

Sie machte zwei, drei Schritte auf den Mops zu, der bei dem Wort *Leckerli* sofort aufgesehen und sein Zerstörungswerk unterbrochen hatte. Der Speichel troff ihm aus dem Maul, und sein dicker Bauch blieb immer wieder an Erdbrocken hängen, während er mit seinen kurzen Beinen versuchte, möglichst schnell zu seinem Frauchen zu kommen. Er röchelte wie ein Asthmakranker, als er sich auf die Terrasse plumpsen ließ. Gierig starrte er auf die Hand, die die Praline hochhielt.

»Mein Schatzilein, hast du nett gespielt?« Damit steckte ihm Lydia die Praline ins Maul.

»Alexandra, wo bleibst du denn so lange? Ich musste den armen Amadeus in den Garten lassen, weil niemand mit ihm spazieren geht. Und wo ist überhaupt Thea? Keiner nimmt seine Verpflichtungen in diesem Hause ernst.«

»Wie bitte?« Alex konnte ihren Ärger kaum verbergen. »Thea habe ich heute Nachmittag freigegeben, sie wollte auf eine Beerdigung. Und das hatte ich dir gesagt.«

»Jetzt sind sogar die Toten schon wichtiger!« Lydia wandte sich um und ging ins Haus zurück.

Amadeus rührte sich nicht, er saß da wie ein Buddha und starrte Alex an. Hätte Lydia nicht wenigstens dieses eine Mal selbst mit Amadeus Gassi gehen können? Rasch inspizierte Alex die verstreut herumliegenden Knollen. Der größte Teil war zerbissen. So ein Mist! Die anderen musste sie gleich wieder einpflanzen. Aber zuerst würde sie Hubert begrüßen.

Sie eilte ins Haus. Aus dem Arbeitszimmer erklang Musik. Leise schlüpfte sie durch die offene Tür, ging zu ihm an den Schreibtisch und legte ihm von hinten die Hände auf die Schultern. Überrascht drehte er sich um. Bei ihrem Anblick leuchteten seine Augen auf.

»Sandra, Liebste!« Er zog sie auf seinen Schoß und küsste sie, dass ihr die Luft wegblieb.

»Schön, dass du endlich da bist«, flüsterte er schließlich mit heiserer Stimme.

Alex drückte sich an ihn, genoss die Berührung seiner Hände auf ihrem Körper und vergaß den ganzen Ärger.

Nach einer Weile murmelte sie in Huberts Ohr: »Ist das die CD, die du heute besorgen wolltest? Wir können sie uns ja nach dem Abendessen anhören.«

Sie spürte, wie seine Schultern heruntersackten.

»Ach, Sandra, es tut mir so leid. Aber ich muss heute Abend nach Kopenhagen fliegen. Professor Hohenthann ist erkrankt, und ich muss ihn beim Kongress vertreten.«

»Wie lange bleibst du denn?«

»Ich bin in drei Tagen zurück.«

Alex versteifte sich. Sie hatte sich so darauf gefreut, die wenigen Tage mit Hubert zu genießen, bevor er zu der mehrwöchigen Expedition nach Brasilien aufbrach.

Sie schluckte. »Ist doch nicht so schlimm. Hören wir uns die CD ein anderes Mal an.«

Sie strich über das Grübchen an seinem Kinn. Das hatte es ihr vom ersten Tag an angetan. »Wann musst du denn aufbrechen?«

Hubert sah auf die Uhr. »Sobald ich gepackt und mich umgezogen habe.«

»Ich helfe dir. Dann haben wir wenigstens noch ein paar Minuten miteinander.«

In dem Moment kam Lydia ins Zimmer und deutete auf Amadeus, der vor der Terrassentür saß und prompt anfing zu jaulen. »So kann man ihn nicht ins Haus lassen. Er bringt den ganzen Schmutz mit herein. Jemand muss ihn säubern.«

Lydia marschierte schnurstracks auf ihren Neffen zu und hakte sich bei ihm unter. »Hubertus, du bist so viel unterwegs. Kannst du nicht ein paar Minuten für deine arme, alte Tante erübrigen?«

»Na ja. Aber ich muss noch packen.«

»Das kann Alexandra doch tun, nicht wahr?« Der Blick, den sie Alex zuwarf, strafte ihren einschmeichelnden Ton Lügen. »Ich müsste ganz dringend noch ein paar Papiere mit dir durchgehen. Allein schaffe ich das nicht. Und du weißt ja, welch großen Wert ich auf deinen Rat lege.« Lydia zog an Huberts Arm. Hubert blieb unschlüssig stehen und sah Alex an.

»Wenn es so wichtig ist, dann musst du dich natürlich um Lydias Angelegenheiten kümmern.« Alex ballte die Hände zu Fäusten und wandte sich ab. »Ich packe inzwischen deine Sachen zusammen.« Sie wollte es Hubert nicht noch schwerer machen – auch wenn es innerlich in ihr brodelte.

Als Lydia mit Hubert in ihrem Zimmer verschwand, war ihre triumphierende Miene nicht zu übersehen.

Alex sah den beiden nach. Lydia beanspruchte immer mehr von Huberts Zeit. Und nun gönnte sie ihnen nicht einmal diese letzten Minuten.

Als Alex mit der gepackten Reisetasche wieder nach unten kam, waren Lydia und Hubert mit ihrer Besprechung noch nicht fertig. Durch die offene Tür warf Hubert Alex einen hilflosen Blick zu und zuckte die Achseln.

Und Amadeus saß nach wie vor auf der Terrasse. Alex

ertrug sein klägliches Jaulen nicht länger, das Tier konnte ja auch nichts dafür. Wenn die beiden ohnehin noch nicht so weit waren, konnte sie sich auch um den Hund kümmern.

Sie holte ein altes Handtuch, nahm Amadeus damit hoch und ging entschlossen in die Waschküche, obwohl sie wusste, dass Amadeus nicht gefallen würde, was ihn nun erwartete. Sie versuchte, den Hund mit festem Griff in der kleinen Wanne zu halten und ihn abzubürsten, doch er wand sich wie ein Aal und quietschte und kläffte dabei unablässig, bis es in ihren Ohren wehtat. Wasser spritzte in der ganzen Waschküche herum, und im Handumdrehen war sie genau so nass wie er. Und völlig erschöpft. Heute blieb ihr aber auch nichts erspart.

Als sie Amadeus mit dem Handtuch trockenrubbeln wollte, schnappte er nach ihr. Sie musste sich sehr zusammenreißen, um ihm keinen Klaps zu geben. Schnell warf sie ihm das Handtuch über den Kopf, sollte er sich doch in den Frotteestoff verbeißen, während sie ihn abtrocknete.

In dem Moment steckte Hubert den Kopf zur Tür herein. Amadeus nutzte die Chance zur Flucht, entwand sich Alex und quetschte sich durch den Türspalt. So schnell hatte sie ihn noch nie laufen sehen.

»Liebste, ich muss los.« Hubert kam auf sie zu und umfing sie mit beiden Armen.

Alex klammerte sich an ihn, wollte ihn nicht gehen lassen. Doch er löste sich behutsam von ihr.

»Das Taxi wartet schon.«

Ein letzter Kuss, und weg war er.

Voller Zorn nahm Alex die Waschbürste und warf sie gegen die Wand. Dann stieß sie die Wanne vom Tisch, die laut zu Boden krachte. Ein paar Minuten stand sie regungslos da, starrte nur auf den Gully, in dem das Wasser verschwand.

15

Ein Handyton dudelte durch das Büro. *Auf in den Kampf, Tore-e-e-ero …* Einmal, zweimal, immer lauter werdend. Die Mitarbeiter schauten sich an, zuckten die Schultern.

»Ist das vielleicht Ihr Handy, Frau Ruhland?« Jenny blickte zu Elfie hinüber, die sich an der Hängeregistratur zu schaffen machte.

»Wie bitte? Ach du lieber Himmel!« Elfie beeilte sich, an ihren Platz zu kommen, griff in ihrer Tasche nach dem Handy. »Ruhland. Büro-Organisation«, meldete sie sich.

»Paul-Friedrich hier. Ich wollte fragen, ob Sie vielleicht Lust hätten, heute Abend mit mir ins Casino zu gehen?« Die Stimme am anderen Ende der Leitung klang aufgeregt.

»Ach, ich weiß nicht«, meinte Elfie unschlüssig, sah im gleichen Moment die neugierigen Blicke der Kollegen auf sich gerichtet. Sie spürte, wie ihr die Röte den Hals hinaufkroch, und drehte sich zum Fenster.

»Ich glaube, ich habe heute Nacht den Durchbruch mit meinem Roulettesystem geschafft. Jetzt möchte ich die Zahlenfolge unbedingt ausprobieren, und ich fände es schön, wenn Sie dabei wären. Bitte kommen Sie doch mit.«

Elfie konnte Paul-Friedrichs atemloser Begeisterung nicht widerstehen.

»Also gut.«

»Ich hole Sie gern von zu Hause ab.«

Elfie wehrte hastig ab. Noch nie hatte sie jemanden in ihre Wohnung gelassen. Und das war auch gut so. »Das ist nicht nötig. Treffen wir uns einfach vor dem Casino. Sagen wir, um acht?«

»Gut, dann bis um acht. Ich freue mich.«

Elfie wusste nicht, ob sie sich freuen sollte. Sie konnte doch außer Ludwig keinen Mann in ihr Leben lassen. Andererseits ging sie so selten aus, schon gar nicht am Abend. Warum also nicht? Auf dem Weg zurück zur Hängeregistratur bemerkte sie, wie die Kollegen sie neugierig mit ihren Blicken verfolgten. Jetzt stieg ihr die Röte ins Gesicht.

»Das war nur ein Bekannter. Wir gehen heute zusammen ins Casino.«

Gemurmel ringsum. Warum hatte sie das überhaupt gesagt? Ihr Privatleben ging doch niemanden etwas an. Als sie an Jennys Schreibtisch vorbeikam, hörte sie Jenny flöten: »Frau Ruhland hat ein Date! Machen Sie sich bloß schick!«

In Elfies Körper breitete sich ein angenehm warmes Gefühl aus. Und plötzlich freute sie sich auf den Abend. Statt allein zu Hause zu sitzen, zu lesen, Musik zu hören, hatte sie eine Verabredung. Ja, sie freute sich darauf, mal wieder auszugehen.

Der restliche Arbeitstag schlich dahin. Elfie analysierte das Erhebungssystem für statistische Daten, formulierte ein paar Stichworte, um den Workflow effizienter zu machen und schneller zu konkreten Analyseergebnissen zu kommen, war aber mit ihren Gedanken nicht so recht bei der Sache.

Zu Hause angekommen, stand sie ziemlich ratlos vor ihrem Kleiderschrank. Alle Teile ihrer Garderobe, die ein bisschen eleganter waren, hatten schon einige Jährchen auf dem Buckel. Schließlich wählte sie ein braunes kleingemustertes Jäckchenkleid mit einer elfenbeinfarbenen Bluse. Der Rock kniff ein wenig in der Taille, aber wenn sie die Bluse ausnahmsweise locker fallen ließ, sah man das nicht. Auch die Jacke war eine Spur zu eng, aber sie konnte sie ja offen lassen. Mit einer braunen Unterarmtasche und braunen Schuhen mit Blockabsatz stellte sie sich vor den Spiegel. Was hatte Jenny gesagt? *Machen Sie sich schick!* Elfie lächelte ihrem Spiegelbild zu. Sie fühlte sich schick.

Fast hatte sie die Tür schon hinter sich geschlossen, als sie sich aus Gewohnheit noch einmal an den Hals griff. Beinahe hätte sie Ludwig vergessen. Erschrocken ging sie zurück ins Schlafzimmer und legte das Medaillon um. Kühl und schwer lag es auf dem dünnen Blusenstoff.

Paul-Friedrich wartete am Eingang des Casinos auf sie. Zur Begrüßung wollte er sie umarmen, aber Elfie streckte ihm nur die Hand hin. Sie sah die Enttäuschung in seinen Augen. Er tat ihr fast ein bisschen leid. Aber sie konnte nun mal nicht anders.

Drinnen sah sie sich neugierig um. Paul-Friedrich schob sie zielstrebig in Richtung des Saals in der Mitte, nachdem er sich bei einem Angestellten informiert und einen Geldschein gegen Jetons getauscht hatte.

»Wir müssen in den Saal da vorn«, sagte er. »Da wird mit den niedrigsten Einsätzen gespielt. Weiter durch gibt es wohl noch andere Räume, in denen es um richtig viel Geld geht.«

Hinter einer breiten Flügeltür aus Milchglas betraten sie dunkelgrünen flauschigen Teppichboden. Das Licht der sternförmig in die Decke eingelassenen Lampen brach sich in zahlreichen Spiegeln. An zwei Roulettetischen wurde gespielt. Dann gab es noch ein paar kleinere Tische für Kartenspiele. An einem der Roulettetische war ein Platz frei.

»Möchten Sie dort Platz nehmen?«, fragte Paul-Friedrich.

Elfie schüttelte den Kopf. »Ich habe keine Ahnung, was ich dort machen müsste, und Geld will ich auch nicht ausgeben.« Unwillkürlich klemmte sie ihre Tasche fester unter den Arm. »Sie wollen doch Ihr System ausprobieren. Ich schaue mir das aus gebührender Entfernung an.«

Verstohlen zog Paul-Friedrich eine Liste mit Zahlenkolonnen aus der Anzugtasche und setzte sich.

Elfie beobachtete die Szenerie. Den gelangweilten Croupier, die anderen Spieler. Vor manchen stapelten sich die Chips, andere starrten auf die leere Fläche vor ihrem Platz. Die meisten Gäste waren nicht besonders exklusiv gekleidet. Eine Dame allerdings trug ein ausgeschnittenes Abendkleid, das ihre knochigen Schultern freigab.

Elfie schlenderte ein wenig umher, sah bei den Kartenspielen zu, setzte sich schließlich auf einen Barhocker und bestellte einen Kir royal. Den hatte sie mit Ludwig bei ihrer Verlobung getrunken. Sie nippte an ihrem Glas. Ziemlich süß und ziemlich lecker. Sie wollte mit dem Glas in der Hand näher an den Roulettetisch herangehen.

»Bitte bleiben Sie mit Ihrem Drink an der Bar«, rief sie der Barkeeper zurück. »Es ist nicht gestattet, damit zwischen den Spieltischen herumzulaufen. Ein verschüttetes Getränk könnte zu viel Verwirrung stiften – bei den Croupiers, bei den Spielern, bei der Roulettekugel …« Er zwinkerte ihr zu.

Elfie nickte verständnisvoll und blieb auf ihrem Barhocker, auch wenn sie ihn nicht besonders bequem fand.

Sie sah, dass sich am schmalen Ende des Saals eine weitere Flügeltür befand. Hin und wieder kam jemand heraus oder ging hinein. Ein dicker Mann mit rotem Gesicht schien, seiner wütenden Miene nach zu urteilen, einiges an Geld verloren zu haben. Dennoch warf er dem Barkeeper einen Schein zu. Er war sicher nicht zum ersten und wahrscheinlich auch nicht zum letzten Mal hier.

Abgesehen von den monotonen Stimmen der Croupiers und dem Hin- und Herschieben der Spielharken war nur gedämpftes Gemurmel zu vernehmen. Die Anwesenden konzentrierten sich auf ihr jeweiliges Spiel.

Plötzlich erklangen jedoch laute Stimmen jenseits der Flügeltür. Ein Türflügel wurde aufgerissen. Eine Dame schwankte heraus. Elfie blieb der Mund offen. Das war doch Helene Windisch! Allerdings war von ihrer in der Zeitung gerühmten Attraktivität nicht viel übrig. Sie schleifte eine champagnerfarbene Stola hinter sich her. Einige blonde Strähnen hatten sich aus ihrer Frisur gelöst, und auf ihren Wangen glühten rote Flecken.

Zwei Casino-Angestellte begleiteten sie, wirkten höflich, aber sehr bestimmt. »Bitte beruhigen Sie sich doch, Frau Windisch, und bitte stellen Sie Ihr Glas ab!«

Einer der beiden trat versehentlich auf die Fransen der Stola, und sie fuhr herum. »Ach, lassen Sie mich doch in Ruhe!« Ihre Stimme überschlug sich. »Habe ich noch nicht genug Geld in diesem Laden gelassen? Und Ihr Glas können Sie haben. Bitte schön!« Schwungvoll warf sie das noch halbvolle Glas an die Wand, wo es splitternd zerschellte. Dann torkelte sie hinaus.

Elfie sah ihr erschüttert nach. Wie konnte sich eine Frau wie Helene Windisch so gehen lassen? Andererseits – sie schien viel Geld verloren zu haben. Und sie war offensichtlich bekannt hier. Ganz in Gedanken trank Elfie ihr Glas in einem Zug leer.

Auch die anderen Gäste hatten von dem unangenehmen Auftritt Notiz genommen, wandten sich aber schnell wieder ihrem Spiel zu.

Es dauerte nicht lange, da stand Paul-Friedrich neben Elfie, in seinen Händen einen ganzen Haufen Jetons.

»Sie haben ja wirklich gewonnen«, staunte Elfie. »Ihr System hat funktioniert!«

»Also, na ja«, Paul-Friedrich räusperte sich, »ehrlich gesagt, scheint es noch nicht ganz ausgereift zu sein. Um bei der Wahrheit zu bleiben: Mit dem System habe ich nur verloren.«

»Aber ich sehe doch, dass Sie etwas gewonnen haben. Sie haben viel mehr Chips als vorher!«

»Nun, ich habe ein paarmal auf die Dreizehn gesetzt, auf Ihren Geburtstag.«

Elfie starrte ihn fassungslos an, dann lächelte sie.

»Wie viel ist es denn? Hat es sich wenigstens gelohnt?«

»Nun, Millionär bin ich nicht geworden, aber es würde vielleicht für ein Schmuckstück reichen. Vielleicht für einen hübschen Ring für Sie.«

»Einen Ring? Für mich? Das kann ich nicht annehmen.« Elfie schüttelte entschieden den Kopf, auch wenn es ihr zunehmend schwerer fiel, Paul-Friedrichs Annäherungsversuche zurückzuweisen. Aber für so etwas war einfach kein Platz in ihrem Leben.

Paul-Friedrich blickte auf seine Schuhe. »Na, dann eben für ein Paar Manschettenknöpfe für mich. Obwohl es doch Ihr Geburtstag war, der Glück gebracht hat. Eigentlich gehört der Gewinn Ihnen.«

Elfie gab keine Antwort. Sie lächelte nur wehmütig.

16

Alex sah auf die Uhr. Spätestens in einer halben Stunde musste sie los, um Hubert wie versprochen zum Flughafen zu bringen. Wenn sie ihn jetzt gleich zu Hause abholte, hätten sie am Flughafen noch Zeit, zusammen einen Kaffee zu trinken und sich für eine Weile zu unterhalten. Entschlossen griff Alex nach ihrer Tasche, verließ das Büro und ging zum Wagen.

Den ganzen Tag hatte sie es geschafft, den Gedanken zu verdrängen, dass sie mehrere Wochen von Hubert getrennt sein würde. Vorgestern war er spät in der Nacht aus Kopenhagen zurückgekommen; den ganzen gestrigen Tag und die halbe Nacht hatte er im Institut letzte Vorbereitungen für die Expedition getroffen. Und von der wenigen Zeit, die Hubert zu Hause war, hatte Lydia einen großen Teil beansprucht. Zum Glück würde sie wenigstens nicht mit zum Flughafen fahren.

Hubert kam gerade mit seinem prall gefüllten Rucksack aus dem Haus, als Alex ausstieg.

»Hallo meine Schöne, da bist du ja schon.«

Hubert ließ den Rucksack auf den Boden sinken und gab ihr einen Kuss. Alex schlang die Arme um seinen Hals und drückte ihn an sich.

Sie gab sich alle Mühe, fröhlich zu klingen. »Bist du fertig? Wir sollten fahren.«

»Alles verstaut – und die Ausrüstung ist schon unterwegs. Pass und Ticket habe ich in meiner Jacke und den Rest hier drinnen.« Er klopfte auf den Rucksack und packte ihn in den Kofferraum. »Von Tante und Thea habe ich mich schon verabschiedet. Wollen wir los?«

»Einen Moment noch.«

Alex lief ins Haus und kam kurz darauf zurück, eine Hand hinter dem Rücken verborgen. Auf halbem Weg blieb sie stehen und betrachtete Hubert. Er sah geradezu verwegen aus, wie er lässig in Cargohose, Anorak und Stiefeln am Kotflügel lehnte.

»Na, Indiana Jones, bereit für das Abenteuer?« Sie ging lächelnd auf ihn zu und setzte ihm einen Hut auf den Kopf. Stundenlang war sie in der Stadt herumgelaufen und hatte genauso einen Hut gesucht, wie ihn Indy trug. Hubert zog sie freudestrahlend an sich. Dann ließ er sie unvermittelt los und rückte stolz seinen neuen Hut zurecht.

»Hatte der nicht immer tolle Frauen um sich?« Er warf sich in Positur und gab seiner Stimme einen rauen Klang. »Komm mit, Baby. Du gehörst zu mir.« Dabei versuchte er, ihr anzüglich zuzuzwinkern.

Alex verstand, dass er auf diese unbeschwerte Art versuchte, ihnen beiden den Abschied zu erleichtern. Sie umarmte ihn so fest, als wollte sie ihn nie wieder loslassen. Hubert nahm ihr Gesicht in beide Hände und küsste ihre Augenlider.

Auf der Fahrt zum Flughafen sprachen sie wenig. Alex steuerte den Wagen. Sie merkte, wie Hubert sie ansah. Nach einer Weile legte er seine Hand auf ihren Oberschenkel. Alex spürte, wie ihre Haut unter dem dünnen Stoff der Hose zu brennen begann.

Viel zu schnell waren sie angekommen. Nachdem Hubert

eingecheckt und seinen Rucksack aufgegeben hatte, wollten sie sich gerade zu einem kleinen Bistro begeben.

»Hallo!«, rief eine Frauenstimme hinter ihnen. Sie drehten sich um. Eine rothaarige Frau, sportlich gekleidet, winkte ihnen zu. Das heißt, eigentlich winkte sie nur Hubert zu.

»Corinna, bist du auch schon da?« Hubert wandte sich an Alex. »Du kennst Corinna Rieker, meine Kollegin? Ich meine, ich hätte euch beim Winterfest miteinander bekannt gemacht. Na, egal. Corinna, das ist Alexandra von Lichtenstein. Ich habe dir auf jeden Fall von ihr erzählt.«

»Ja, natürlich. Frau von Lichtenstein, wie schön, Sie kurz vor dem Abflug noch einmal zu sehen. Ach, ich bin ja schon so aufgeregt!«

Alex fand, dass Corinna Rieker kein bisschen aufgeregt wirkte. Im Gegenteil, sie wirkte kühl und frisch wie eine Gurke. Gerade fasste Corinna Rieker ihre glattgebügelte rote Mähne, die bis auf die Schulterblätter hing, zu einem Knoten zusammen und setzte sich eine flotte Schirmkappe auf. Alex hatte schon immer bewundert, wie manche Frauen es schafften, sich ohne Spiegel eine Frisur zu zaubern, die nicht nur funktionell war, sondern auch noch so aussah, als wäre sie vom ersten Coiffeur der Stadt. Ihr gelang so etwas nie.

»Wie wäre es mit einer Tasse Kaffee, da drüben in dem Bistro?« Corinnas grüne Augen strahlten.

Alex sah Hubert an.

»Warum nicht?«, antwortete er mit Blick auf Alex und zuckte etwas hilflos mit den Schultern. Auch er wäre in den letzten Minuten ihres Zusammenseins wohl lieber mit ihr allein gewesen.

Corinna Rieker war schon vorausgegangen und hatte

einen Tisch mit Beschlag belegt. Die Dame war wohl nicht gewöhnt, dass man ihr etwas abschlug.

Hubert griff nach Alex' Hand, langsam folgten sie seiner Kollegin.

»Sollte nicht eigentlich Doktor Koch mit auf die Reise gehen?«, fragte Alex und bemühte sich um einen unbeschwerten Tonfall.

Bevor Hubert antworten konnte, hatte Corinna Rieker schon das Wort ergriffen: »Ach, der Arme hat sich beim Bergsteigen das Bein gebrochen. Pech für ihn, Glück für mich.«

Corinna Rieker verarbeitete unangenehme Zwischenfälle offensichtlich in Rekordtempo, soweit sie nicht sie selbst betrafen.

»Ich habe dir doch davon erzählt, weißt du das nicht mehr?« Vage erinnerte sich Alex jetzt an Huberts Worte. Besser im Gedächtnis war die Gelegenheit, bei der er sie ausgesprochen hatte. Sie war nämlich gerade dabei gewesen, Amadeus aus der Baugrube für den Pavillon zu retten. Anschließend war nicht nur Amadeus voller glitschiger Erde, sondern auch sie von oben bis unten mit Dreck bespritzt gewesen.

Die Stimme von Corinna Rieker riss sie aus ihren Gedanken. »Ja, und da ich die Einzige aus dem Kollegenkreis war, deren Schutzimpfungen alle noch gültig waren, konnte die Wahl für die Reise zum Amazonas nur auf mich fallen.«

»Passen Sie nur auf die Piranhas auf!« Alex biss sich auf die Zunge. Zu spät! Der Satz war gesagt und wurde von Corinna Rieker mit einem blasierten Lächeln quittiert.

»Die Aggressivität von Piranhas wird deutlich überschätzt. Das sind Gruselgeschichten aus Spielfilmen, mehr nicht.«

Alex spürte, wie ihr eine unangenehme Röte ins Gesicht kroch.

»Corinna, magst du schon mal durch die Sicherheitskontrolle gehen? Nicht dass da bei dir irgendetwas Spitzes übersehen wird?« Hubert grinste und wandte sich Alex zu.

Jetzt grinste auch Alex.

Corinna Rieker stand auf.

»Na, dann viel Spaß daheim, Frau von Lichtenstein«, murmelte sie und ging hoch aufgerichtet davon.

Als Huberts Flug aufgerufen wurde, hätte Alex ihm noch tausend Dinge zu sagen gehabt. Stattdessen küsste sie ihn, ohne sich um ihre Umgebung zu kümmern.

In Huberts Miene vermischte sich der Trennungsschmerz mit der Vorfreude auf seine Expedition. Schließlich standen sie auf. Vor der Sicherheitsschleuse umarmte Hubert Alex ein letztes Mal, riss sich dann von ihr los und ging durch die Kontrolle.

Alex rang sich ein Lächeln ab. Zum Glück war Hubert inzwischen weit genug entfernt, so dass er nicht sehen konnte, wie sehr ihr zum Heulen zumute war.

Corinna Rieker hatte auf Hubert gewartet, nahm ihn beim Arm und verwickelte ihn gleich in ein Gespräch, so dass Hubert nur noch kurz mit dem Indy-Hut winken konnte. Dann war er ihrem Blick entschwunden.

Alex wischte sich wütend und verunsichert zugleich über die Augen und ging zu ihrem Wagen. Am liebsten hätte sie laut geschrien.

Mit wehenden Haaren kam Silke Kampmann durch die Bürotür hereingerannt. Sie ließ sich auf ihren Stuhl fallen und vergrub das Gesicht in den Händen.

»Was ist passiert?«, fragte Jenny.

Elfie ahnte nichts Gutes.

»Ich bin entlassen. Fristlos.« Silke Kampmann fegte ihre hübsche Keramikschale mit den Stiften vom Schreibtisch. Die Schale zersprang in bunte Scherben. Auf einem Stück konnte man noch lesen *Liebe ist …*

Elfie war zusammengezuckt. Die arme junge Frau. Vielleicht müsste ihr Mann sein Studium abbrechen, um Geld zu verdienen. Wenn er überhaupt einen Job bekäme, das war ja heutzutage nicht so einfach für halbfertige Akademiker.

»Dieser Mistkerl!«, heulte Silke Kampmann. »Das gibt es doch gar nicht! Er hat gesagt, ich muss gleich meinen Arbeitsplatz räumen.«

»Nicht gleich, sondern jetzt. Jetzt sofort!«

Niemand hatte Windisch kommen hören. Er stand da und zeigte auf die Scherben.

»Heben Sie die noch auf, und dann verlassen Sie die Firma! Und nun noch einmal für alle – zum Mitschreiben: Private Telefongespräche und privater Mailverkehr sind ausdrücklich untersagt!«

»Aber ich hatte doch mein Handy nicht dabei und habe nur einen Arzttermin …«

»Es ist mir egal, was Sie *nur* gemacht haben. Sie kennen die Regeln Ihres Arbeitgebers und haben sich nicht daran gehalten. Das Vertrauensverhältnis sehe ich insofern als nachhaltig gestört an, und damit sind Sie untragbar für die Firma.«

Warum war ihr bei Windisch bisher der gemeine Zug um den Mund nicht aufgefallen? Elfie kniff die Lippen zusammen, ihre Hand fuhr in ihre Tasche und umklammerte den Griff der Fliegenklatsche.

Silke Kampmann bückte sich nach den Trümmern der

Schale. Ihre langen blonden Haare verbargen ihr Gesicht. Mit zitternden Fingern griff sie in eine Scherbe und verletzte sich am Daumen. Jenny sprang auf und kniete sich neben ihre Kollegin auf den Boden.

»Lass das, Darling! Das wird Frau Kampmanns letzte Amtshandlung sein. Du kannst allenfalls ein Pflaster holen, damit nicht noch Blut auf die Akten tropft. Versicherungsunterlagen mit Blutflecken! Das hätte uns gerade noch gefehlt. Meine Damen und Herren – in diesem Sinne.«

Stefan Windisch fletschte die Zähne und verließ das Büro.

So ein … Elfie musste Luft holen, ihr fehlten die Worte für diesen … diesen personifizierten Minusstrich.

Sie ließ die Fliegenklatsche los und nahm ihr bordeauxfarbenes Notizbuch aus der Tasche.

17

Alex stützte die Ellbogen auf dem Schreibtisch ab und legte den Kopf auf ihre Hände. Wenn nun doch an diesen Unfällen mehr dran war? Auf Brauses Anordnung hin hatte sie das Thema zu den Akten gelegt. Jetzt, wo alle weg waren, hatte sie den Vorgang jedoch noch einmal hervorgeholt, weil ihr diese dubiose Häufung von Unfällen am Arbeitsplatz einfach keine Ruhe ließ.

Aber sosehr sie sich auch das Gehirn zermarterte, sie fand in keinem Fall Hinweise auf ein Verbrechen. Und doch, bei dieser Versicherung, da beschlich sie ein ungutes Gefühl. Irgendwie war dieser letzte Fall der Tropfen, der das Fass zum Überlaufen brachte. Noch einmal ging sie alle Unterlagen durch – vergeblich. Sie konnte keine Verbindung zwischen den Unfallopfern erkennen. Frustriert heftete sie alles wieder ab und stellte den Ordner ins Regal zurück.

Bevor Alex nach Hause fuhr, ging sie noch zum Blumenstand, um einen schönen Strauß für Lydia zu besorgen – als Friedensangebot. Irgendwie mussten sie sich doch zusammenraufen. Sonst würden die nächsten Wochen ohne Hubert zur Hölle.

Die Floristin hatte noch zu tun, und Alex sah sich um. In einer Ecke entdeckte sie kurzstielige rosaweiße Rosen. Der Anblick versetzte ihr einen Stich. Solche Rosen hatte sie ihrer Mutter zum letzten Geburtstag geschenkt, ein paar Monate vor ihrem Tod.

Damals, als Zehnjährige, hatte sie ihr Taschengeld dafür zusammengekratzt. Und nie würde sie das Lächeln ihrer Mutter vergessen. Wie sie das Gesicht in den üppigen Blüten vergraben hatte. Vor lauter Freude hatte sie den Strauß zu fest gefasst und sich in den Finger gestochen. Zwar hatte sie einen kleinen Schmerzensschrei von sich gegeben, aber das Lächeln war nicht aus ihrem Gesicht gewichen.

Auf dem Heimweg warf Alex immer wieder einen Blick auf den kleinen Strauß, der auf dem Beifahrersitz lag. Die Folie knisterte, wenn sie um die Kurven fuhr.

Zu Hause klopfte Alex an Lydias Tür. Keine Antwort. Dann hörte sie den Fernseher im Wohnzimmer und wandte sich dorthin.

Tatsächlich thronte Lydia auf der Couch. Amadeus schnarchte auf seinem Hundesofa.

Statt einer Begrüßung sagte Lydia nur: »Du kommst wieder reichlich spät. Ich musste den armen Amadeus schon zweimal in den Garten lassen.«

Das ging ja gut los. Trotzdem riss sich Alex zusammen und streckte Lydia den Rosenstrauß entgegen.

»Tut mir leid, dass es oft so spät wird. Dafür habe ich dir Blumen mitgebracht.«

Lydia zog missbilligend eine ihrer dunkel nachgezogenen Augenbrauen hoch und nahm die Blumen ungnädig in Empfang.

»Die Folie macht ja ein fürchterliches Geräusch. Da werde ich ganz nervös. Im Übrigen habe ich noch nie Rosen mit so kurzen Stielen gesehen. Au, jetzt habe ich mich auch noch an einem Dorn verletzt.«

Sie verzog das Gesicht und drückte Alex den Strauß wieder in die Hand. »Außerdem ist mir völlig schleierhaft, wie Hubertus es dulden kann, dass du dich mit Verbrechern und Gesindel herumtreibst.«

Alex blieb fast die Luft weg. Es dauerte einen Moment, bis sie antworten konnte. »Ich bewege mich keineswegs in Verbrecherkreisen. Ganz im Gegenteil sorge ich für Recht und Ordnung. Mein Beruf ist sehr verantwortungsvoll.«

Lydia ließ ein gekünsteltes Lachen hören. »Ich kann nur hoffen, dass Hubertus dir diesen sogenannten Beruf irgendwann verbietet – falls er dich denn wirklich heiraten sollte.«

Das schlug dem Fass den Boden aus. Aber Alex war müde und wollte sich auf keine weitere Diskussion einlassen. Also wechselte sie das Thema.

»Ist der Fernseher in deinem Zimmer kaputt?«, fragte sie.

»Nicht dass ich wüsste«, entgegnete Lydia. »Aber mein Wohnzimmer ist doch recht klein. Amadeus und ich fühlen uns im großen Salon einfach wohler. Deswegen habe ich Thea auch das Hundesofa herbringen lassen. Außerdem wollen wir dir Gesellschaft leisten, jetzt, wo Hubertus nicht da ist.«

Alex starrte Lydia wortlos an, drehte sich auf dem Absatz um und ging in die Küche.

Das konnte ja heiter werden. Wie sollte sie es ohne Hubert nur so lange mit Lydia aushalten?

Trotzig arrangierte sie die Blumen in einer Kugelvase und stellte den Strauß auf die Anrichte. Für Lydia war er viel zu schade.

»Jetzt fängt der Windisch doch tatsächlich mit Entlassungen an. Und auf was für eine gemeine Art und Weise!«

Elfie holte Schwung und trieb die Hacke in den Boden von Ludwigs Grab. Dann riss sie eine kümmerliche Buchsbaumpflanze heraus und warf sie weg.

»Du weißt ja, ich gebe allem und jedem eine Chance. Aber irgendwann muss Schluss sein!«

Erneut ließ sie die Hacke niedersausen.

»Meinst du nicht auch, Ludwig?«

Sie schaute zum Grablicht. Es brannte seelenruhig weiter, ohne zu flackern.

»Er versetzt alle in Angst und Schrecken, und die Stimmung in der Abteilung ist völlig vergiftet. Keiner traut dem anderen mehr über den Weg. Und ich will gar nicht daran denken, was aus denen wird, die ihre Arbeit verlieren.«

Ludwig sagte noch immer nichts. Nachdenklich nickte sie und setzte sich auf die Bank.

»Ja, ich verstehe. Du hast die gleichen Bedenken wie ich. Soll ich wirklich gegen meinen Grundsatz verstoßen und in einer Firma zwei Projekte hintereinander abwickeln?«

Sie stand wieder auf und ging neben Ludwig auf und ab. »Aber ich könnte helfen! Darf ich unter diesen Umständen tatenlos zusehen, wie dieser Mensch andere ins Unglück stößt? Soll ich einfach wegsehen, wenn er wieder jemanden wegen einer Lappalie entlässt? Vielleicht die alleinerziehende Mutter?«

Sie schüttelte den Kopf. »Nein, Ludwig, das geht nicht! So weit darf ich es nicht kommen lassen.«

Elfie fixierte das Grablicht, doch die Flamme brannte nur still vor sich hin. Enttäuscht wollte sie sich schon abwenden, da nahm sie aus dem Augenwinkel eine winzige Bewegung der Flamme wahr.

Sie seufzte erleichtert. Ludwig sprach zwar heute etwas undeutlich, doch letztlich hatte er ihr zugestimmt. Schnell packte sie ihre Sachen zusammen und machte sich auf den Heimweg.

In der Dämmerung kamen ihr die Bäume auf der verlassenen Friedhofsallee zum ersten Mal bedrohlich vor. Sie zuckte zusammen, als es neben ihr plötzlich laut raschelte. Dann huschte direkt vor ihr eine Maus über den Weg.

Hatte sie sich das Flackern des Grablichts vielleicht nur eingebildet? Nein, sie hatte die Bewegung deutlich gesehen. Trotzdem war sie verunsichert, weil sich Ludwig heute so zögerlich gezeigt hatte. Das war doch sonst nicht seine Art.

Elfie blickte zum Himmel. Bis jetzt gab es noch keine Anzeichen für die schweren Gewitter, die für morgen angesagt waren. Aber in letzter Zeit war eigentlich immer Verlass auf den Wetterbericht gewesen. Und für morgen kündigte er Unwetter mit Sturmböen an.

18

Jenny schob mit einem Ruck ihren Stuhl nach hinten und stand auf.

»Ich geh jetzt auf eine heiße Schokolade zu Valentino. Die Klimaanlage ist viel zu kühl eingestellt. Ich bin schon ganz durchgefroren. Und dann noch dieser Sturm draußen. Da wird einem doch schon kalt, wenn man sieht, wie die Bäume sich biegen. Aber Sie frieren bestimmt nicht, Ihr Pullover sieht mollig warm aus. Burgunderrot steht Ihnen übrigens klasse. Gehen Sie mit, Frau Ruhland?«

Elfie schüttelte den Kopf.

»Vielleicht komme ich nach. Ich muss noch ins Materiallager, mir passende Aktenordner beschaffen. Wobei mir selbst noch nicht ganz klar ist, nach welchen Kriterien ich diese speziellen Akten ordnen soll.«

Jenny lachte. »Na, das will was heißen, wenn nicht einmal Sie wissen, wo's langgeht!« Sie griff nach ihrem Bärchenrucksack und machte sich auf den Weg. »Ciao, bis später!«

Elfie sah auf die Uhr. Viertel vor zwei. Es war niemand mehr im Büro. Sie hastete die Treppen zum Materiallager in den Keller hinunter. Der Lagerist war nirgends zu sehen. Sie würde sich ihre Aktendeckel einfach selbst heraussuchen. Schließlich wusste sie, wo alles stand. Hier herrschte Ordnung – ganz im Gegensatz zu den Büros!

Gerade als sie die Aktenordner gefunden hatte, kam der

Lagerist, offensichtlich aus dem hintersten Winkel des Kellers. Fünf Minuten vor zwei. Sie musste sich sputen.

»Hallo Frau Ruhland. Was kann ich für Sie tun?«

»Danke, ich hab schon alles«, meinte Elfie und quittierte das Material. »Ich muss gleich wieder los.«

Sie hetzte die Treppen hinauf und holte rasch die Gartenhandschuhe aus ihrer Tasche. Auf dem Weg in den dritten Stock rückte sie ihr Medaillon zurecht.

Niemand begegnete ihr. Doch irgendwoher aus dem Gebäude vernahm sie Stimmen. Sie fasste ihr Medaillon fester. Ob sie Ludwig gestern richtig verstanden hatte? Hoffentlich!

Der Sturm riss ihr die Tür zur Dachterrasse aus der Hand. Mit einem Knall schlug die Klinke gegen die Wand. Ob das jemand gehört hatte?

Elfie lauschte. Nichts. Nur das Heulen des Sturms, der Blüten und Blätter wild durcheinanderwirbelte. Elfie stemmte sich gegen den Wind. Dann streifte sie ihre grüngemusterten Gartenhandschuhe über.

Vorsichtig spähte sie über die Blumenkästen nach unten auf den Gehsteig. Ob Stefan Windisch auch bei diesem Wetter seine gewohnte Mittagszigarette rauchen würde? Vom nahen Kirchturm schlug es zweimal.

Elfie nickte zufrieden, als sie Windisch aus dem Gebäude treten sah. Auf passionierte Raucher war eben Verlass!

Sie prüfte die schmiedeeiserne Aufhängung des mittleren Blumenkastens. Die Verankerung war immer noch locker, genau wie sie vermutet hatte.

Noch ein kontrollierender Blick die Straße entlang. Elfie erstarrte, als Jenny in ihrem Blickfeld auftauchte. Die langen Haare wehten ihr vor das Gesicht. Mit beiden Händen versuchte Jenny, sie zu bändigen, dann blieb sie abrupt stehen.

Elfies Herz raste. Hatte Jenny sie entdeckt?

Nein, sie starrte zu Windisch hinüber, machte auf dem Absatz kehrt und verschwand wieder um die Hausecke. Elfie stieß die Luft aus, die sie die ganze Zeit angehalten hatte.

Der Sturm rüttelte ungeduldig an den Blumenkästen. Vorsichtig beugte sich Elfie über die Brüstung. Windisch ging mit hochgezogenen Schultern auf und ab. Jetzt war er genau unter ihr. Beherzt griff Elfie den mittleren Blumenkasten – in diesem Augenblick sah Windisch plötzlich nach oben. Ihre Blicke trafen sich.

Elfie schreckte zurück und ließ den Blumenkasten fallen, der zurück in die Aufhängung donnerte. Eine Sturmböe ließ Elfie zurücktaumeln. Dann schepperte und krachte es. Entsetzt starrte Elfie auf die leere Stelle, wo eben noch der Blumenkasten gehangen hatte.

Voller Panik rettete sie sich ins schützende Gebäude. Sie musste sich zwingen, nicht die Treppen hinunterzurennen. Nur mit Mühe zog sie die Handschuhe von ihren zitternden Fingern.

Im zweiten Stock stürzte sie in den Toilettenraum. Sie schaute in den Spiegel und fasste sich erschrocken an die Brust. Die Kette hing lose um ihren Hals. Ludwig war weg!

Rasch versteckte sie die Handschuhe im Abfalleimer unter einer Lage Papierhandtücher und huschte die Treppe wieder hinauf.

Als sie den Aufenthaltsraum betrat, zuckte sie zurück. Jenny saß an einem der Tische, hielt mit beiden Händen einen Pappbecher umfasst und schien in Gedanken versunken.

»Wie kommen Sie denn so schnell … Ich meine, was machen Sie denn hier oben?«, stammelte Elfie, während ihre Blicke zur Dachterrasse glitten, wo sie das Medaillon zwischen den abgerissenen Blüten und Blättern glitzern sah.

Jenny schreckte zusammen. »Ach, ich wollte nur ein bisschen allein sein. Hier oben ist es so schön ruhig. Obwohl …«

Sie horchte plötzlich auf.

»Eine Polizeisirene. Klingt so, als wäre der Wagen direkt bei uns vorm Gebäude stehen geblieben.«

Jenny sprang auf und öffnete die Tür zur Dachterrasse. Sie lief die paar Schritte bis zur Brüstung und lehnte sich vor.

»Wie ich gesagt hab, direkt unter uns. Und da kommt auch der Krankenwagen! Es muss was passiert sein. Hier stimmt doch auch etwas mit den Blumenkästen nicht – einer fehlt! Und hier sind irgendwelche lockeren Eisenstangen. O mein Gott!«

Sie wandte sich zu Elfie und blickte sie erschrocken an. Dann stürmte sie an Elfie vorbei ins Treppenhaus.

Elfie bückte sich nach dem Medaillon, drückte das Schmuckstück an die Brust. Die Sirene des Krankenwagens dröhnte in ihren Ohren.

Sie ging die Treppen hinunter und holte die Gartenhandschuhe aus ihrem Versteck. Im leeren Büro ließ sie sich in ihren Stuhl sinken und atmete tief durch.

Kaum hatte sie Medaillon und Handschuhe in ihrer Tasche verstaut, hörte sie Schritte und zupfte hastig noch eine Geranienblüte von ihrem Jackenärmel.

Da erschien Ilse Behring in der Tür. »Haben Sie es schon mitbekommen, Frau Ruhland? Herrn Windisch ist ein Blumenkasten auf den Kopf gefallen.«

In ihrer Stimme lag ein Unterton von Häme.

»Ach!«, sagte Elfie mit zitternder Stimme und stopfte die zerdrückte Blüte zum Medaillon und zu den Gartenhandschuhen in ihre Tasche.

Alex hörte, wie Brause den Telefonhörer auf die Gabel knallte.

»Wieder so ein überflüssiger Quatsch«, grollte er. »Aber das ist doch genau das Richtige für unsere Prinzessin auf der Erbse. – Prinzessin!«, brüllte er.

Alex warf Gudrun einen Blick zu. »Warum kann er mich nicht einfach beim Namen nennen?«

»Nimm's als Kompliment«, gab Gudrun zurück. »Zumindest lässt er sich immer was Neues einfallen. Zu mir sagt er einfach nur Gudrun.«

»Tolles Kompliment.« Alex stand auf und trottete widerwillig zu Brauses Büro.

»Was gibt's?«, fragte sie und blieb in seiner Tür stehen.

»Die Kollegen von der Schutzpolizei haben einen Schwerverletzten. Anscheinend ist ihm bei dem Sturm da draußen was auf den Kopf gefallen. Möglicherweise aber auch Fremdeinwirkung. Der Streifenpolizist hat was von einem Zeugen gefaselt. Hier ist die Adresse. Es reicht, wenn einer von uns da mal nachhakt. Aber halt dich nicht zu lange auf, wir haben genug zu tun.«

Alex nahm den Papierfetzen von Brause entgegen und ging in ihr Büro zurück. Die Adresse kam ihr irgendwie bekannt vor.

»Wahrscheinlich nur ein Unfall, vielleicht aber auch ein versuchtes Tötungsdelikt«, gab sie Gudrun Bescheid und sah aus dem Fenster.

Der Sturm schien ein wenig nachgelassen zu haben.

»Ich fahr dann los.«

Gudrun nickte, ohne den Blick von ihren Akten zu heben. »Mach's gut!«

Alex schlüpfte in ihren Trenchcoat und schlug den Kragen hoch. Der Wind war nicht kalt, wirbelte aber Staub und Blätter auf. Auf dem Wagen lag ein abgebrochener Ast. Er hatte einen kleinen Kratzer hinterlassen, den sie mit dem Daumen wegreiben konnte.

Der Unfallort war abgesperrt. Daneben stand, ans Gebäude gelehnt, ein junger Polizeibeamter, der seine Mütze festhielt, damit der Wind sie nicht davonwehte.

»Was genau ist passiert?«, fragte Alex und zeigte ihm ihren Ausweis.

Der Polizist wies nach oben. »Von der Dachterrasse ist einem Mann ein Blumenkasten auf den Kopf gefallen. Er ist schwer verletzt ins Marienhospital transportiert worden. Sein Name ist Stefan Windisch, und er ist bei der Sekuranz angestellt, einer Versicherung hier im Hause.«

Alex erstarrte und sah im Geiste die Liste mit Unfällen am Arbeitsplatz vor sich. Die Sekuranz! Da hatte es doch schon einmal einen Unfall gegeben, einen tödlichen sogar.

»Ist jemand da oben?«, fragte sie den Polizisten.

»Mein Kollege aus dem Streifenwagen. Nehmen Sie den Lift in den dritten Stock.«

»Gut.« Alex nickte dem Polizisten zu, warf einen kurzen Blick auf die fast schon geronnene Blutlache auf dem Pflaster und betrat das Gebäude.

Im Aufzug registrierte sie die Firmenschilder, die neben den Knöpfen angebracht waren. Eine Reiseagentur, ein Immobilienbüro und die Niederlassung der Sekuranz.

Im dritten Obergeschoss wandte sich Alex zur Dachterrasse. Vor der geschlossenen Glastür stand ein älterer Polizist, der sich hastig umdrehte, als er ihre Schritte hörte. Auch ihm streckte Alex ihren Ausweis entgegen, worauf der Mann die rechte Hand grüßend an die Mütze legte.

»Polizeihauptmeister Kunz«, stellte er sich vor.

Zigarettenqualm quoll aus seinem Mund. Die Zigarette versuchte er hinter seinem Rücken zu verbergen. Alex stellte belustigt fest, dass er direkt neben dem Schild *Rauchen verboten* stand, zog die Brauen hoch, sagte aber nichts.

Sie ging hinaus auf die Dachterrasse und inspizierte das aus der Verankerung gebrochene Gestänge, in dem wohl der Blumenkasten gehangen hatte. Konnte das durch den Sturm passiert sein oder hatte jemand nachgeholfen? Zwei weitere Blumenkästen standen seitlich auf den Fliesen.

»Da war die Befestigung ebenfalls ziemlich locker«, erklärte der Polizist, der hinter ihr ins Freie getreten war.

»Deshalb habe ich die Kästen vorsichtshalber auf den Boden gestellt, damit nicht noch mehr passiert.«

Während er sprach, steckte er verstohlen seine halbgerauchte Zigarette in die Erde eines Blumenkastens.

Alex ging zur Brüstung und schaute nach unten. Auch aus dieser Höhe konnte sie die Blutlache erkennen.

»Gibt es sonst noch etwas, das ich wissen müsste? Hauptkommissar Brause sprach von einem möglichen Zeugen.«

Der Polizeibeamte, offensichtlich erleichtert, dass Alex von seiner Zigarette keine Notiz genommen hatte, zeigte auf die gegenüberliegende Straßenseite.

»Ein Angestellter dieses Herrenausstatters hat angeblich kurz vor dem Unfall eine Person hier auf der Dachterrasse gesehen. Er hat mir seine Visitenkarte gegeben, und ich habe ihm gesagt, dass jemand von der Kripo ihn zu dem Unfall befragen würde.«

Alex nahm die Karte, die der Polizist ihr hinhielt. Dann sah sie sich auf der Dachterrasse noch einmal ganz genau um, konnte aber nichts Ungewöhnliches entdecken.

»Veranlassen Sie bitte, dass die Glastür versiegelt wird!«, wandte sie sich an Kunz. »Für den Fall, dass es tatsächlich auf Fremdeinwirkung hinausläuft, werde ich die Spurensicherung hinzuziehen. Und sorgen Sie dafür, dass niemand die Dachterrasse betritt, solange noch nicht versiegelt ist!«

»Selbstverständlich«, bellte Kunz und hob abermals die Hand an die Mütze, als Alex ihm zum Abschied zunickte.

Sie verließ das Firmengebäude, ging über die Straße auf das Herrenmodengeschäft zu. Der Verkäufer öffnete ihr die Tür.

»Kann ich Ihnen behilflich sein, gnädige Frau? Vielleicht etwas für den Herrn Gemahl? Wir haben derzeit exklusive Hemden im Angebot.«

Alex schüttelte den Kopf und zückte zum dritten Mal an diesem Tag ihren Dienstausweis.

»Ich komme nicht wegen Ihrer Angebote, sondern wegen Ihrer Angaben bezüglich des Unfalls.«

»Ach so!« Leichte Enttäuschung war der Stimme des Verkäufers zu entnehmen. Dann schien er sich jedoch seiner Wichtigkeit als Zeuge bewusst zu werden und warf sich in die Brust. »Fragen Sie mich, was Sie fragen müssen. Ich werde alles wahrheitsgemäß beantworten.«

»So wahr mir Gott helfe«, murmelte Alex in sich hinein, um dann laut zu sagen: »Das will ich doch hoffen.«

»Selbstverständlich«, dienerte der Verkäufer, wurde anschließend aber ein wenig unsicher. »Also, ich weiß nicht, ob es wirklich wichtig ist, was ich gesehen habe … Ob es überhaupt mit dem Unfall zu tun hat.«

Alex lächelte. »Das lassen Sie getrost meine Sorge sein. Erzählen Sie mir einfach, was los war.«

»Tja«, räusperte sich der Verkäufer, »es war bei dem Sturm heute nicht allzu viel zu tun. Ich stand am Schaufenster und habe nach draußen geschaut. Einem älteren Herrn flog der Hut davon. Es sah ein bisschen komisch aus, wie er versuchte, ihn wieder einzufangen. Einer jungen Frau – keine sehr elegante Erscheinung, wenn Sie wissen, was ich meine – wickelte der Sturm plötzlich den Schal um den Kopf. Aber das tut sicher nichts zur Sache …«

Die Stimme des Verkäufers brach ab.

»Vermutlich nicht«, gab Alex geduldig zurück. »Vielleicht kommen Sie dann einfach mal zur Sache?«

»Während ich also hinaussah und noch überlegte, ob ich unseren Pflanzenkübel hereinholen sollte – wissen Sie, der ist furchtbar schwer und ich habe es ein bisschen mit dem Rü…« Beim Blick in Alex' Gesicht unterbrach er sich und fuhr dann hastig fort: »Also beim Hinausschauen habe ich auf der gegenüberliegenden Straßenseite Herrn Windisch bemerkt. Er ist jeden Mittag um die gleiche Zeit dort vor dem Versicherungsgebäude und raucht. Sie kennen doch Stefan Windisch, aus der Zeitung und so. Er kauft seine Hemden bei uns, die Anzüge lässt er wohl anfertigen. Und seine Frau kenne ich auch. Die kennt natürlich auch jeder. Eine schöne Frau, zumindest war sie mal eine tolle Erscheinung. Sie sucht ab und zu nach einem Binder für ihren Mann aus unserer Designerkollektion.«

Alex stieß hörbar die Luft aus. Der Verkäufer errötete.

»Ich hab dann noch zum Himmel hinaufgeguckt, wie sich das Wetter wohl entwickelt. Und da sehe ich auf der Dachterrasse jemanden stehen. Nur ganz kurz. Bei schönem Wetter ist das Personal aus dem Firmengebäude öfter mal in der Mittagspause da oben. Die haben's gut«, fügte er seufzend hinzu. »Aber bei dem Wind hab ich mich doch gewundert.«

»War es ein Mann oder eine Frau, die Sie gesehen haben?«

Der Verkäufer zuckte die Achseln. »Ganz sicher bin ich nicht. Wie gesagt, die Gestalt war ja nur ganz kurz zu sehen. Ich würde aber meinen, dass es eine Frau war.«

»War die Person auf der Dachterrasse allein? Hat sie irgendetwas getan, vielleicht irgendetwas angefasst?«

Kopfschütteln. »Nein. Sie war da und sofort wieder weg. Ich habe mir nicht viel dabei gedacht, höchstens, warum man bei diesem Sturm da oben rausgeht. Kann ja nicht so gemütlich sein.«

»Eher nicht«, gab Alex ihm recht. »Und dann? Haben Sie außerdem noch etwas bemerkt?«

Erneutes Kopfschütteln. »Ich hab mich auf die Suche nach einem Paar alter Handschuhe gemacht, um den Blumenkübel doch reinzuholen. Und dabei sah ich plötzlich Herrn Windisch draußen am Boden liegen, übersät mit Scherben, Erde und Geranien. Offensichtlich war ihm ein Blumenkasten auf den Kopf gefallen.«

»Und Sie konnten sofort erkennen, dass es sich bei dem Verletzten um Herrn Windisch handelte? Es hätte inzwischen ja auch ein anderer Passant sein können.«

»Na, hören Sie mal!« Der Verkäufer war entrüstet. »Ich kenne doch seinen Anzug. Feinster Zwirn, wenn auch leider nicht von uns.«

»Gibt es sonst etwas Wichtiges? War danach noch jemand auf der Dachterrasse?«

»Da war niemand mehr. Ich habe extra ein weiteres Mal hinaufgesehen, weil es ja schon merkwürdig war, dass der Blumenkasten so kurz darauf heruntergefallen ist.«

»Allerdings«, murmelte Alex dazwischen.

Aber der Verkäufer war ganz mit sich selbst beschäftigt. »Ich bin sofort über die Straße gelaufen. Beinahe hätte mich noch ein Bus erwischt.«

Alex schlug die Augen zum Himmel, aber der Verkäufer ließ sich nicht beirren.

»Ich habe gleich gesehen, dass Herr Windisch schwer verletzt war. Das viele Blut! Er war auch nicht ansprechbar. Mit meinem Handy habe ich die Polizei verständigt, und die haben den Krankenwagen gerufen. Alle waren sehr schnell vor Ort, und Herr Windisch wurde ins Krankenhaus gebracht. Dem einen Streifenpolizisten, dem älteren von den beiden, habe ich von der Person auf der Dachterrasse erzählt, und …«

»Und deswegen bin ich hier«, kürzte Alex das Gespräch ab. »Vielen Dank für Ihre Angaben, Herr …« Sie warf einen Blick auf die Visitenkarte.

»Naumann, Jochen Naumann.« Der Verkäufer verbeugte sich.

»Ja, also vielen Dank, Herr Naumann. Ich werde Sie noch auf das Polizeirevier bitten müssen, damit Ihre Aussage aufgenommen wird und Sie sie unterschreiben können. Wegen der Zeit bekommen Sie noch Bescheid.«

Herr Naumann öffnete ihr mit einer weiteren Verbeugung die Tür.

Auf dem Weg zurück zu ihrem Wagen rief Alex ihren Chef an. »Stell dir vor, der Unfall war bei der Sekuranz. Da hat sich doch erst vor ein paar Monaten jemand bei einem Treppensturz den Hals gebrochen, und jetzt war laut einer Zeugenaussage kurz vor dem Unfall jemand auf der Dachterrasse, von der der Blumenkasten auf das Opfer gefallen ist. Ich möchte unbedingt die Spurensicherung hinzuziehen. Vielleicht ist an all diesen Unfällen doch mehr dran, als wir gedacht haben.«

»Durchlaucht träumen wohl immer noch von einem Serienkiller.« Brauses Lachen dröhnte ihr in den Ohren. »Aber wenn es unbedingt sein muss, dann sag der Spusi Bescheid.«

»Es muss sein!«, beharrte Alex. »Und ich fahre jetzt zum Marienhospital. Mal sehen, ob ich den Verletzten befragen kann.«

Bevor Brause einen weiteren dummen Spruch aus seinem Adelsrepertoire hervorholen konnte, legte Alex schnell auf.

Im Krankenhaus ging Alex als Erstes zum Informationsschalter.

»Ein Herr Windisch ist hier eingeliefert worden. Wo finde ich ihn?«

Die Wasserstoffblondine hinter der Scheibe legte gemächlich ihre Zeitschrift zur Seite und befragte ihren Computer.

»Nee, da habe ich nichts. Seit wann ist er denn hier?«, fragte sie gelangweilt, holte eine Nagelfeile aus der Tasche und begann, seelenruhig ihre Nägel zu feilen.

»Das muss vor ungefähr zwei Stunden gewesen sein. Es war ein Unfall. Schauen Sie doch noch mal nach.«

Die Blondine zog ihre sorgfältig modellierten Augenbrauen hoch und musterte Alex vorwurfsvoll.

»Warum haben Sie das nicht gleich gesagt? Dann muss ich in der Notaufnahme nachfragen«, sagte sie und widmete sich weiter ihren Nägeln.

Alex hatte genug von ihrer aufreizenden Langsamkeit und zückte ihren Dienstausweis.

»Jetzt machen Sie schon, ich habe nicht den ganzen Tag Zeit.«

Widerwillig griff die Blondine zum Hörer und erkundigte sich.

»Der wird noch operiert«, informierte sie Alex. »Der OP ist im Untergeschoss. Davor gibt es einen Wartebereich.«

Wortlos drehte sich Alex um und eilte zum Lift.

Im Untergeschoss schlug ihr die Krankenhausluft mit der typischen Mischung aus dem Geruch nach Desinfektionsmittel und PVC-Böden geballt entgegen. Der Wartebereich war leer, doch gerade kam eine Schwester aus dem OP-Bereich heraus. Alex stellte sich vor.

»Ich bin wegen Stefan Windisch hier. Wird er noch operiert?«

»Ja, das dauert noch. Gehen Sie doch hoch in den Innenhof. Ich schicke Ihnen den Oberarzt, sobald die OP vorbei ist.«

Im Innenhof setzte sich Alex auf eine Bank.

Sie wollte den Verletzten so schnell wie möglich zu dem Unfall befragen. Vielleicht fand sich endlich ein Ansatzpunkt, der sie bei dieser seltsamen Häufung von tödlichen Unfällen weiterbrachte.

Wann nur der Arzt endlich kam? Dann wüsste sie wenigstens, wie es um Stefan Windisch stand. Alex konnte nicht mehr still sitzen und ging unruhig auf und ab, ohne die Tür aus den Augen zu lassen. In Gedanken ging sie noch einmal die Zeugenaussage des Verkäufers durch, machte sich ein paar ergänzende Notizen.

Endlich öffnete sich die Tür zur Halle. Ein Mann im weißen Kittel kam auf sie zu.

»Ich bin Doktor Haberlander. Worum geht es?«

»Kommissarin Lichtenstein von der Kripo. Ich ermittle in der Sache Windisch. Wie geht es ihm?«

»Er hat einen komplizierten Schädelbruch. Wir mussten etliche Knochensplitter aus dem Gehirn entfernen. Durch die Knochenfragmente sind außerdem Blutgefäße verletzt worden, ebenso die inneren Hohlräume des Gehirns, so dass Hirnwasser ausgetreten ist. Außerdem ist die Wirbelsäule gestaucht. Vorerst konnten wir die starken Blutungen stoppen. Inwieweit Hirnnerven geschädigt sind, kann ich zum jetzigen Zeitpunkt noch nicht sagen.«

»Wann ist er denn vernehmungsfähig?«

Der Arzt lächelte sie müde an.

»Das wird wohl so schnell nichts werden. Wir mussten ihn in ein künstliches Koma versetzen. Erst wenn sich seine Werte stabilisiert haben, können wir ihn zurückholen. Ob und inwieweit er gelähmt ist und welche Funktionen betroffen sind, wird sich dann erst zeigen. Sie können frühestens in zwei, drei Tagen mal nachfragen, wie es steht.«

Als der Arzt gegangen war, ließ sich Alex auf die Bank zurücksinken. Hoffentlich konnte sie bald mit Windisch reden. Vielleicht hatte er jemanden auf dem Dach gesehen und konnte die Person benennen. Bei diesem Gedanken stockte Alex plötzlich der Atem. Wenn tatsächlich jemand nachgeholfen hatte, war Windisch noch immer in höchster Gefahr. Sie brauchte hier einen Beamten, der alles im Auge behielt.

Eilig holte sie ihr Handy aus der Tasche und wählte Brauses Nummer. Als die automatische Ansage ansprang, fiel ihr ein, dass der Chef sich heute Nachmittag und morgen frei genommen hatte. Sie probierte seine Handynummer. Nur die Mailbox sprang an. Typisch – wenn man ihn mal brauchte, war er nicht zu erreichen. Sie sprach aufs Band und bat um sofortigen Rückruf. Aber vielleicht war es auch besser so, denn wer weiß, ob Brause die Bewachung überhaupt für nötig befinden würde. Er glaubte ohnehin nicht, dass etwas hinter den Unfällen steckte.

Nachdenklich starrte sie auf ihr Handy. Den Personenschutz genehmigen musste sowieso der Staatsanwalt. Aber wenn sie den einfach anrief, würde Brause sich übergangen fühlen. Andererseits – was sollte sie machen, wenn er nicht zu erreichen war? Entschlossen wählte sie die nächste Nummer.

»Hier Büro Doktor Prinz, Marina Helbig am Apparat, was kann ich für Sie tun?«

»Lichtenstein, guten Tag. Ich muss dringend mit Herrn Doktor Prinz sprechen.«

»Der ist bei einer Besprechung im Justizministerium und kommt heute auch nicht mehr ins Büro. Versuchen Sie es morgen Früh wieder.«

Morgen Früh wäre vielleicht schon zu spät. Das konnte und wollte sie nicht verantworten. Was hatte der Ausbilder an der Polizeischule immer gepredigt?

»Der Dienstweg ist nicht alles im Leben. Wenn Gefahr im Verzug ist, müsst ihr allein entscheiden – und zwar schnell. Der Papierkram kann auch mal warten.«

Alex atmete einmal tief durch, rief bei der Wache an und orderte Personenschutz rund um die Uhr. Dann ging sie zur Intensivstation und postierte sich selbst vor Windischs Zimmer. Bis der Kollege kam, hatte sie reichlich Zeit, sich Brauses Reaktion auszumalen, wenn er davon erfuhr.

19

Also wirklich! Das sah einem Menschen wie dem Windisch ähnlich. Die anderen hatten wenigstens den Anstand gehabt, gleich tot zu sein.

Elfie war so lange in der Firma geblieben, bis es Neuigkeiten aus dem Krankenhaus gab. Windisch war operiert und lag jetzt im Koma. Er lebte also noch!

Sie suchte ihren Wohnungsschlüssel und wollte ihn energisch ins Schloss stecken, doch etwas blockierte. Sie versuchte es erneut. Sonst glitt er doch immer leicht hinein. Daran war nur der Windisch schuld.

Sie holte tief Luft, schloss die Augen und murmelte: »Ich bin ganz ruhig, ich bin ganz ruhig, ich bin ganz ruhig.«

Dann versuchte sie es wieder. In dem Moment wurde die Tür von innen aufgerissen. Elfie machte einen Satz zurück.

»Ach, Frau Ruhland, Sie sind das! Hab ich Sie erschreckt? Sie sind ja ganz blass.« Die besorgte Stimme ihres Nachbarn ließ ihr Herz wieder ruhiger schlagen.

»Wollen Sie sich nicht einen Moment hinsetzen? Ich bringe Ihnen gerne ein Glas Wasser.«

»Nein, nein danke, es geht schon wieder«, stieß Elfie mit einem entschuldigenden Lächeln hervor und sah von ihrem Schlüssel auf das Namensschild an der Tür.

»Ich war ganz in Gedanken und habe mich anscheinend im Stockwerk geirrt. Verzeihen Sie bitte.«

In ihrer Wohnung lehnte sie sich gegen die geschlossene Tür. So etwas war ihr noch nie passiert. Was war nur los mit ihr? Die anderen Projekte hatte sie immer zu ihrer vollsten Zufriedenheit erledigen können, aber bei Windisch schien der Wurm drin zu sein. Warum hatte er nach oben geschaut, als sie sich über die Brüstung der Dachterrasse gebeugt hatte? Sie sah immer noch den erstaunten Ausdruck in seinen Augen vor sich.

Nachdenklich ging Elfie in ihre kleine Küche und räumte die Einkäufe in den Schrank. War ihr Plan in Bezug auf Windisch falsch gewesen? Sie nahm ihr Notizbuch zur Hand und setzte sich in den bequemen Ohrensessel, den sie als einziges Möbelstück von Ludwig behalten hatte. Sachte strich sie über die zerschlissenen Armlehnen, die sie mit beigefarbenen Häkeldeckchen versehen hatte, dann klappte sie entschlossen ihr Notizbuch auf der Seite mit Windischs Namen auf.

Sie rief sich die einzelnen Situationen, für die sie Striche gemacht hatte, noch einmal in Erinnerung und schüttelte den Kopf. Nein, es hatte schon seine Berechtigung gehabt, das Projekt Windisch anzugehen. Aber warum nur hatte Ludwig so zögerlich reagiert? Sonst war er immer einer Meinung mit ihr gewesen.

Sie stand auf und trat vor ihre Pinnwand. Sie überflog die Zeitungsausschnitte über ihre abgewickelten Projekte. Vielleicht hätte sie an ihrem Prinzip festhalten sollen, niemals in derselben Firma zwei durchzuführen?

Schluss jetzt mit der sinnlosen Grübelei, befahl sie sich. Sie öffnete die Tür und ging auf ihren kleinen Balkon. Das Unwetter war abgezogen, hatte aber keinerlei Abkühlung gebracht. Im Gegenteil, nun war es auch noch drückend schwül durch die Feuchtigkeit, die vom warmen Asphalt aufstieg.

Sie trat an den Blumenkasten und strich über die leuchtend gelben Tagetesblüten.

»Meine Schätzchen, euch habe ich ziemlich vernachlässigt, nicht? Das wollen wir gleich in Ordnung bringen.«

Sie zupfte Unkraut aus und griff nach der Gartenschere. Schnipp.

Wie konnte sie nur herausfinden, wie es um Windisch stand? Selbst jetzt machte er noch Scherereien.

Schnapp.

Und wenn er nun überlebte? Wenn er wieder zu Bewusstsein kam?

Schnipp.

Wenn sie nur wüsste, ob er sie erkannt hatte, als er hochgeschaut hatte. Wenn er der Polizei erzählte, dass er sie auf der Dachterrasse gesehen hatte, kurz bevor der Blumenkasten auf ihn fiel?

Schnapp.

Würde sie nicht in Verdacht geraten, den Blumenkasten hinuntergestoßen zu haben? Dabei war sie es ja dieses Mal nun wirklich nicht gewesen. Erschrocken, dass Windisch aufgeblickt hatte, war sie zurückgewichen und hatte nur noch zusehen können, wie der Sturm den Kasten aus der Verankerung riss und die bunten Blümchen nach unten donnerten.

Elfie stampfte mit dem Fuß auf, so dass aus der Gießkanne neben ihr Wasser überschwappte und ihr in die Schuhe lief.

Auch das noch! Aber passte es nicht zu dem ganzen Ärger?

Wenn sie selbst den Blumenkasten gestoßen hätte, dann hätte sie auch richtig getroffen und dann wäre Windisch – na, eben wie alle anderen vor ihm. Jedenfalls müsste sie jetzt nicht fürchten, dass er aus dem Koma erwachte. Irgendwie war ihr das ganze Projekt aus den Händen geglitten. Im wahrsten Sinne des Wortes. Was sollte sie nur machen?

Mutlos ließ sie die Hände sinken und sah auf die Balkonblumen hinab. Dann auf die Schere in ihrer Hand. Ihre Augen füllten sich mit Zornestränen. Leere Stängel reckten sich ihr entgegen, und die Tagetesblüten lagen auf dem Boden.

»Alexandra!«

Alex warf einen Blick über die Schulter zu Huberts Tante, während sie die Gartenblumen wässerte. Lydia stand in der Terrassentür mit Amadeus auf dem Arm.

»Was tust du denn so lange hier draußen? Wann können wir endlich zu Abend essen? Hast du vergessen, dass ich heute in die Oper gehe?«

Alex zuckte zusammen. Das hatte sie über den Gedanken an den Unfall bei der Sekuranz und den Personenschutz für Windisch tatsächlich vergessen.

»Ich komme gleich rein. Thea hat alles eingekauft. Könntest du bitte schon mal den Tisch decken?«

»Ich? Das kommt überhaupt nicht in Frage. Es wird höchste Zeit, dass ich mich für die Oper fertigmache.«

Alex knirschte mit den Zähnen, beeilte sich aber dann mit den restlichen Pflanzen.

»Wenn du zu Hause bleiben würdest, wie es sich für eine anständige Frau gehört, dann müsstest du dich jetzt nicht so hetzen.«

Lydias Worte folgten Alex bis in den Geräteschuppen, wo sie die Gießkanne abstellte.

Ganz ruhig, sagte sie sich, ganz ruhig.

Bald säße Lydia im Taxi, und sie könnte sich einen gemütlichen Abend machen. Sie würde sich zwar um Amadeus kümmern müssen, dennoch freute sie sich schon darauf, mit einem Buch in der Badewanne inmitten wohlriechender Schaumberge zu liegen und anschließend auf dem Sofa zu faulenzen.

Sie ging in die Küche und holte Wurst und Käse aus dem Kühlschrank. Amadeus kläffte und versuchte, sich an ihrem Bein hochzuziehen, um an die Wurstplatte zu kommen.

Alex atmete auf, als sie endlich am Abendbrottisch saßen. Verstohlen sah sie auf die Uhr. Eine halbe Stunde noch.

Ihre Geduld wurde arg strapaziert.

Huberts Tante hatte an allem etwas auszusetzen. Die Wurst war zu salzig, der Käse zu fad, das Brot zu körnig, die eine Tomate zu reif, die andere zu grün.

Als sie mit dem Essen fertig waren und Alex den Tisch abräumte, hätte sie die Teller am liebsten an die Wand geworfen.

»Alexandra, hast du das Taxi wirklich bestellt?«

Lydia stand mit der Handtasche unter dem Arm abmarschbereit in der Diele. »Es hätte schon vor zwei Minuten hier sein sollen.«

»Ja, ich habe heute Vormittag angerufen. Es kommt bestimmt gleich.«

»Du hast es sicher vergessen, sonst wäre es schon hier.« Missbilligend zog Lydia die Augenbrauen hoch.

»Wenn du zu Hause bleiben würdest …«

Nein, nicht das schon wieder, betete Alex im Stillen und drückte sich die Fingernägel in die Handballen.

Da klingelte es. Schnell riss Alex die Tür auf und wünschte Lydia einen schönen Abend. Als sie das Taxi abfahren hörte, lehnte sie sich gegen die Wand und schloss die Augen.

Nachdem sie eine Runde mit Amadeus gedreht hatte und in der Wanne lag, hätte sie das Telefon wegen des heiß zulaufenden Badewassers beinahe nicht gehört. Seufzend stand sie auf, griff nach dem Badetuch und stieg aus der Wanne.

»Alexandra«, drang Lydias Stimme aus dem Hörer.

Warum hatte sie nur abgehoben?

»Warum gehst du jetzt erst ans Telefon? Ich habe meine Opernkarte vergessen. Du musst sie mir bringen! Wenn du sofort losfährst, kannst du es noch rechtzeitig schaffen.«

»Du hast die Karte vergessen?«

Wenn Lydia nicht in die Oper käme, dann würde es nichts werden mit dem gemütlichen Abend allein.

»Gut, ich zieh mir schnell was über und bring sie dir. Wo hast du sie liegen gelassen?«

Als Alex vor der Oper bremste, sah sie Huberts Tante allein vor dem geschlossenen Eingang auf und ab gehen. Mit eisiger Miene stieg Lydia ein.

»Entschuldige bitte, ich habe es nicht früher geschafft. Die Straße war wegen eines Unfalls gesperrt.«

Alex hielt Lydia die Karte hin.

»Willst du nicht schnell hineingehen? Es hat ja erst vor ein paar Minuten angefangen.«

»Nein«, schnaubte Lydia. »Ich werde mich nicht wie ein Dieb bei Dunkelheit hineinschleichen. Das ist mehr dein Metier.«

Alex ignorierte die Stichelei.

»Und jetzt?«

»Was bleibt mir anderes übrig, als den Abend zu Hause zu verbringen?« Vorwurfsvoll sah Lydia Alex an.

Diese versuchte, Enttäuschung und Frust hinunterzuschlucken. Ihren ruhigen Abend konnte sie wohl endgültig abhaken.

Als Alex in die Einfahrt bog, umklammerten ihre Hände das Lenkrad so fest, dass die Knöchel weiß hervorstachen. Sie hielt vor der Tür an und ließ Lydia aussteigen. Dann fuhr sie in die Garage und brachte den Wagen ruckartig zum Stehen. Mit der Fernbedienung schloss sie das Garagentor. Einen Augenblick lang saß sie stumm hinter dem Steuer und starrte ins Leere.

Dann begann sie zu schreien. Die Schreie gellten ihr in den Ohren, aber sie konnte nicht aufhören. Sie schrie, bis ihr der Hals wehtat. Schließlich ließ sie ihren Kopf auf das Lenkrad sinken.

Ein Klingeln schreckte Alex auf. Im Halbschlaf tastete sie nach dem Wecker, drückte den Ausknopf, doch das Klingeln hörte nicht auf. Sie richtete sich auf, sah nach dem Handy auf dem Nachtschränkchen. Doch das war nicht der Störenfried, still und stumm lag es da. Alex rieb sich die Augen, schaute dann auf die Uhr. Elf Minuten nach drei. Das Geklingel schien immer lauter zu werden.

Brause, schoss es Alex durch den Kopf. Vielleicht ein neuer Fall. Sie sprang aus dem Bett und huschte barfuß die Treppe hinab zum Festnetzapparat, der unerträglich laut schrillte. In den Klingelpausen hörte sie durch die geschlossene Tür die Schnarchlaute von Lydia und Amadeus, wobei sie nicht hätte sagen können, wer von beiden lauter schnarchte.

»Lichtenstein«, meldete sie sich.

»Hier ist Hubert.« Seine Stimme klang klar und deutlich aus dem Hörer.

»Wie wunderbar, deine Stimme zu hören! Und du klingst so, als ob du ganz in der Nähe wärst.«

Hubert lachte. »Leider nicht, Liebste, leider bin ich immer noch weit weg in einem Indianerdorf am Amazonas. Aber immerhin gibt es hier eine Poststation. Allerdings habe ich ungefähr zwanzig Mal versucht, dich zu kriegen.«

»Jetzt hast du mich ja.«

»Ich hab dich sicher geweckt, aber anders war es nicht machbar.«

»Das ist doch egal. Ich habe nur nicht mit dir gerechnet, weil du beim letzten Mal sagtest, es könnte eine Weile dauern, bis du dich wieder melden könntest. Ich dachte, dass Brause am Telefon wäre, um mich zu einem neuen Fall zu zitieren.«

»Ist dein Chef denn auch nett zu dir?«

»Und wie ist es mit deiner Assistentin? Ist die denn auch nett zu dir?«, konterte Alex.

»Was soll das denn hei …«

Alex hörte nur noch Rauschen in der Leitung.

Das war bestimmt die Strafe dafür, dass sie so zickig zu Hubert gewesen war. Aber sie hatte sich die Bemerkung einfach nicht verkneifen können.

Nach ein paar Sekunden hörte sie ihn erst leise, dann lauter rufen. Die Verbindung war wiederhergestellt.

»Sandra, bist du noch da?«

»Ja. Bei mir ist so weit alles in Ordnung. Ich habe gerade einen etwas dubiosen Unfall zu bearbeiten, der möglicherweise gar kein Unfall ist. – Aber das ist jetzt nicht wichtig.«

»Alles, was dich betrifft, ist wichtig«, sagte Hubert. »Wenn ich dich doch nur hier haben könnte.«

Alex' Herz schlug schneller. »Ja, ich wäre auch lieber bei dir als hier bei Lydia und Amadeus.«

»Was ist los mit dir und Lydia? Oder ist Amadeus so lästig? Du scheinst irgendwie bedrückt.«

»Es ist nicht ganz einfach mit den beiden. Ich gebe mir solche Mühe mit deiner Tante, aber Lydia hat an allem etwas auszusetzen.«

»Liebes, ich bin entsetzt. Meine Mutter hat früher oft davon gesprochen, dass Lydia ganz schön anstrengend sein konnte, aber ich dachte, dass sich das mit zunehmendem Alter gelegt hätte. Hol meine Tante ans Telefon. Sofort, bitte! Ich werde ihr ein paar Takte erzählen.«

»Nein, nein, sie schläft doch. Irgendwie werde ich schon zurechtkommen, und irgendwann bist du ja wieder da.«

»Wie sich das anhört! Irgendwann!«

»Na, so ist es doch«, meinte Alex etwas lahm.

»Ach, du fehlst mir doch auch. Ich freue mich schon so darauf, dich wieder in den Armen …« Plötzlich verlor sich Huberts Stimme in einem krächzenden Rauschen.

Dann war die Leitung tot.

20

Pünktlich um neun Uhr am nächsten Morgen parkte Alex vor der Sekuranz. Der Empfang in der Eingangshalle war unbesetzt. Als Alex sich hilfesuchend umblickte, öffnete sich eine Tür am anderen Ende der Halle. Als Erstes erschien ein Ungetüm von Reinigungswagen, der sich anscheinend wie von Zauberhand bewegte und dabei laut klimperte. Erst als er näher kam, sah Alex dahinter ein schmächtiges Männchen mit Igelfrisur und rosa T-Shirt. Der Werkzeuggürtel, der viel zu schwer für die schmalen Hüften aussah, schepperte bei jedem Schritt.

»Entschuldigung, ich möchte zur Sekuranz, zu Herrn Direktor Wolter. Können Sie mir sagen, wo ich ihn finde?«, fragte Alex.

»Die Empfangsdame ist gerade mal für kleine Mädchen. Aber wenn Sie wollen, bringe ich Sie hoch. Ich muss sowieso in den dritten Stock.« Er stellte den Reinigungswagen in eine Nische und machte eine einladende Handbewegung in Richtung Lift.

»Das wäre nett.« Alex folgte dem Mann.

»Ich bin übrigens Will Heldt, der Hausmeister in diesem Laden«, stellte er sich vor, während sie auf den Aufzug warteten, und streckte Alex die Hand hin. »Und wer sind Sie?«

Den Hausmeister sollte sie sich besser warmhalten. Der kam sicher viel im Haus herum und hatte seine Augen und

Ohren überall. Deswegen ergriff sie seine Hand und sagte freundlich: »Kommissarin Lichtenstein. Ich ermittle in der Sache Windisch.«

Der Hausmeister musterte Alex mit neuem Interesse. »Leider kann ich Ihnen dazu nicht viel erzählen. Gestern hatte ich ausgerechnet um zwei Uhr einen Zahnarzttermin und war nicht im Haus, als es passierte.«

Er seufzte unglücklich. »Der arme Kerl aber auch. Es heißt, er liegt im Koma. Wird er denn wieder?« Seine Augen glänzten neugierig.

»Ja, er liegt im Koma. Wie es weitergeht, ist noch unklar.«

»Oje, das sind aber schlechte Nachrichten für die Damenwelt. Das wird einigen sehr nahegehen.« Heldt zog ein Gesicht wie ein trauriger Bernhardiner.

In dem Moment kam der Lift, und sie stiegen ein.

»Wie meinen Sie das mit der Damenwelt?«, nahm Alex den Faden wieder auf.

»Na, wer aussieht wie George Clooney, der hat doch bei allen Chancen.« Der Hausmeister grinste und begann zu singen: »Ob blond, ob braun, er liebt ja alle Frau'n.«

Alex speicherte die Information ab. Wenn das stimmte und der Blumenkasten nicht von allein gefallen war, dann käme offensichtlich das klassische Motiv Eifersucht in Frage.

Die Lifttüren öffneten sich, und sie stiegen aus.

»Zum Chef kommen Sie durch die dritte Tür auf der rechten Seite«, erklärte Heldt. »Und ich muss in die Teeküche, den Abfluss richten.«

Er zog eine große Zange aus seinem Werkzeuggürtel und ließ die Backen aufeinanderkrachen. »Die haben wahrscheinlich wieder was reingekippt, was da nichts zu suchen hat.«

Er schob sich an Alex vorbei, die beinahe laut aufgelacht hätte. Denn hinten auf seinem rosa T-Shirt stand *Schwarz war ausverkauft*.

Bevor Alex beim Chefbüro anklopfen konnte, wurde die Tür aufgerissen und eine stattliche Männergestalt drängte auf den Flur. Schnell trat Alex einen Schritt zurück.

»Herr Direktor Wolter? Kommissarin Lichtenstein. Wir haben telefoniert.«

»Ja, ich weiß. Aber ich muss zum Flughafen. Eine kurzfristig anberaumte Gesellschafterversammlung in der Zentrale. Sie haben Zeit, bis mein Taxi kommt.«

»Erzählen Sie mir etwas über Herrn Windisch.«

Wolter schaute auf die Uhr und bewegte sich in Richtung Lift. Alex folgte ihm.

»Um das gleich klarzustellen: Stefan Windisch ist mein Schwager. Doch das hat absolut nichts damit zu tun, dass er mein fähigster Mitarbeiter ist. Seit Jahren erzielt er überdurchschnittlich gute Ergebnisse. Er ist ein echter Gewinn für das Unternehmen.«

Gerade traten sie in den Aufzug, als eine Frau atemlos hinter ihnen herstürzte. Sie war schon etwas älter, unscheinbar und trug das obligatorische Büro-Outfit. Graues Kostüm und weiße Bluse. Sie schleppte zwei schwere Aktenkoffer. Das musste die Sekretärin sein.

Alex beeilte sich mit der nächsten Frage: »Wie ist das Arbeitsklima in Herrn Windischs Abteilung? Hat er Feinde?«

Wolter zog die Augenbrauen hoch und musterte Alex herablassend. »Ein Chef, der gute Zahlen bringt, ist nicht unbedingt beliebt. Und natürlich hat jeder erfolgreiche Leistungsträger Neider – noch dazu, wenn er im Licht der Öffentlichkeit steht, wie es sich in unseren Kreisen nun einmal nicht vermeiden lässt. Fragen Sie meine Schwester, die kann ein Lied davon singen.«

Ganz schön überheblich. Alex stöhnte innerlich auf. Wolter würde sich sicher gut mit Lydia verstehen.

Die Lifttüren glitten auf. Alex musste sich beeilen, um mit Wolter Schritt zu halten.

»Wo und wann kann ich Ihre Schwester denn erreichen?«

»Sie hat ihr Büro hier im Haus. Aber heute ist sie bei einem Außentermin. Fragen Sie ihre Sekretärin im ersten Stock, wann sie wieder da ist.«

Noch bevor Alex die nächste Frage stellen konnte, fuhr Wolter fort: »Ich erwarte, dass Sie die Umstände des Unfalls schnellstmöglich klären, damit weder der Firma noch unserer Familie ein Imageschaden entsteht. Ich habe Anweisung gegeben, dass Ihnen alle Mitarbeiter Rede und Antwort stehen. Für Ihre Befragungen können Sie den Aufenthaltsraum nutzen. Wenden Sie sich an Frau Cornelius. Das ist Herrn Windischs Assistentin. Sie wird Ihnen behilflich sein.«

Ein Taxi fuhr vor, der Fahrer verstaute die Aktenkoffer, Wolter und seine Sekretärin stiegen ein. Wolter ließ die Scheibe herunter: »Eine schnelle Aufklärung liegt doch sicher auch in Ihrem Interesse. – Übrigens spiele ich Golf mit Staatsanwalt Prinz.«

Das Taxi fuhr los. Alex sah fassungslos hinterher.

Im zweiten Stock folgte Alex dem Hinweisschild *Feuer, Wasser, Sturm*. Die Tür zum Sekretariat war nur angelehnt. Dahinter hörte sie aufgebrachte Stimmen.

»… ob nicht jemand nachgeholfen hat. Dich hat er ja in letzter Zeit ziemlich vernachlässigt.«

»Solche Unterstellungen muss ich mir nicht anhören.«

Noch bevor Alex klopfen konnte, wurde die Tür mit

einem Ruck aufgerissen. Eine Frau mit hochrotem Kopf wäre beinahe direkt in Alex hineingelaufen. Erschrocken blieb sie stehen und fragte unwirsch: »Ja, bitte?«

»Kommissarin Lichtenstein. Sind Sie Frau Cornelius?«

Die Frau nickte und strich sich verlegen ihre langen blonden Haare hinter das Ohr. Mit einem Atemzug hatte sie ihre Fassung wiedergewonnen. Dennoch sah ihr Lächeln künstlich aus.

»Natürlich, Herr Direktor Wolter hat mich instruiert. Am besten zeige ich Ihnen zuerst den Aufenthaltsraum. Bitte hier entlang.«

Auf dem Weg in den dritten Stock plapperte die Assistentin ohne Pause. Wahrscheinlich, damit ich nicht nach der Szene in ihrem Büro fragen kann, dachte Alex.

»In unserer Abteilung arbeiten sechs Leute, nebenan bei *Hausrat und Haftpflicht* sind es weitere acht. Die Namen mit Durchwahlnummern finden Sie auf einer Liste, die schon oben für Sie bereitliegt. Alle Mitarbeiter sind im Haus und halten sich für ein Gespräch mit Ihnen zur Verfügung. Außerdem beschäftigen wir zur Zeit noch eine externe Büro-Organisatorin. – So, da wären wir.«

Alex nahm den Raum, den sie gestern nur schnell durchquert hatte, um auf die Dachterrasse zu gelangen, näher in Augenschein. Er war äußerst spärlich eingerichtet – nicht mehr als ein paar Tische und Stühle sowie eine kleine Küchenzeile, wo ein Kaffeeautomat leise vor sich hin gurgelte. Keine Bilder an den Wänden, keine Pflanzen, überhaupt nichts, was das Auge erfreute.

»Wenn Sie noch etwas brauchen, wissen Sie ja, wo Sie mich finden.« Die Assistentin wandte sich zum Gehen.

»Einen Moment noch, Frau Cornelius. Wenn Sie schon da sind, fange ich gleich mit Ihnen an. Setzen wir uns doch.«

Alex nahm die Liste zur Hand und studierte die Namen. Dann schrieb sie *Veronika Cornelius* in ihr Notizbuch.

Diese hatte sich nach kurzem Zögern gesetzt und schaute Alex resigniert an.

»Frau Cornelius, wie ist Herr Windisch so als Chef?«

»Er stellt hohe Anforderungen – an sich selbst sowie an andere. Das ist nicht immer einfach, und damit kommt auch nicht jeder zurecht. Aber wenn man seine Art akzeptiert und seine Erwartungen erfüllt, ist er ein guter Chef, der einen durchaus fördert.«

»Und Sie kommen gut mit ihm aus? Seit wann arbeiten Sie denn schon für Herrn Windisch?«

»Seit vier Jahren. Ja, ich komme sehr gut mit ihm aus. Sonst wäre ich nicht mehr hier.«

Alex dachte an die Andeutung des Hausmeisters über Windisch und die Damenwelt. Veronika Cornelius war eine attraktive Frau. Alex schätzte sie auf Anfang dreißig. Dann fiel ihr der Gesprächsfetzen von vorhin wieder ein, den sie hinter der Bürotür mitangehört hatte. Nachgeholfen? Vernachlässigt?

»Hat sich Herr Windisch Ihnen gegenüber in letzter Zeit anders verhalten als sonst?«

Die Assistentin blickte Alex finster an.

»Das kann man wohl sagen. Jahrelang war ich seine Vertraute und habe alles für ihn erledigt, auch wenn das oft mit Überstunden verbunden war. Und dann kommt dieses junge Ding daher – und schwupps, ist plötzlich die für alles Mögliche zuständig.«

Das klang eindeutig nach Eifersucht.

»Welches junge Ding?«, hakte Alex nach.

»Na, die Lehmann, Jenny Lehmann.« Veronika Cornelius spie den Namen förmlich aus. »Seitdem Herr Windisch auch für *Hausrat und Haftpflicht* zuständig ist, hat die ihn mit Beschlag belegt.«

»Eine letzte Frage noch. Wo waren Sie gestern, als sich der Unfall ereignete?«

»Ich bin wie immer um halb zwei mit meinen Kolleginnen in die Mittagspause gegangen, zu Valentino gleich um die Ecke. Als wir zurückkamen, stand der Krankenwagen schon da.«

»Danke, das ist im Moment alles. Schicken Sie mir doch gleich die nächste Kollegin hoch.«

Als Alex allein war, stand sie auf und öffnete die Tür zur Dachterrasse. Die Spurensicherung hatte ihre Arbeit offenbar schon beendet, denn das Siegel war verschwunden. Ob sie wohl etwas Brauchbares gefunden hatten? Kurz zuvor war jemand oben gewesen. Das konnte doch kein Zufall sein. Eine Frau, hatte der Zeuge gesagt. Nun ja, die meisten Mitarbeiter der Sekuranz waren laut Namensliste weiblich. Und dann gab es natürlich noch die Ehefrau.

Alex würde alle Alibis gründlich abklopfen und nach einem Motiv forschen. Bisher stand Eifersucht ganz oben auf ihrer Liste. Doch wie passte das mit den anderen Unfällen zusammen? Sie durfte sich auf keinen Fall zu früh festlegen, sondern musste in alle Richtungen ermitteln.

Bevor die nächste Mitarbeiterin kam, rückte Alex einen Tisch und zwei Stühle so zurecht, dass sie selbst mit dem Rücken zur Dachterrasse saß. Ihr jeweiliges Gegenüber hatte dann freien Blick auf die Blumenkästen. Jedenfalls auf die, die noch dastanden. Vielleicht rief das ja die eine oder andere Reaktion hervor.

Nachdem Alex alle Mitarbeiter aus Windischs Abteilung befragt hatte, gönnte sie sich eine kleine Pause. Sie ließ sich einen Kaffee aus dem Automaten, ging dann auf die Dachterrasse und setzte sich in die Sonne, die heute wieder von einem strahlend blauen Himmel schien. Doch die Folgen des heftigen Unwetters gestern waren noch zu sehen. Die Terrasse war übersät mit Blättern, dazwischen ein paar rote Geranienblüten.

Alex nahm einen Schluck Kaffee und verzog das Gesicht. Der Kaffee schmeckte bitter und war außerdem so heiß, dass sie sich die Zunge verbrannt hatte. Dann also keinen Kaffee. Dabei hätte sie einen Koffeinschub gut gebrauchen können. Sie schlief zunehmend schlechter, seit Hubert weg war, und fühlte sich müde und abgespannt. Was Hubert wohl gerade machte? Hoffentlich ging es ihm gut. Und hoffentlich ließ Corinna Rieker ihre Finger von ihm.

Eine Sirene in der Ferne riss Alex aus ihren Gedanken. Sie wandte sich wieder ihrer Arbeit zu und rekapitulierte anhand ihrer Notizen, was sie bisher herausgefunden hatte.

Die Dachterrasse war für alle Angestellten im Haus frei zugänglich und wurde bei schönem Wetter in den Pausen rege genutzt. Auch die meisten Raucher frönten hier ihrer Leidenschaft. Nur Stefan Windisch nicht. Der rauchte seine Mittagszigarette immer gegen 14 Uhr unten auf der Straße. Das war allgemein bekannt. Sollte ihm jemand nach dem Leben trachten, brauchte er nur um die Zeit einen Blumenkasten herunterfallen zu lassen. Die Gelegenheit hätten also viele Leute gehabt. Wobei von den bisher Befragten gestern Mittag keiner auf der Dachterrasse war – kein Wunder, bei dem Sturm.

Alex stand auf, ging ans Ende der Terrasse und sah über die Brüstung nach unten. Das war verdammt hoch. Wahrscheinlich hatte Windisch Glück gehabt, dass er überhaupt noch lebte.

Was das Motiv betraf – Windisch war offensichtlich ein regelrechter Frauenheld. Zwei Mitarbeiterinnen hatten sogar offen zugegeben, Affären mit ihm gehabt zu haben. Alex fragte sich, wie es wohl um seine Ehe bestellt sein mochte.

Sie ging zum Tisch zurück und las noch einmal ihre Notizen durch. Alle Befragten hatten für die Unfallzeit ein Alibi. Sie waren gemeinsam im Café gewesen. Allein Jenny Lehmann hatte sich den Aussagen nach lediglich etwas zum Mitnehmen geholt und war gleich wieder verschwunden – Zeit genug, um auf die Dachterrasse zu gelangen und einen Blumenkasten hinunterzustoßen?

Alex nahm ihr Notizbuch und den Kaffeebecher und ging wieder hinein. Als Nächste hatte sie Jenny Lehmann bestellt.

Es klopfte, und eine junge Frau, fast noch ein Mädchen, mit auffallend roten Haaren kam herein und blieb schüchtern an der Tür stehen.

»Sie wollten mich sprechen«, sagte sie mit leiser Stimme und blickte Alex nur flüchtig dabei an.

»Ja, Frau Lehmann. Bitte nehmen Sie doch Platz. Ich bin Kommissarin Lichtenstein. Es haben sich ein paar Fragen wegen des Unfalls von Herrn Windisch ergeben.«

Die junge Frau setzte sich wortlos. Sie sah blass aus und ließ die Schultern hängen.

»Am besten kommen wir gleich zur Sache«, sagte Alex. »Um welche Zeit sind Sie gestern in die Mittagspause gegangen?«

»Ich hab nicht auf die Uhr gesehen, aber wahrscheinlich so zwischen halb zwei und zwei.« Jenny drehte nervös den Saum ihrer Bluse zwischen den Fingern.

»Und was haben Sie gemacht?«

»Ich bin zu Valentino und hab mir eine heiße Schokolade bestellt.« Jennys Stimme klang zunehmend widerwillig.

»Und dann?«, hakte Alex nach.

»Hab ich die Schokolade getrunken. Was denn sonst?« Jenny blickte Alex jetzt herausfordernd an.

»Im Café?«

Jenny zögerte einen Moment, dann fragte sie patzig:

»Ist das denn so wichtig? Was wollen Sie eigentlich von mir? Können Sie mich nicht einfach in Ruhe lassen?«

»Ja, es ist wichtig«, entgegnete Alex betont ruhig. »Denn immerhin besteht der Verdacht, dass der Blumenkasten Herrn Windisch nicht von allein auf den Kopf gefallen ist.«

Jenny erstarrte und blickte zur Dachterrasse.

»Aber das war doch ein Unfall. Oder glauben Sie etwa, jemand wollte Steve, äh, ich meine Herrn Windisch …«

Sie verstummte und sah Alex unsicher an.

»Wir müssen alle Möglichkeiten in Betracht ziehen. Sind Sie denn mit Herrn Windisch näher bekannt, weil Sie ihn beim Vornamen nennen?«

Jenny senkte den Blick auf ihre Schuhspitzen.

»Na ja, er hat mich nach der Arbeit mal zum Essen eingeladen.« Sie hielt einen Moment inne und fuhr dann trotzig fort: »Außerdem duzt er sich mit vielen Leuten. Das ist eben so seine Art.«

Seine Art konnte sich Alex inzwischen lebhaft vorstellen. Wahrscheinlich hatte Windisch auch etwas mit diesem Mädchen gehabt, das doch seine Tochter sein könnte. Beim Anblick von Jennys verschlossener Miene beschloss sie jedoch, diesen Punkt vorerst auf sich beruhen zu lassen. Sie würde später wieder nachhaken. Jetzt musste sie sich erst einmal darauf konzentrieren herauszufinden, wo Jenny zur Unfallzeit gewesen war.

»Also, Frau Lehmann, zurück zu gestern Nachmittag. Sie haben Ihre Schokolade nicht im Café getrunken, sondern sind gleich wieder verschwunden. Warum?«

»Ich war spät dran.«

»Und was haben Sie dann gemacht?«

»Ich bin ins Büro zurückgegangen.«

Jenny sprach plötzlich sehr leise und blickte wieder zur Dachterrasse. Sie schien mit ihren Gedanken ganz woanders zu sein und sackte immer mehr in sich zusammen.

Alex startete einen Versuchsballon. »Und da sind Sie Stefan Windisch begegnet.«

»Ja, ich meine, nein … Es war nicht so, wie Sie denken.«

Jenny begann unruhig auf ihrem Stuhl hin und her zu rutschen und wich Alex' Blick aus.

»Wie war es denn dann, Frau Lehmann? Wo genau sind Sie Herrn Windisch begegnet?«

»Ich bin ihm gar nicht begegnet.« Jennys Stimme war nur noch ein Flüstern. »Ich hab ihn nur gesehen, als ich um die Ecke bog. Er ging vor dem Gebäude auf und ab und rauchte.«

Alex lehnte sich zurück und musterte ihr Gegenüber.

»Dann müssen Sie doch direkt an ihm vorbeigegangen sein, um ins Büro zu kommen.«

»Nein, das bin ich nicht.« Jenny zögerte einen Moment. »Als ich ihn gesehen hab, bin ich sofort umgedreht und hab den Hintereingang genommen.«

»Aber warum denn das?«

»Ich wollte ihm eben nicht begegnen.«

Jenny schien jetzt den Tränen nahe.

»Haben Sie auf Ihrem Weg durch den Hintereingang jemanden getroffen?«

»Ich glaube nicht.«

»Um wie viel Uhr waren Sie zurück im Büro?«

»Ich weiß nicht.«

»Noch eine letzte Frage, Frau Lehmann. Warum und seit wann haben Sie für Herrn Windisch gearbeitet? Sie sind doch gar nicht in seiner Abteilung.«

»Herr Windisch leitet unsere Abteilung übergangsweise, seit Frau Schicketantz ...«, Jenny schluckte, »... nicht mehr da ist. Das sind jetzt ungefähr drei Monate. Aber ich hab auch vorher schon manchmal was für ihn erledigt, wenn seine Assistentin nicht da war.«

Also schon reichlich Zeit für ein Techtelmechtel, dachte Alex. »Danke, Frau Lehmann. Das ist momentan alles.«

Sofort sprang Jenny auf und verließ fluchtartig das Zimmer. Alex sah ihrer rosa Blümchenbluse nachdenklich hinterher – als ob diese ihr irgendetwas verraten könnte.

Sie würde sich den Hintereingang anschauen und überprüfen, wie lange man von dort auf die Dachterrasse brauchte. Und wahrscheinlich würde sie Jenny noch einmal intensiver über ihre Beziehung zu Windisch befragen müssen. Denn Eifersucht oder verschmähte Liebe hatten schon immer handfeste Motive abgegeben.

Die weiteren Befragungen hatten keine wesentlich neuen Informationen erbracht. Alex gähnte. Aber noch so einen scheußlichen Kaffee würde sie sich nicht antun. Die Cornelius hatte doch noch von einer externen Büro-Organisatorin gesprochen. Die war nicht auf der Liste vermerkt. Alex beschloss, direkt im zweiten Stock nach ihr zu fragen. Vielleicht konnte sie dort auch einen besseren Kaffee ergattern.

Bei *Hausrat und Haftpflicht* fiel Alex' Blick als Erstes auf Jenny Lehmann, die wie ein Häufchen Elend an ihrem Tisch saß, das Gesicht in den Händen vergraben. Neben ihr stand eine Frau und legte ihr mütterlich einen Arm um die Schultern. Obwohl Alex ihr Gesicht nicht sehen konnte, kam ihr die Frau bekannt vor. Als sie sich umdrehte, erkannte Alex die nette Dame vom Friedhof – Elfie Ruhland.

»Was machen Sie denn hier?«, fragte Alex überrascht.

»Ach, die junge Dame vom Friedhof«, entgegnete Elfie Ruhland und kam freudig auf Alex zu, um ihr die Hand zu reichen. »Ich bringe Ordnung in Akten und Abläufe der Sekuranz. Und was führt Sie hierher?«

Das also war die Büro-Organisatorin.

»Ich ermittle wegen des Unfalls von Herrn Windisch«, antwortete Alex, »und Sie möchte ich dazu auch befragen.«

Der freudige Ausdruck auf Elfies Gesicht erlosch. »Ach so, Sie sind von der Polizei.«

Ihre Stimme klang erstaunt. Dann straffte sich Elfie und lächelte Alex wieder an. »Ich wollte gerade einen Tee für Jenny machen. Was darf ich Ihnen denn Gutes tun? Ich habe eben frischen Kaffee aufgesetzt. Kommen Sie doch einfach mit in die Teeküche. Da können wir ein wenig plaudern. Ich finde den Beruf eines Kommissars ja wirklich interessant, aber er ist doch sicher sehr anstrengend, oder nicht? Was hat Sie dazu bewogen, Polizistin zu werden?«

Alex stutzte. Solche Fragen wurden ihr sonst nie gestellt. Aber sie spürte echtes Interesse dahinter. »Ich hab schon als Kind am liebsten Räuber und Gendarm gespielt – und ich war immer der Gendarm. Aber der Hauptgrund ist wohl, dass ich schon von klein auf ein ausgeprägtes Gerechtigkeitsbewusstsein hatte.«

Sie folgte Elfie in die Teeküche.

Diese lächelte sie an.

»Das kann ich mir bei Ihnen gut vorstellen. Ging mir übrigens genauso. Aber leider gibt es so viel Ungerechtigkeit auf der Welt. Und gegen manche Missstände kann noch nicht einmal die Polizei etwas tun. Das ist für Sie sicher oft frustrierend, oder täusche ich mich?«

Erstaunt und erfreut schüttelte Alex den Kopf. Endlich mal jemand auf der gleichen Wellenlänge.

Elfie sah nach der Kaffeemaschine. »Wunderbar, der Kaffee ist schon fertig. Darf ich Ihnen eine Tasse anbieten?«

Alex nickte. »Ja, gern.«

»Setzen Sie sich doch. Hier sind Milch und Zucker. Und Kekse gibt es auch. Die mit der weißen Schokolade sind am besten. Ich bringe nur schnell Jenny ihren Tee.«

Alex zückte ihr Notizbuch und schrieb *Elfie Ruhland* auf. Der Name passte ausgezeichnet. Die Frau schien in einer Weise in sich zu ruhen, die beneidenswert war, und sie hatte so eine fürsorgliche Ausstrahlung.

Schon war Elfie zurück und setzte sich zu Alex.

»Frau Ruhland, wie gut kannten Sie Herrn Windisch?«

»Nun, ich arbeite hier ja nicht festangestellt. Ich bin selbständig und überall zur Stelle, wo man meine ordnenden Hände braucht. Das Chaos in dieser Abteilung habe ich schon ein bisschen eindämmen können, aber es bleibt noch einiges zu tun. Bitte nehmen Sie doch noch einen Keks.«

»Haben Sie direkt mit Herrn Windisch zusammengearbeitet?«

»Nein. Ich habe wenig mit ihm zu tun gehabt. Jenny Lehmann hat mich in alles eingewiesen und mich unterstützt. Sie ist eine sehr fähige junge Frau. Darf ich Ihnen noch Kaffee einschenken?«

»Das wäre nett. Er hat ein wunderbares Aroma.«

»Ich habe ihn heute früh erst gekauft und ganz frisch mahlen lassen. Und dann bewahre ich Kaffee immer im Kühlschrank auf. So behält er sein Aroma am besten.«

Alex hätte noch ewig so weiterplaudern können. Nur widerwillig nahm sie den Faden wieder auf. »Kommen wir zurück zu dem Unfall. Wo waren Sie gestern gegen zwei Uhr? Mit den anderen im Café?«

»Nein. Jenny hat mich zwar eingeladen mitzukommen, aber ich wollte unbedingt noch eine Sache zu Ende bringen. Außerdem war ich kurz im Materiallager im Keller. Ich brauchte dringend ein paar Aktendeckel. Allerdings hätte ich mich damit gar nicht zu beeilen brauchen, denn am Nachmittag nach dem Unfall bin ich zu nichts mehr gekommen.«

»Das kann ich mir vorstellen«, meinte Alex mitfühlend. »Ist Ihnen Herr Windisch vielleicht im Treppenhaus begegnet? Oder ist Ihnen sonst jemand über den Weg gelaufen?«

»Nein. Ich habe nur bei der Materialausgabe ein paar Worte mit dem Lageristen gewechselt. Ein netter Mann. Hat eine kranke Frau und drei halbwüchsige Kinder. – Ist er eigentlich tot?«

»Wer?« Alex war verwirrt. »Der Lagerist?«

»Nein, nein.« Elfies Stimme klang seltsam drängend. »Windisch. Ist er tot?«

Alex schüttelte den Kopf. »Er lebt. Ich hoffe jedenfalls, dass er noch lebt. Der Arzt will mich anrufen, sobald er vernehmungsfähig ist.«

Elfie war blass geworden und schnappte nach Luft. »Meinen Sie, er kommt wieder auf die Beine?«, brachte sie heraus.

Alex hatte Mitleid mit ihr. Offensichtlich ging ihr das Geschehen sehr nahe.

»Na ja«, antwortete sie zögerlich, »es geht ihm wirklich nicht gut, aber die Ärzte geben sich alle Mühe. Und die Operation hat er zumindest überstanden. Sie dürfen sich das alles nicht so zu Herzen nehmen.«

Langsam bekam Elfies Gesicht wieder Farbe, aber sie atmete noch immer schwer. »Ich würde jetzt gern wieder an die Arbeit gehen. Wie ich schon sagte, es ist so einiges liegengeblieben.«

»Ja, gehen Sie nur. Es ist alles geklärt«, sagte Alex.

Elfie stand auf und verabschiedete sich. »Vielleicht sehen wir uns mal wieder auf dem Friedhof. Dann sprechen wir über die Bepflanzung. Ich bin jeden Montag und Donnerstag nach der Arbeit und am Samstag dort.«

»Ja, das würde mich auch freuen«, entgegnete Alex. »Und vielen Dank für den guten Kaffee und für Ihre …« Alex stockte. Beinahe hätte sie gesagt: »für Ihre netten Worte«. Das stimmte zwar, erschien ihr aber irgendwie unpassend. Deshalb fügte sie schnell hinzu: »für Ihre Unterstützung«.

Der Lift nach unten hielt schon im ersten Stock wieder an. Als sich die Türen öffneten, kam der Hausmeister mit dem Reinigungswagen herein und schimpfte wie ein Rohrspatz. »Jetzt muss ich schon wieder dieses blöde Ding aufräumen. Also, diese Idioten von der Reinigungsfirma …« Er sah zu Alex herüber, begrüßte sie und grinste. »Könnten Sie die nicht mal aufmischen? Sie sind doch von der Polizei.«

»Nun …«

Heldt musterte Alex, dann schüttelte er entschieden den Kopf. »Nein, das würde nichts werden. Vielleicht könnten Sie mal den Pause oder wie der heißt vorbeischicken. Der kann so richtig grantig werden.«

Alex horchte auf. »Meinen Sie Hauptkommissar Brause?«

»Ja, genau. Brause hieß er. Der könnte denen bestimmt einheizen, damit sie endlich mal besser spuren.«

Bei dem Gedanken, Brause auf eine Putzkolonne loszulassen, hätte Alex beinahe laut aufgelacht. Doch sie bemühte sich um einen neutralen Ton. »Woher kennen Sie den Kollegen denn?«

»Na, der war doch letztes Mal hier wegen der Schicketantz. Hat sich aufgeführt wie Rambo und meine Legimi…, äh, Legitami…, also meine Eignung als Ersthelfer angezweifelt. So ein Banause, dieser Brause. Hihi, das reimt sich. Und was sich reimt, das stimmt, oder?«

»Jaja«, murmelte Alex. Brause war also nach dem Unfall vor Ort gewesen.

»Diese Schicketantz, das war eine ganz dämliche Ziege«, fuhr der Hausmeister fort. »Die ganze Abteilung hat vor ihr gezittert. Aber unsere kleine Blumenfee hat das meiste abbekommen.«

»Blumenfee? Wer ist denn das?«

»Na, unsere Jenny. Jenny Lehmann, der ihre Assistentin. Armes Ding.«

Der Hausmeister sah betrübt drein. Dann grinste er wieder. »Sie hätten hören sollen, wie die Zicke…, äh, die Schicketantz manchmal auf mich losgegangen ist. Aber mir geht das am A…, äh, mir macht das nichts aus. Und ehrlich gesagt tut es mir auch nicht besonders leid, dass die die Treppe runtergefallen ist. Die mit ihren dämlichen Schuhen.«

Beim ersten Unfall hatte es auch eine leitende Angestellte getroffen. Das konnte kein Zufall sein. Irgendetwas war hier faul. Möglicherweise gab es eine Verbindung zwischen den Fällen Schicketantz und Windisch, und möglicherweise war die Gefahr noch nicht gebannt. Gut, dass sie für Windisch Polizeischutz angeordnet hatte.

Hastig verabschiedete sie sich vom Hausmeister. Auf der Fahrt zurück ins Büro hatte sie Schwierigkeiten, sich an die

Geschwindigkeitsbeschränkungen zu halten. Am liebsten hätte sie das Gaspedal bis zum Anschlag durchgedrückt.

Als Alex im Präsidium die Treppen hinauflief, nahm sie gleich zwei Stufen auf einmal. Die Herausforderung, Licht in die Vorfälle bei der Sekuranz zu bringen, setzte eine Extraportion Adrenalin in ihrem Körper frei. Ihre Gedanken wirbelten wild durcheinander: Treppensturz, Zicketantz, Blumenfee, George Clooney – und über allem die Melodie von *Ob blond, ob braun,* die sie einfach nicht aus ihrem Kopf verbannen konnte. Ob sich all diese Puzzleteile wohl zu einem Gesamtbild zusammenfügten? Wenn es eine Verbindung zwischen den beiden Unfällen gab, würde Alex sie finden.

Sie sah ihre Notizen von den Gesprächen bei der Sekuranz noch einmal durch. Für den Unfall Windisch hatten alle Befragten ein Alibi – bis auf Jenny Lehmann und Elfie Ruhland.

Jenny hatte sich bei der Befragung seltsam verhalten und wahrscheinlich eine Affäre mit Windisch gehabt. Alex musste ihr unbedingt noch einmal auf den Zahn fühlen, auch was das Verhältnis zu ihrer ehemaligen Chefin betraf. Wenn bei dem Weiberhelden Windisch Eifersucht als Motiv in Frage kam, galt das vielleicht ebenso für den ersten Unfall. Die Schicketantz könnte ja auch etwas mit Windisch gehabt und dadurch den Zorn einer Nebenbuhlerin auf sich gezogen haben.

Oder hingen die Unfälle mit irgendwelchen Ereignissen in der Abteilung zusammen? Windisch hatte den Posten der Schicketantz mit übernommen. In beiden Fällen stand Jenny Lehmann ganz oben auf der Liste der Verdächtigen. Aber war so ein junges Ding zu zwei Morden fähig?

Wer wusste das schon, denn der äußere Anschein war oft trügerisch. Und vielleicht handelte es sich tatsächlich um Unfälle. Oder beim ersten Mal war es ein Unfall, und der hatte jemanden zur Nachahmung animiert.

Wer könnte noch ein Motiv haben? Bei Elfie Ruhland fiel Alex absolut nichts ein. Sie gehörte nicht zur Firma, und sie hatte ganz sicher nichts mit Windisch gehabt. Das konnte man bei ihrem Alter und ihrer Art ausschließen. Alex wurde warm ums Herz, als sie an Elfies Fürsorglichkeit und ihr aufrichtiges Interesse dachte. Obwohl sie sich erst wenige Male begegnet waren, hatte Alex das Gefühl, Elfie schon ewig zu kennen. Sie war ihr auf Anhieb sympathisch gewesen.

Dann blieb natürlich noch Windischs Frau. Vielleicht hatte sie von seinen Liebschaften erfahren und war ausgerastet – und hatte die Schicketantz die Treppe hinuntergestoßen, weil die ihre Ehe gefährdete. Alex war gespannt auf die Begegnung mit Helene Windisch.

21

Ausgerechnet eine Kommissarin!

Elfie hob ihren Blick vom Entwurf der Konditionen für Existenzgründer und sah nachdenklich aus dem Fenster. Instinktiv tastete sie nach ihrem Medaillon, doch Ludwig war ja noch beim Juwelier. Ärgerlich ließ sie die Hand wieder sinken. An allem war nur der Windisch schuld.

Sie konnte sich doch nicht mit einer Kommissarin anfreunden – nicht bei ihren Projekten. Das Gerechtigkeitsempfinden der netten jungen Frau teilte Elfie zwar voll und ganz, doch verfolgte sie ihr Ziel nun einmal mit anderen Mitteln. Elfie seufzte. Momentan war einfach alles schwierig.

Alle Angestellten waren schon in den Feierabend entschwunden – bis auf Jenny. Die saß vor ihrem aufgeräumten Schreibtisch und starrte in die Luft. Elfie ging zu ihr. Neben Jennys PC lag eine einzelne blassrote Rose, dekorativ in Klarsichtfolie gehüllt.

»Wer hat Ihnen die denn verehrt?«, fragte Elfie lächelnd.

Jenny schrak zusammen, sie hatte sie offensichtlich nicht kommen hören. Sie schüttelte den Kopf.

»Die ist für Steve«, sagte sie leise.

»Steve?«

»Sie wissen schon, Stefan Windisch. Er mag es gern, wenn man Steve zu ihm sagt.«

»Aber Jenny, ich dachte, das wäre vorbei. Waren Sie denn noch nicht bei Rüdiger?«

Für einen Moment hellte sich Jennys Gesicht auf. »Doch, schon zweimal. Er ist so wahnsinnig lieb. Aber jetzt, wo Steve so schwer verletzt ist, tut er mir einfach leid. Ich will ihm die Rose ins Krankenhaus bringen, aber ich trau mich nicht allein.« Schon standen Tränen in ihren Augen.

Elfie strich ihr über die Wange. »Ach, Kind! Was machen Sie denn für Sachen!«

Wie hatte Jenny eigentlich auf diesen George-Clooney-Verschnitt hereinfallen können?

Jennys Augen liefen über. Die Tränen tropften auf ihren Schreibtisch. Elfie wischte mit einem Papiertaschentuch erst über Jennys Gesicht und dann über die Schreibunterlage.

»Jede Träne ist eine zu viel für ihn«, sagte sie mit ungewohnter Strenge und fuhr dann in weicherem Ton fort: »Sie wollen ihn also unbedingt sehen – sehen, wie es ihm geht?«

Jenny nickte.

Ich will ihn auch unbedingt sehen – sehen, wie es ihm geht, dachte Elfie.

»Und allein trauen Sie sich nicht?«

Jenny schüttelte den Kopf. »Ich weiß nicht, was ich sagen soll, wenn mich einer fragt, wie ich zu ihm stehe.«

»Ja, das könnte ein Problem werden. Man wird Sie nicht auf die Intensivstation lassen, schließlich sind Sie nicht mit ihm verwandt. Aber kommen Sie, versuchen wir es zu zweit!«

»Würden Sie wirklich mitgehen?« Jennys Gesicht hellte sich auf. »Gleich heute Abend noch? Ich weiß auch, in welchem Krankenhaus er liegt.«

Die beiden machten sich zu Fuß auf den Weg zum Marienhospital. Die Sonne schien von einem wolkenlosen Himmel. Elfie atmete tief ein, als sie durch den Krankenhauspark gingen.

Schade, eigentlich war es wunderbares Friedhofswetter, und sie vermisste ihr abendliches Gespräch mit Ludwig, aber er musste heute ausnahmsweise zurückstehen. Ohnehin würde sie ihn lieber erst aufsuchen, wenn die Medaillonkette repariert war. Ob er ihr das nachsehen würde?

Im Krankenhaus folgten sie den Schildern und fuhren mit dem Aufzug zur Intensivstation in den fünften Stock.

Ziemlich ratlos blieben sie dann vor der geschlossenen Glastür stehen.

»Was machen wir denn jetzt?«, fragte Jenny und ließ ihre Rose resigniert sinken.

Elfie hob die Schultern. »Ich weiß es auch nicht. Wenn wir klingeln, haben wir keine gute Erklärung parat, mit der sie uns zu ihm lassen würden. Da drüben ist eine kleine Sitzecke. Setzen wir uns erst einmal dorthin und warten ab. Vielleicht ergibt sich irgendwie eine Möglichkeit, durch die Tür zu kommen.«

Was das für eine Möglichkeit sein sollte, war auch Elfie völlig unklar. Sie hatten sich kaum niedergelassen, da sprang sie schon wieder auf, füllte zwei Pappbecher mit Wasser aus dem bereitstehenden Automaten und reichte Jenny einen davon. Jennys Hand zitterte, aber auch Elfie verschüttete etwas Wasser, als sie den Becher auf den Tisch stellte. Automatisch wischte sie den Fleck weg, setzte sich wieder, rutschte dabei unruhig auf der Stuhlkante hin und her.

»Die Rose legen Sie am besten beiseite. Die dürfen wir ganz bestimmt nicht mit hineinnehmen. Und wir müssten uns diese grünen Kittel umhängen. Das ist auf der Intensivstation so üblich, damit nicht alle möglichen Keime eingeschleppt werden. Wegen der Keime sind ja auch Blumen verboten.«

Enttäuscht starrte Jenny sie an.

»Aber wegen der Rose sind wir doch hier«, jammerte sie.

»Sie vielleicht«, murmelte Elfie in sich hinein, nahm die Rose, knickte ein Stück vom Stiel ab, so dass sie in ihre voluminöse Handtasche passte.

Plötzlich öffnete sich der Aufzug. Ein Schwarm Ärzte und Schwestern schwirrte um ein Bett herum, in dem eine blau angelaufene Patientin lag und nach Luft rang. Eine der Schwestern hielt einen Infusionsbeutel in der Hand, dessen Schlauch im Hals der Patientin verschwand.

»Lungenembolie, schnell, wir müssen sie künstlich beatmen«, rief eine Ärztin.

Die Tür zur Intensivstation wurde aufgestoßen. Das war die Gelegenheit! Elfie griff rasch nach Jennys Arm und zog sie im Gefolge der Menschentraube mit durch die Tür.

Gleich am Eingang hingen in einer Nische grüne Überwürfe und an einem Haken auch Mundschutzmasken zum Abreißen.

Elfie stieß Jenny, die hinter ihr herstolperte, in diese Nische, schaute sich kurz um und atmete tief durch, um ihren Herzschlag unter Kontrolle zu bringen.

Schnell warf sie Jenny einen der grünen Kittel über, zog selbst einen über ihre graue Strickjacke und versorgte sie beide mit einem Mundschutz. Oberhalb des Mundschutzes schien Jenny fast so grün zu sein wie die Umhänge, und ihre Sommersprossen hatten eine eigenartige Farbe angenommen, schimmerten beinahe violett.

Elfie lugte vorsichtig aus der Nische. Im Augenblick war

der Flur fast leer. Nur ganz am Ende schob ein Pfleger einen Gerätewagen um die Ecke.

Elfie ging voran, Jenny hinter ihr her. Jetzt hieß es, das richtige Zimmer zu finden.

Der Boden der Intensivstation war mit grauem PVC belegt, die Wände krankenhausgrün gestrichen. Die Türen zu den einzelnen Zimmern waren fast alle geschlossen, aber es gab zu jedem Zimmer ein Fenster, durch das man in den meisten Fällen die Patienten sehen konnte. Vor dem vierten Fenster auf der linken Seite blieb Jenny stehen.

»Da ist Steve! Mein Gott, wie blass er ist.«

Leider noch nicht blass genug, dachte sich Elfie und rückte einen Stuhl, der halb im Flur stand, ordentlich an die Wand.

Laut sagte sie zu Jenny: »Sie wären auch blass, wenn Ihnen ein Blumenkasten auf den Kopf gefallen wäre.«

Was konnte sie nur tun? Ratlos schaute sie durch die Scheibe, dann blieb ihr Blick an Windischs Kopfkissen hängen.

Das erinnerte sie an das Kissen, das sie für Paul-Friedrich mit der Aufschrift »Ruhe sanft – wenn auch nur ein Viertelstündchen« bestickt hatte. Das wäre jetzt genau das Richtige!

Mein Gott, was hatte sie nur für Gedanken? So etwas hatte sie doch noch nie gemacht – so aus nächster Nähe. Und dann noch bei einem völlig Wehrlosen.

Elfie schluckte.

Zum Glück sah Windisch derzeit nicht so aus, als ob er demnächst wach und redselig sein würde.

Aber sie musste sich etwas überlegen. Sie musste ihr Projekt unbedingt zu Ende bringen. Das war sie Ludwig schuldig.

»Kommen Sie«, sagte sie schließlich zu Jenny, »wir müssen gehen. Nicht dass wir noch jemandem auffallen.«

Jenny trennte sich nur widerstrebend von der Fensterscheibe. Ihr Gesicht hatte immer noch nicht seine normale Farbe angenommen.

»Und die Rose?«, fragte sie. »Die will ich Steve doch geben.«

Elfie schüttelte den Kopf. »Das geht nicht! Aber wir lassen sie hier.«

Sie zerrte die Blume aus ihrer Tasche und legte sie auf den Stuhl vor Windischs Tür.

Noch bevor sie den Ausgang erreicht hatten, öffnete sich eine Tür auf der linken Seite, und ein uniformierter Polizist kam aus der Herrentoilette. Elfie fuhr zusammen und schob Jenny eilig vor sich her.

Sie zogen ihre Grünmäntel aus und hasteten nach draußen. In der Tür schaute Elfie noch einmal zurück. Der Polizist saß inzwischen auf dem Stuhl vor dem Zimmer von Stefan Windisch und hielt die Rose in der Hand, die er mit gerunzelter Stirn beäugte. Er sah aus wie der Engel mit dem Flammenschwert.

22

Alex fuhr ihren Wagen auf den Gästeparkplatz, der zu dem eleganten Appartmenthaus gehörte, in dem das Ehepaar Windisch wohnte. Nachdem sie geklingelt hatte, musste sie eine Zeitlang warten, bevor sich eine Frauenstimme aus der Sprechanlage vernehmen ließ. Das knappe »Ja?« hörte sich nicht gerade einladend an.

»Kommissarin Lichtenstein. Ich hatte Ihnen auf dem Anrufbeantworter mitgeteilt, dass ich Sie am Abend aufsuchen wollte.«

»Ach ja. Nehmen Sie den Aufzug. Siebter Stock.« Auch diese Worte klangen nicht besonders freundlich.

Der Aufzug ruckte an und fuhr dann mit ihr zum Penthouse im obersten Stockwerk. Als die automatische Tür sich öffnete, stand Helene Windisch bereits in der geöffneten Wohnungstür.

Sie hatte ein geschäftsmäßiges Lächeln aufgesetzt und führte Alex durch eine großzügig geschnittene Diele in ein riesiges Wohnzimmer. Die Aussicht durch die Fensterfront, die eine ganze Wand einnahm, war atemberaubend. Die halbe Stadt lag ihnen zu Füßen. Straßen, Häuser, Türme und Grünanlagen. Darin eingebettet der Fluss. Eine Hügelkette verschwamm mit dem Horizont. Über allem das weiche Licht der beginnenden Dämmerung.

»Traumhafte Aussicht«, meinte Alex beeindruckt.

»Ja, schon, aber man gewöhnt sich daran.« Helene Windisch stand mit dem Rücken zum Fenster. »Nehmen Sie doch Platz.«

Alex sah sich kurz im Raum um. Schwarzer Granit auf dem Boden, spiegelblank, ohne ein Stäubchen. In einer Ecke ein hochglanzlackierter weißer Flügel, so platziert, dass man den Herstellernamen »Steinway & Sons« gut lesen konnte. Auf dem Flügel eine schmale Glasvase mit einer einzelnen dunkelvioletten, fast schwarzen Orchidee.

Eine Stereoanlage und ein Flachbildfernseher waren in eine Schrankwand eingebaut und beherrschten den Raum. An den Wänden hingen ein paar moderne Bilder, offensichtlich Originale.

Alles sehr geschmackvoll. Wie aus einer Zeitschrift für schönes Wohnen. Aber kühl, fast kalt.

Alex setzte sich so in einen weißledernen Sessel, dass für Helene Windisch nur ein Platz blieb, bei dem ihr das Licht ins Gesicht fallen musste.

»Kann ich Ihnen etwas anbieten? Cognac, Whisky? Oder meinen Spezialcocktail, einen Tequila Sunset? Ich bin keine Frühaufsteherin, sehe selten einen Sonnenaufgang, daher nicht Sunrise. Der Sonnenuntergang ist mir lieber.«

Alex drehte sich noch einmal zum Fenster. Ein letzter rosiger Schimmer zeigte sich am Himmel. Die Lichter der Stadt begannen heraufzuleuchten.

Offensichtlich ließ allein der Gedanke an Alkohol Helene Windisch gesprächig werden. Aber es half nichts, Alex musste sie enttäuschen: »Nur ein Mineralwasser bitte.«

Sie schob das schwarze Kissen in ihrem Sessel zur Seite, um sich bequemer hinzusetzen. Helene Windisch stellte ein Glas Wasser mit Eiswürfeln und einer Zitronenscheibe vor sie hin. Sich selbst schenkte sie einen Whisky ein, einen doppelten. Sie goss ihn in ein Glas, das schon vorher auf dem Tisch gestanden hatte. Es war also nicht ihr erster.

»Spielen Sie oder Ihr Mann Klavier?«, fragte Alex mit Blick auf den Flügel. Helene Windisch zuckte die Achseln. »Nicht wirklich.«

Sie nahm einen großen Schluck Whisky und zündete sich ein schlankes, hellbraunes Zigarillo an. Das mattgoldene Feuerzeug legte sie auf den Tisch und zog einen schweren Aschenbecher zu sich heran. Ihre Hände zitterten. War sie nervös? Machte sie sich Sorgen um ihren Mann – oder trank sie einfach zu viel Alkohol?

»Sicher waren Sie heute schon im Krankenhaus?« Alex beobachtete ihr Gegenüber.

Helene Windischs Gesicht über dem magentaroten Blazer wirkte durch die intensive Farbe des Kleidungsstückes besonders fahl. Unter ihrem linken Auge zuckte ein winziger Muskel. Auch der dezente Schmuck – Halskette, Armband und Perlenohrstecker – vermochten ihrer eleganten Erscheinung nicht den rechten Glanz zu verleihen. Ihre fahrigen Bewegungen taten ein übriges.

»Selbstverständlich war ich auf der Intensivstation«, gab sie zur Antwort. »Es geht meinem Mann sehr schlecht. Er liegt weiterhin im Koma. Was hat eigentlich der Polizist vor seinem Zimmer zu bedeuten?«

»Eine Vorsichtsmaßnahme. Es gibt ein paar Ungereimtheiten in Bezug auf den Unfall.« Alex bemühte sich um einen unbeschwerten Ton. »Vor allem im Hinblick darauf, dass es vor einigen Monaten schon einen schweren Unfall in dem Gebäude gegeben hat.«

»Tja, eine Versicherung im Haus scheint auch keine Garantie gegen Unfälle zu sein.« Helenes Stimme hatte einen spöttischen Unterton. »Aber weshalb sprechen Sie von Ungereimtheiten? Meinem Mann ist ein Blumenkasten auf den Kopf gefallen, als er wie immer seine Mittagszigarette rauchte. Auf dem Gehweg draußen vor dem Haus. Zugegebenermaßen eine alberne Marotte in seiner Position, aber was ist daran ungereimt?« Jetzt klang ihre Stimme erstaunt.

»Bei einem Unfall dieser Art untersucht die Polizei immer die genauen Umstände, durch die es dazu gekommen ist.« Alex sah ihr direkt in die Augen. »Haben Sie eigentlich nichts davon mitbekommen? Es ist schließlich direkt unter den Fenstern Ihres Büros passiert.«

»Meine Sekretärin hat Ihnen sicher schon gesagt, dass ich zu einem Außentermin unterwegs war. Zudem liegt mein Büro nach hinten hinaus. Da werden meine Klienten und ich durch den Straßenlärm nicht gestört. Die Fenster auf der anderen Seite gehören zum Vorzimmer.«

»Wo waren Sie denn zur fraglichen Zeit, also gegen vierzehn Uhr?«, hakte Alex nach.

»Da war ich vermutlich im Auto. Unterwegs zu meinem Drei-Uhr-Termin in der Südstadt. Allerdings musste ich noch kurz zu einem Drogeriemarkt, eine Kleinigkeit besorgen. Mir war die Handcreme ausgegangen. Ich hasse diese Märkte, gehe lieber in meine Parfümerie, aber dazu war keine Zeit.«

»Hat irgendjemand Sie gesehen, haben Sie jemanden getroffen, mit jemandem gesprochen?«

»Ich kann mich an niemanden erinnern, aber ich war ja auch nur zufällig gerade in diesem Drogeriemarkt, weil er am Weg lag.«

Also hätte Helene Windisch ebenso gut auf dem Dach des Firmengebäudes sein können.

Helene Windisch unterbrach Alex' Gedankengang: »Das hört sich ja so an, als ob ich ein Alibi brauche!«

»Ich habe alle Mitarbeiter im Bürogebäude nach ihrem Aufenthaltsort während des Unfalls befragt. Reine Routine. Sie sind heute Abend die Letzte. Aber eine andere Frage habe ich noch: War Ihr Mann in der Firma beliebt?«

»Das war sehr unterschiedlich und außerdem geschlechtsabhängig.« Helene Windisch lachte. Ein hässliches Lachen.

»Bei einem Großteil der Damen war mein Mann ausgesprochen beliebt. Inwieweit bei einzelnen Damen allerdings die Zuneigung in Abneigung umgeschlagen sein könnte, das entzieht sich meiner Kenntnis.«

Die betrogene Ehefrau wusste also Bescheid über die Eskapaden ihres Mannes. Wenn sie nicht eifersüchtig war, so schien sie doch zumindest in ihrem Stolz verletzt.

»Ja, das war es eigentlich schon, weshalb ich Sie sprechen …« Telefonklingeln schnitt Alex das Wort ab. Helene Windisch schaute kurz auf das Display des Telefons und nahm dann ab. Sie machte eine knappe Handbewegung zu Alex hinüber und verließ den Raum.

Alex versuchte mitzubekommen, was gesprochen wurde, aber es gelang ihr nur, ein paar Satzfetzen aufzuschnappen. Immerhin, es schien um Geld zu gehen. »Zehntausend« hörte Alex und irgendetwas von Ochsen. Vielleicht ein Börsengeschäft?

»Ich muss noch einmal weg.« Helene Windisch kam wieder herein. Ihr Lächeln war verzerrt. Der Muskel unter ihrem Auge zuckte stärker. Sie blickte demonstrativ auf ihre Uhr – eine Rolex.

»Ich wollte ohnehin gerade gehen.« Alex stand auf. »Schlechte Nachrichten? Doch nicht etwa aus dem Krankenhaus?«

Helene Windisch wehrte ab. »Nein, nein, etwas Geschäftliches.«

Sie griff nach dem Whisky und trank das Glas in einem Zug leer.

»Kann ich Sie irgendwohin mitnehmen?«, fragte Alex.

»Nein, vielen Dank. Ich bestelle mir ein Taxi.« Mit Blick auf das leere Glas fügte sie mit spöttischem Unterton hinzu: »Keine Sorge, ich fahre nicht selbst.«

Alex verabschiedete sich: »Wenn sich noch Fragen ergeben sollten, müsste ich mich noch einmal an Sie wenden.«

»Selbstverständlich, jederzeit.« Helene Windisch schien mit ihren Gedanken ganz woanders zu sein. Sie wandte sich ab, kaum dass Alex den Lift betreten hatte.

Erschöpft ließ sich Elfie in den Ohrensessel fallen. Was für ein Tag! Zuerst das Auftauchen der Kommissarin, die so zwiespältige Gefühle in ihr auslöste. Dann das vergebliche Unterfangen im Krankenhaus. Als plötzlich auch noch der Polizist erschien, wäre Elfie beinahe das Herz stehengeblieben. Nun, in dem Fall wäre wenigstens für rasche medizinische Hilfe gesorgt gewesen.

Und jetzt auch noch Ludwig! Seufzend öffnete Elfie ihre Tasche und holte das Tütchen mit dem Medaillon heraus. Trotz aller Bemühungen sah der Juwelier keine Möglichkeit, das gute Stück zu reparieren. Der Verschluss war so stark beschädigt, dass er nicht mehr hielt. Elfie war untröstlich und versuchte es noch ein paarmal. Doch vergeblich, immer wieder sprangen die beiden Teile auseinander – und Ludwig lächelte sie jedes Mal an.

Oder lachte er sie etwa aus? Heute kam es ihr fast so vor. Dabei gab es beileibe nichts zu lachen. Er war doch mit dem Projekt Windisch einverstanden gewesen. Aber jetzt, wo alles aus dem Ruder lief, ließ er sie im Stich. Zum ersten Mal in ihrem Leben war Elfie enttäuscht von Ludwig und fühlte sich unendlich allein.

Sie brauchte unbedingt eine Lösung für den Fall Windisch. Aber von Ludwig war wohl keine Hilfe zu erwarten. Sie warf einen letzten prüfenden Blick auf sein Konterfei. Dann klappte sie das Medaillon entschlossen zu, ging ins Schlafzimmer und verbannte das Schmuckstück in den Schrank – noch hinter den burgunderfarbenen Pullover.

Nach den Turbulenzen der vergangenen Tage hatte Elfie Paul-Friedrich für heute absagen wollen. Doch als er vorhin extra noch einmal anrief, hatte sie es nicht übers Herz gebracht. Und jetzt freute sie sich sogar auf einen gemütlichen Abend mit ihm. Das brachte sie sicher auf andere Gedanken. Vielleicht hätte sie dann morgen wieder einen klaren Kopf und fände die Lösung des Problems Windisch. Irgendwie musste sich doch alles fügen.

Mit neuem Mut machte sie sich auf den Weg. Als sie am Antiquariat ankam, prangte an der Tür ein Plakat.

Heute: Der Zauber der Romantik –
Gedichte und Szenen von Joseph von Eichendorff.
Lesung mit dem Schauspieler Ralf Körner.

Elfie war überrascht und griff etwas zögerlich nach der Klinke. In diesem Augenblick wurde die Tür schon von innen geöffnet. Paul-Friedrich strahlte sie an.

»Na, ist das eine Überraschung? Extra für Sie. Ich weiß doch, wie sehr Sie die romantischen Dichter lieben. Da geht Ihnen doch das Herz auf.«

Jetzt strahlte auch Elfie. Sie freute sich aufrichtig. »Die Überraschung ist Ihnen wirklich gelungen. Und dass Ralf Körner liest, ist besonders schön! Neulich habe ich ihn im

Radio gehört, als er Gedichte von Goethe und Schiller rezitiert hat. Aber ich muss ehrlich gestehen, dass mir die Romantiker noch viel lieber sind – auch wenn Sie Goethe vorziehen!«

»Das weiß ich doch! Eben darum habe ich ja diese Veranstaltung organisiert.«

Paul-Friedrich geleitete Elfie auf den besten Platz in dem kleinen Raum, in dem er eine gemütliche Sitzgruppe aufgebaut hatte. Die Türen zum Wintergarten hatte er weit geöffnet, damit auch dort noch Leute sitzen konnten.

Ralf Körner traf ein und wechselte einige Worte mit Paul-Friedrich. Elfie nutzte die Möglichkeit, ihm Komplimente über seine Fähigkeiten als Rezitator zu machen. Währenddessen trafen nach und nach die Zuhörer ein, die meisten langjährige Kunden des Antiquariats.

Paul-Friedrich sprach einige einführende Worte über die Literatur der Romantik, setzte sich dann neben Elfie und überließ Ralf Körner das Feld. Die klangvolle Stimme des jungen Schauspielers füllte den kleinen Raum. Elfie schob die Gedanken an die ganzen fürchterlichen Erlebnisse des Tages von sich und versank in der Welt des Eichendorff'schen Taugenichts und der Naturlyrik des Dichters.

In einer kleinen Pause bot Paul-Friedrich den Gästen ein Glas Rotwein an. Elfie trank ihren Wein in kleinen Schlucken und mochte am Ende des Abends gar nicht mehr aus der Romantik auftauchen. Mit geschlossenen Augen saß sie da und spürte den Worten nach, die noch in der Luft zu hängen schienen.

Ralf Körner war inzwischen gegangen, und auch die Zuhörer verließen nach und nach das Geschäft. Elfie fuhr regelrecht zusammen, als Paul-Friedrich ein Stuhl aus der Hand rutschte und mit Gepolter umfiel.

»Du meine Güte, Sie sind ja schon fast mit Aufräumen fertig!« Elfie stand auf, um Paul-Friedrich zu helfen.

Er drückte sie sanft in den Sessel zurück.

»Lassen Sie nur, ich mach das schon. Ich stell rasch die Gläser zusammen, und dann trinken wir beide noch etwas miteinander.«

Elfie sah ihm zu. Es war ganz ungewohnt für sie, dass jemand anders für Ordnung sorgte. Aber heute war sie so entrückt, dass es sie nicht einmal in den Fingern juckte, selbst mit Hand anzulegen.

»Für uns habe ich noch einen besonders guten Tropfen.« Paul-Friedrich reichte ihr ein frisches Glas und füllte es mit einem schimmernden Burgunder.

»Was für ein Glück, dass ich heute nicht mit dem Auto da bin«, meinte Elfie, als sie den Wein in Empfang nahm. »Vielen Dank für den wunderschönen Abend«, fügte sie hinzu und stieß mit Paul-Friedrich an.

»Er ist hoffentlich noch nicht zu Ende.« Paul-Friedrich schien verlegen. »Ich habe noch eine kleine Überraschung für Sie.«

Er griff in seine Jackentasche, holte einen Bogen Papier hervor und drückte ihn Elfie in die Hand.

»Für mich?«, fragte sie überrascht.

Für Elfie stand als Überschrift da, es folgte – in akkurater Handschrift – ein Gedicht, das Paul-Friedrich offenbar eigens für sie geschrieben hatte.

Am Waldesrand die Schatten fliehn.
Am Himmel Wolken fernwärts ziehn …

Das war wirklich hübsch, auch wenn es natürlich kein Eichendorff war. Paul-Friedrich blickte sie erwartungsvoll an.

»Vielen Dank! Ich weiß gar nicht, was ich sagen soll«, brachte Elfie mit einem unsicheren Lächeln hervor.

Paul-Friedrichs Wangen färbten sich jetzt rosa.

»Ich dachte, Sie könnten es Ihrem *Ewigen Quell* hinzufügen«, sagte er leise, sah sie dabei nicht an.

Paul-Friedrichs Gedicht in ihrem *Ewigen Quell,* in dem auf der ersten Seite eine Widmung von Ludwig stand? Nun, warum eigentlich nicht? Paul-Friedrich sprach wenigstens mit ihr. Auch hatte er sie noch nie enttäuscht. Doch sie wollte nichts überstürzen.

»Ich werde darüber nachdenken«, sagte sie feierlich.

»Natürlich. Ich möchte Sie nicht bedrängen. Aber es wäre mir eine Ehre.« Unbeholfen nahm Paul-Friedrich Elfies Hand. »Wirklich eine große Ehre.« Dann ließ er sie wieder los und sah betreten zu Boden.

Elfie faltete das Papier zusammen und verstaute es sorgfältig in ihrer Handtasche. Sie trank noch einen Schluck Rotwein und erhob sich dann. Paul-Friedrich half ihr in die Jacke und begleitete sie zur Bushaltestelle. Keiner sprach ein Wort, doch es war ein angenehmes Schweigen.

»Es war wirklich ein sehr schöner Abend«, bedankte sich Elfie und drückte Paul-Friedrichs Hand, bevor sie in den Bus stieg.

Paul-Friedrich stand unter der Laterne und winkte ihr nach. Zum ersten Mal bereute es Elfie, dass sie ihn so auf Distanz halten musste. Zum ersten Mal verspürte sie das Bedürfnis, Paul-Friedrich ihr Herz auszuschütten.

Das hatte Ludwig jetzt davon.

23

Auf Zehenspitzen schlich Alex an der geöffneten Esszimmertür vorbei, um der morgendlichen Begegnung mit Lydia zu entgehen. Doch vergebens.

»Alexandra, komm bitte. Thea ist noch nicht da. Du musst mir das Frühstück herrichten. Ohne mein gewohntes Frühstück bin ich den Anforderungen des Tages nicht gewachsen.«

Alex machte auf dem Absatz kehrt, seufzte leise und ging ins Esszimmer.

»Guten Morgen, Lydia! Thea verspätet sich doch sicher nur um ein paar Minuten. Wenn sie krank wäre oder sonst irgendwie verhindert, hätte sie angerufen. Vielleicht geduldest du dich einfach ein wenig.«

»Ich könnte ja vielleicht noch warten, aber Amadeus braucht unbedingt sein Leberwurstbrot. Er sieht schon halb verhungert aus.«

Alex betrachtete den fetten Mops, der vor Anstrengung hechelte, obwohl er sich nur auf Lydias Schoß umgedreht hatte, damit er besser an die Pralinen kam, mit denen er gefüttert wurde. Ohne ein weiteres Wort zu verlieren, ging Alex in die Küche, bestrich zwei Scheiben Toastbrot mit Leberwurst und brachte den Teller ins Esszimmer. Lydia zog die Augenbrauen hoch.

»Nicht einmal kleingeschnitten hast du das Brot für meinen Schatz. So, jetzt will ich auch nicht länger auf mein Frühstück warten.«

»Aber ich habe keine Zeit mehr. Ich muss dringend zum Dienst«, protestierte Alex halbherzig.

»Wenn du noch nicht einmal für die einfachsten Dinge im Haus Zeit hast, dann gib doch deinen Job auf. Früher waren Frauen auch nicht berufstätig. Sie haben sich um Wohl und Wehe der Familie gekümmert und waren damit zufrieden.«

In aller Eile stellte Alex das Frühstück zusammen.

»Guten Appetit!« Damit war sie schon halb auf der Treppe, ignorierte Lydias Nörgeln: »Du hast die Milch verschüttet. Wie unappetitlich! Und wer geht gleich mit meinem Liebling Gassi?«

Alex zog sich für ein paar Minuten in ihr Schlafzimmer zurück. Ihr Blick fiel auf Huberts Foto auf ihrem Nachtschränkchen. Warum musste er auch so weit weg sein, warum kümmerte er sich um diese seelenlosen Regenwürmer im Regenwald – oder hatten etwa Regenwürmer eine Seele? Warum überließ er sie den Launen seiner Tante?

Am liebsten hätte sie das Foto umgedreht, aber dann sah sie sein Lachen, hörte ihn sagen: »Nimm Lydia nicht so wichtig. Sie braucht uns mehr als wir sie.«

Weiß Gott, dachte Alex, ich brauche sie, ehrlich gesagt, überhaupt nicht. Sie und Amadeus machen mir nur das Leben schwer.

»Dir zuliebe«, sagte sie laut und schickte Huberts Foto einen Luftkuss, »nur dir zuliebe lasse ich mich von ihr tyrannisieren.«

Langsam hatte sie sich beruhigt und nahm einen erneuten Anlauf, ungesehen aus dem Haus zu kommen, schlich sich zurück in die Diele. Den Kopf nach hinten gewandt, um festzustellen, ob Lydia sie nicht etwa beobachtete, achtete sie nicht auf ihre Füße, stolperte und stürzte.

Auf einer Höhe mit Amadeus sah sie ihm mitten ins Gesicht. Er bleckte die Zähne. Ja, er grinste regelrecht!

Alex spürte, wie ihre Dienstwaffe sich schmerzhaft gegen ihre Rippen drückte. Für einen Moment kam ihr der Gedanke, die Waffe zu ziehen, zu entsichern und um sich zu schießen …

Sie rappelte sich hoch. Blut tropfte auf ihre Hose. Sie hatte sich die linke Hand am Schirmständer aufgeschlagen. Auch das noch! Jetzt musste sie sich umziehen. Und es war doch schon so spät!

In diesem Augenblick öffnete sich die Tür. Thea.

»Entschuldigung, ein Bus ist ausgefallen«, rief sie zur Begrüßung. »Hat die Gnädigste schon gemeckert, weil ich zu spät bin? Aber da war ein Unfall auf der Strecke.« Als sie Alex' blutende Hand sah, setzte sie hinzu: »Na, hier wohl auch!«

Sie half ihr aus der Jacke, damit wenigstens die keinen Fleck abbekam und holte ein Pflaster aus der Hausapotheke.

»Wie ist das denn passiert?«

Alex zuckte mit den Schultern und wies mit der Rechten auf Amadeus, der immer noch da saß und die Zähne zeigte.

»Ich bin über ihn gefallen, eigentlich bin ich selbst schuld, ich habe einfach nicht hingesehen.«

»Ach, das kenne ich. Beim Putzen ist Fettgesicht mir dauernd vor den Füßen. Aber jetzt bringe ich ihn erst mal zu seinem Frauchen. Da kriegt er sicher noch eine Praline zur Belohnung!« Thea verzog den Mund zu einem grimmigen Lächeln, klemmte sich den Mops unter den Arm und schleppte ihn ins Esszimmer.

Anschließend half sie Alex beim Umziehen und musste ein neues Pflaster holen, weil das erste durchgeblutet war.

Sie bedachte Alex mit einem besorgten Blick.

»Geht es Ihnen auch wirklich gut? Sie sind richtig blass um die Nase. Ist das wegen der Hand, oder hat Ihre Majestät Sie wieder schikaniert?

Alex schüttelte den Kopf, sah Thea dabei aber nicht an.

»Nein, nein, es ist alles in Ordnung. Ich muss mich nur beeilen, ich bin schon spät dran.«

»Na, denn man los, Kindchen! Gehen Sie Ihre Mörder fangen, ich schmeiß den Laden schon. Mit der Gnädigsten werd ich allemal fertig, und Fettgesicht scheuch ich gleich durch die Gegend, dann wird ihm das Grinsen schon vergehen.«

Alex lachte. Thea verstand es immer, sie aufzumuntern.

Alex hetzte zur Bürotür herein und ließ sich auf ihren Stuhl fallen.

»Gudrun, ich war doch gestern Abend bei dieser Helene Windisch«, begann sie gleich ihrer Kollegin zu berichten. »Eine elegante Frau, Immobilienmaklerin, die eine gewisse gesellschaftliche Rolle spielt. Ich will ihr nichts unterstellen, aber es könnte sein, dass sie ein Alkoholproblem hat.«

»Das haben viele«, entgegnete Gudrun ungerührt, »und trotzdem trachten sie nicht ihrem Partner nach dem Leben.«

»Ihro Gnaden!«, scholl es plötzlich barsch aus Brauses Büro.

Alex runzelte die Stirn und sah fragend zu Gudrun hinüber, doch diese zuckte nur mit den Schultern.

Was er wohl von ihr wollte? Rasch stand Alex auf, schlüpfte in ihren Blazer und zupfte den Hemdkragen zurecht. Sie wusste, dass es idiotisch war, aber sie fühlte sich in ihrer »Kommissarinnenuniform«, wie Gudrun ihre akkurate Kleidung immer spöttisch nannte, einfach sicherer. Zögerlich ging sie in Brauses Büro.

»Na, komm schon, ich habe nicht den ganzen Tag Zeit. Im Gegensatz zu dir anscheinend.« Brause saß an seinem Schreibtisch, das Gesicht hochrot, und seine Augen funkelten wütend. Er maß Alex von oben bis unten.

»Hast du dich so aufgebrezelt, um uns Normalsterblichen zu zeigen, wie man bei Adels so lebt?«

Alex sah an sich hinab. Dunkelblauer Hosenanzug und weißes Hemd. Daran war doch nichts Außergewöhnliches. Konnte er sie nicht einfach in Ruhe lassen? Seine Sprüche machten sie ganz krank. Sie benahm sich weiß Gott nicht so, als ob sie etwas Besseres wäre – im Gegensatz zu Lydia.

»Was glaubst du eigentlich, wer du bist?«, brüllte Brause los. »Ohne ausreichende Hinweise eigenmächtig Personenschutz anzuordnen! Wer hat dir denn ins Hirn geschissen?«

»Aber …«

»Kannst du nicht mal einen einfachen Unfall allein bearbeiten, ohne dass du Scheiße baust? Was glaubst du, was mir der Prinz gerade erzählt hat?«, tobte Brause weiter.

Aufgeblasen wie ein Ochsenmaulfrosch beugte er sich vor und stützte die Fäuste auf den Tisch.

Beinahe wäre Alex vor ihm zurückgewichen, doch diesen Triumph wollte sie ihm nicht gönnen.

Sie hatte es so satt, hatte ihn satt. Erst Lydia und jetzt auch noch Brause. Und nebenan saßen die Kollegen und spitzten die Ohren, damit ihnen ja kein Wort entging. Aber da brauchten sie sich bei der Lautstärke von Brause sowieso keine Sorgen zu machen. Sie presste ihre Fingernägel so stark in ihre

Handflächen, dass es wehtat. Mühsam riss sie sich zusammen.

»Ich glaube, dass Windisch in Gefahr ist. Wenn jemand dafür gesorgt hat, dass ihm der Blumenkasten auf den Kopf fällt, will er die Sache sicher zu Ende bringen. Und da ich niemanden erreichen konnte, der den Personenschutz angeordnet hätte, habe ich selbst einen Kollegen angefordert. Außerdem gehe ich davon aus, dass zwischen der Windisch-Geschichte und dem Fall Schicketantz eine Verbindung besteht.«

»Was für ein Fall Schicketantz? Seit wann haben wir den denn? Wer ist das überhaupt?«

»Aber Chef, du warst doch selbst dort. Dieser Treppensturz bei der Sekuranz.«

»Ach, das! Ich erinnere mich. Mitten in der Nacht wurde ich rausgerufen, weil irgendeine Tussi mit ihren hohen Hacken in einer kaputten Stufe hängengeblieben ist und sich dabei den Hals gebrochen hat. Und was hat der eine Unfall mit dem anderen zu tun?«

»Immerhin haben sich beide ›Unfälle‹ in dem gleichen Gebäude ereignet. Das kann doch kein Zufall sein. Windisch hatte mit mehreren Frauen ein Verhältnis, unter anderem mit der ehemaligen Assistentin von der Schicketantz.«

»Und? Das ist halt ein richtiger Kerl«, schnauzte Brause sie an.

Alex ließ sich nicht beirren. »Die Assistentin hat sich bei den Befragungen seltsam verhalten. Ich glaube, dass sie etwas verschweigt. Und sie hat kein Alibi.«

»Haste Beweise, haste irgendwas? Ist wohl die berühmte weibliche Intuition, was? Du siehst Gespenster! Solltest vielleicht nicht so viele schlechte Krimis im Fernsehen angucken.«

Brauses Lachen war noch schlimmer zu ertragen als sein Gebrüll. Alex hätte sich am liebsten die Ohren zugehalten.

»Gudrun!«

»Ja, Chef, was gibt's?« Gudrun trat neben Alex.

»Unsere Komtess sieht hinter jedem Bonsai Gespenster. Kümmere dich mal darum, dass es mit der Windisch-Sache vorangeht. Und ein für alle Mal: Diese Schicketantz oder wie die Dame hieß, ist die Treppe runtergestürzt, weil sie nicht aufgepasst hat. Maximal ein Fall für die Versicherung. Aber für uns kein Fall, sondern ein Unfall. Basta! Und jetzt raus hier, an die Arbeit!«

Alex drehte sich wortlos um und ging hinaus. Es war ihr egal, ob Gudrun ihr folgte oder nicht. Wie konnte Brause nur! Sie war ja schon einiges von ihm gewöhnt, aber so etwas? Sie musste hier raus.

In ihrem Büro drehte sie sich zu Gudrun um, die sie mit gerunzelter Stirn ansah.

»Einen Moment. Bin gleich zurück«, quetschte Alex heraus, dann öffnete sie die Tür und schloss sie von außen betont sanft, obwohl sie sie am liebsten zugeschmettert hätte. Ohne nach rechts und links zu schauen, eilte sie durchs Treppenhaus hinunter in den Keller. Hoffentlich war niemand drinnen!

Sie blickte durch die Glasscheibe, die den Kontrollraum vom Schießkino abtrennte. Keiner da. Schnell trat sie ein und lehnte sich gegen die geschlossene Tür. Dann schrie sie, dass es von den Wänden widerhallte.

»Herrgott, Alex, was hast du dir denn dabei gedacht?« Gudrun blickte von der Akte auf, als Alex wieder ins Zimmer trat. »Kein Wunder, dass der Chef stinksauer ist.«

»Jetzt fang du nicht auch noch an. Was hätte ich denn tun sollen?«

Gudrun seufzte und warf einen Blick auf die geschlossene Tür zu Brauses Büro, trotzdem senkte sie die Stimme. »Weißt du immer noch nicht, wie es läuft? Der Antrag auf Personenschutz muss vom Staatsanwalt genehmigt werden.«

»Natürlich weiß ich das. Aber ich konnte ja keinen erreichen, weder den Chef noch Prinz.«

Gudrun sah Alex eindringlich an. »Prinz und Brause können sich auf den Tod nicht ausstehen und machen sich gegenseitig das Leben schwer, wo sie nur können. Dass von uns eigenmächtig Personenschutz angeordnet wurde, wird der Prinz dem Chef künftig immer wieder auf seine Leberkässemmel schmieren.«

»Bloß weil die nicht miteinander können, sollen wir riskieren, dass ein Mensch umgebracht wird? Das kann doch nicht sein!«

Gudrun winkte mit einem Umschlag. »Schau her, die Unterlagen von der Spurensicherung sind gekommen. Lass uns alles durchgehen, dann sehen wir weiter.«

»Tja, keine konkreten Hinweise auf Fremdeinwirkung. Fingerabdrücke ohne Ende, aber das ist ja auch kein Wunder. Da haben sich alle möglichen Leute rumgetrieben.« Gudrun stand auf und schüttelte ihre Beine aus.

Alex nahm den Bericht der Spusi zur Hand.

»Die Befestigungen aller Blumenkästen waren sehr locker. Bei dem, der dem Windisch auf den Kopf gefallen ist, war ein regelrechter Riss im Mauerwerk«, fasste sie die Fakten zusammen. »Aber hier, sieh mal. Es wurden winzige Spuren von Gold an der steinernen Brüstung gefunden. Mit bloßem Auge kaum sichtbar. Können natürlich alt sein, aber …«

Alex sah in Gedanken die Flamme von Helene Windischs goldenem Feuerzeug aufflackern.

»Ja, was aber?«

»Ich weiß nicht. Ich hab da so eine Idee. Ich will ja ohnehin noch mal mit Frau Windisch sprechen. Vielleicht ergibt sich da was.«

»Okay, aber wenn du morgen Früh zur Sekuranz willst, kann ich nicht mit. Ich muss als Zeugin vor Gericht aussagen, und da weiß man ja nie, wie lange das dauert. Das bringe ich dem Chef schon bei, dass du da allein hingehst. Bis morgen hat er sich auch wieder beruhigt.«

Alex nickte nur.

»Überhaupt sage ich ihm, dass in diesem Fall durchaus Unklarheiten bestehen. Es muss einfach noch weiterermittelt werden, da gebe ich dir völlig recht. Lass uns mal sehen, wer kein Alibi hat. Also, die Windisch ist verdächtig, die Lehmann ebenso. Und was ist eigentlich mit dieser Ruhland?«

Gudrun lief wie ein gefangener Tiger im Zimmer auf und ab. Es machte Alex ganz schwindelig.

»Was meinst du damit?«

»Hast du eine Verbindung zwischen der Ruhland und dem Opfer gefunden? Schließlich hat die Ruhland auch kein Alibi.« Gudrun schlug sich mit ihrem Kuli gegen die Vorderzähne.

»Über Elfie Ruhland habe ich mir natürlich auch Gedanken gemacht. Aber was sollte sie für ein Motiv haben? Ich kann mir beim besten Willen keines vorstellen.«

Alex dachte noch einmal an Elfies offene und mitfühlende Art. Nein, sie hatte bestimmt nichts mit dem Unfall zu tun. Oder doch? Wie gut kannte sie Elfie denn? Wie gut kannte man denn überhaupt einen Menschen? Sie hatte auch angenommen, dass sie mit Huberts Tante unter einem Dach leben könnte. Alex schreckte auf und merkte, dass Gudrun mit ihr redete.

»… weiß ich auch nicht. Wenn denn wirklich einer nachgeholfen hat, bleiben uns also seine Frau – da hakst du morgen nach – und diese Lehmann. Die hat kein Alibi und ein Motiv so riesig wie ein Airbus dreihundertachtzig. Eifersucht, ganz klassisch. Vielleicht hat die Lehmann dem Windisch wegen seiner Frauengeschichten diesen Kübel über den Kopf gestülpt.«

Alex setzte schon zu einer Erwiderung an, schluckte ihre Worte dann aber doch hinunter. Von Personenschutz brauchte sie wohl nicht mehr zu reden. Aber wenn Jenny wirklich versucht hatte, Windisch umzubringen, war er immer noch in Gefahr.

Gudrun sprach weiter. »Oder der Blumenkasten ist doch durch den Sturm runtergefallen. Wie auch immer.« Sie zuckte mit den Schultern.

»Ich hab die Lehmann ohnehin zur Vernehmung vorgeladen«, erwiderte Alex. »Da fühlen wir ihr noch einmal auf den Zahn.«

»Willst du sie noch lange schmoren lassen?«

Alex und Gudrun standen vor dem einseitigen Spiegel und blickten in das kahle Vernehmungszimmer mit den schmutzig grauen Wänden und der Neonröhre an der Decke. Um einen recht mitgenommenen Tisch standen vier Holzstühle, und auf einem davon saß Jenny Lehmann. Sie war zusammengesunken und knetete nervös ihre Hände.

»Ich gehe jetzt rein.« Alex öffnete die Tür.

Jenny schaute ängstlich auf. Strähnen hatten sich aus dem Pferdeschwanz gelöst und hingen ihr ins Gesicht, und unter ihren Augen zeichneten sich dunkle Ringe ab.

»Guten Tag, Frau Lehmann. Möchten Sie etwas zu trinken, bevor wir anfangen? Ein Glas Wasser vielleicht?«

Jenny schüttelte den Kopf und sah Alex flehentlich an. »Bitte. Warum musste ich hierherkommen?«

Na also, die bockige Teenagerart ist verschwunden, dachte Alex und setzte sich Jenny gegenüber.

»Ich möchte mit Ihnen noch einmal durchgehen, in welchem Verhältnis Sie zu Herrn Windisch standen, wo Sie zu dem Zeitpunkt waren und was genau Sie gemacht haben, als er verunglückte.«

»Aber … aber das habe ich Ihnen doch schon alles erzählt.«

Alex schaute Jenny an, ohne ein Wort zu sagen. Dann öffnete sie die Aktenmappe, die sie auf den Tisch gelegt hatte, und nahm ein Blatt Papier heraus. Aus den Augenwinkeln bemerkte sie, wie Jenny zu erkennen versuchte, was auf dem Blatt zu lesen war.

»Wie war das nun mit Herrn Windisch und Ihnen?«

»Er war seit ein paar Wochen mein direkter Vorgesetzter.«

Alex wurde lauter und sehr bestimmt. »Frau Lehmann, so kommen wir nicht weiter. Das war doch nicht alles, oder?«

»Wir hatten mal eine Beziehung. Aber das ist vorbei«, flüsterte Jenny.

»Aber Sie waren nicht die Einzige, nicht wahr?«

Alex sah, wie Jenny zusammenzuckte, und setzte nach. »Sie haben davon erfahren und waren rasend vor Eifersucht. Und als Sie ihn an jenem Tag vor der Tür stehen sahen, kam Ihnen der Gedanke, wie Sie es ihm heimzahlen könnten. Sie sind in den dritten Stock gelaufen und haben den Blumenkasten von der Brüstung gestoßen. So war es doch, oder nicht?«

»Nein, nein! Ich hab ihm nichts getan!« Jenny warf die Arme auf den Tisch, vergrub ihr Gesicht darin und begann zu weinen. »Ich liebe ihn doch!«

Alex musste sich vorbeugen, damit sie die Worte verstehen konnte.

»Frau Lehmann, beruhigen Sie sich«, meinte sie sanft, und als Jenny endlich das verweinte Gesicht hob, fragte sie: »Wollen Sie nicht doch etwas zu trinken?«

Jenny schüttelte den Kopf, kramte in ihrem Rucksack und zog Papiertaschentücher heraus.

»Sie wussten also von den anderen Frauen?« Alex beobachtete Jenny genau, doch die saß nur mit gesenktem Kopf da und zerpflückte ein Taschentuch.

»Also, da waren auf jeden Fall Frau Furmaster und Frau Cornelius …«

»Hören Sie auf!«, rief Jenny gequält, presste sich die Hände auf die Ohren und sprang auf.

Als wäre ein Damm gebrochen, sprudelte es aus ihr heraus. »Ich habe ihn mal mit Frau Cornelius erwischt, in seinem Büro. Ich wollte ihm ein paar Akten bringen, die er angefordert hatte. Und da hab ich sie gesehen. Sie haben sich geküsst. Ich stand da wie versteinert. Dann hat er mich bemerkt.«

Sie schloss die Augen und biss sich auf die Lippen. Ihre Stimme zitterte, als sie weitersprach.

»Er hat mich angesehen, gegrinst und die Hand unter ihren Rock geschoben. Dann bin ich davongelaufen, ich konnte es nicht ertragen.« Sie schluchzte auf.

Die junge Frau tat Alex leid. In einen Mann wie Windisch verliebt zu sein dürfte einer schweren Strafe gleichkommen.

»Wie lange waren Sie liiert?«

»Es hat vor etwa vier Monaten angefangen. Er war so lieb zu mir.«

Ein seliges Lächeln huschte über Jennys Gesicht.

»Frau Cornelius war krank, und ich musste neben meinen Aufgaben auch noch Arbeiten für ihn erledigen. Und dann brauchte Steve am Montag ganz dringend einen Bericht. Deshalb bin ich am Wochenende rein und hab ihn fertiggemacht. Steve war am Samstag auch im Büro und so dankbar, dass ich mich darum gekümmert habe. Deshalb hat er mich zum Essen eingeladen, ins Maison bleue. Es war ein schöner Abend. Er hat mich ermuntert, von mir zu erzählen. Noch nie hat mir ein Mann so interessiert zugehört. Und er war so charmant.«

»Und als Sie ihn mit seiner Assistentin gesehen haben …?«

Jennys Gesicht verdüsterte sich wieder. »Anschließend bin ich zu ihm gegangen und habe ihm gesagt, dass es aus ist zwischen uns. Aber er hat mich nur ausgelacht und gemeint, was ich dumme Gans mit meinen albernen Blumenklamotten mir einbilden würde.«

Ihre Stimme wurde sehr leise. »Ich sei ja nicht einmal eine richtige Frau wie die Schicketantz, die wenigstens wüsste, was einen Mann antörnt. Stellen Sie sich vor, mit der hat er auch was gehabt.«

Alex horchte auf. Sollte sich ihre Vermutung zum Treppensturz etwa bestätigen? Vielleicht wollte Jenny tatsächlich schon die Schicketantz aus dem Weg räumen. Oder war es doch Helene Windisch gewesen? Aber die hatte sich ziemlich ungerührt von den Liebschaften ihres Mannes gezeigt.

»Herr Windisch hatte also auch ein Verhältnis mit Ihrer Chefin?«

»Ja. Mit der Schicketantz. Und das war irgendwie das Schlimmste für mich. Sie haben sich immer im dritten Stock getroffen, und ich habe lange Zeit nichts geahnt.«

»Warum war das das Schlimmste?«, bohrte Alex nach.

Jenny zögerte. »Na, weil sie eben meine Chefin war. Und das hat mich alles so fertiggemacht, dass ich sogar schon bei einem Therapeuten war, weil ich mir gar nicht mehr zu helfen wusste.«

Alex notierte sich Namen und Adresse.

»Wie lief dann die weitere Zusammenarbeit zwischen Herrn Windisch und Ihnen?«

»Ich habe versucht, nie mit ihm allein zu sein. Vor den anderen hat er sich einigermaßen zusammengenommen. Deshalb wollte ich ihm auch nicht begegnen, als er unten auf der Straße stand und rauchte.« Jenny schluckte. »Da hab ich gleich kehrtgemacht.«

»Und dann?«

»Ich bin durch den Hintereingang rein, habe ich Ihnen doch schon gesagt.«

»Und Sie sind direkt in Ihr Büro gegangen?«

Jenny Lehmann rutschte auf ihrem Stuhl hin und her. »Äh, ja.«

»Frau Lehmann, erzählen Sie mir doch nichts.« Alex warf ihren Kuli auf den Tisch, stand auf und schaute auf Jenny hinab. »Der Mann hatte Sie gedemütigt und verletzt. Die Situation am Arbeitsplatz wurde unerträglich für Sie. Sie sind in den dritten Stock hoch, auf die Terrasse, und als Sie den losen Blumenkasten gesehen haben, haben Sie die Situation genutzt, um sich an Windisch zu rächen.«

»Nein, so war es nicht! Ich habe nichts getan!«

Jenny wollte aufspringen, doch Alex drückte sie auf ihren Stuhl zurück. Dort sackte sie in sich zusammen und brach wieder in Tränen aus. »Warum lassen Sie mich nicht endlich in Ruhe?«

»Das kann ich nicht, Frau Lehmann. Wenn ein Mensch einem Verbrechen zum Opfer fällt, muss der Täter ermittelt und zur Rechenschaft gezogen werden.«

Alex setzte sich wieder Jenny gegenüber. »Wenn es nicht so war, wie ich gesagt habe, wie war es dann?«

Da Jenny schwieg, begann Alex zu reden. »Sie sind in den Aufenthaltsraum im dritten Stock hinauf, nicht wahr? Sie wollten allein sein, und da die anderen Kollegen draußen essen gegangen waren, wussten Sie, dass sich dort niemand aufhalten würde.«

Jenny nickte schwach.

»Wann sind Sie oben angekommen?«

»Ich weiß es nicht. Ich war so durcheinander, dass ich nicht auf die Zeit geachtet habe. Aber ich hatte gerade meine Jacke ausgezogen und mich hingesetzt, als Frau Ruhland hereinkam.«

»Frau Ruhland war auch oben?«, fragte Alex überrascht.

»Ja. Das war mir eigentlich nicht recht, aber ich konnte sie ja schlecht wegschicken. Dann haben wir die Sirene gehört und sind auf die Terrasse gestürzt. Ich habe über die Brüstung geschaut und …«, sie schluchzte, »da … da hab ich ihn auf der Straße liegen sehen.«

Jenny krallte ihre Hände um die Tischkante und lehnte sich zu Alex vor. Ihre Stimme klang flehentlich. »Ich war vorher nicht auf der Terrasse, wirklich nicht.«

Als Jenny fort war, ging Alex noch einmal alle Fakten durch. Jenny war eindeutig die Hauptverdächtige – sowohl was die Gelegenheit als auch das Motiv betraf. Aber war sie es auch gewesen? Oder war es doch ein Unfall? Die kriminaltechnische Untersuchung hatte keine Manipulationsspuren ergeben, was jedoch eine Fremdeinwirkung keineswegs ausschloss.

Alex war gespannt, ob die Goldpartikel von Helene Windischs Feuerzeug stammten. Das wäre zumindest ein Indiz, wenn auch kein Beweis, denn das Feuerzeug hätte ihr auch schon früher einmal auf der Dachterrasse herunterfallen können.

Wenn sie nur endlich den Windisch vernehmen könnte, vielleicht hatte er ja jemanden gesehen.

Komisch, dass Elfie Ruhland ihr nichts von ihrer Begegnung mit Jenny erzählt hatte. Aber natürlich hatte sie sie auch nicht ausdrücklich danach gefragt. Und wahrscheinlich hatte Elfie bei der ganzen Aufregung nicht daran gedacht. Oder vielleicht wollte sie Jenny schützen. Das war ihr durchaus zuzutrauen.

Alex spürte einen Anflug von Eifersucht. Warum gab es eigentlich niemanden, der sie schützte – vor Amadeus, vor Lydia oder vor Brause? Wenn nur Hubert da wäre.

Elfie kniete vor Ludwigs Grabstein und strich liebevoll über die bronzenen Lettern der Inschrift. Plötzlich hörte sie Schritte auf dem Weg. Als sie sich aufrichtete, knackten ihre Knie. Als sie sah, wer da auf sie zukam, setzte ihr Herz einen Schlag aus. Lieber Himmel, das war ja die Kommissarin! Und ausgerechnet sie war mit dem Fall Windisch betraut. Dabei war sie so eine nette junge Frau. Elfie lächelte ihr zu.

»Ja, wen haben wir denn da? Die Polizei will also doch genau wissen, welches Grab ich pflege.«

Die Kommissarin schien sich ertappt zu fühlen. Jedenfalls wich sie ihrem Blick aus, schaute auf ihre Schuhe.

»Nun gucken Sie nicht so betreten. Das war doch nicht ernst gemeint. Haben Sie denn heute schon Ihre Eltern gegossen?«

Die Kommissarin lachte, ging auf Elfie zu und gab ihr die Hand.

»Ja, ich habe schon kräftig gegossen. Und um ehrlich zu sein, war ich doch ein bisschen neugierig, wen Sie so regelmäßig besuchen.« Sie warf einen Blick auf den Grabstein.

»Ludwig Obermeyer ist mein Verlobter, meine große Liebe.« Elfie sah, dass die Augen der Kommissarin sich weiteten. Wahrscheinlich, weil sie von Ludwig in der Gegenwart sprach, obwohl er doch schon seit so vielen Jahren tot war. Aber ich fühle mich eben immer noch mit ihm verlobt, dachte Elfie trotzig.

»Er ist ja nur dreißig Jahre alt geworden. War es ein Unfall?«, fragte die Kommissarin

»Das ist eine furchtbare Geschichte. Ich spreche nicht gern darüber. Aber es ist immer schrecklich, einen geliebten Menschen zu verlieren, nicht wahr? Wie war das denn bei Ihnen?«

»Meine Eltern sind bei einem Autounfall gestorben«, sagte die junge Frau leise. Offenbar war der Schmerz über den Verlust immer noch groß.

Elfie nahm ihre Hand und tätschelte sie.

»Mein liebes Kind, es ist immer schwer für diejenigen, die zurückbleiben. Vor allem für ein Kind. Wie alt waren Sie?«

Elfie setzte sich mit der Kommissarin auf die Bank gegenüber Ludwigs Grab.

»Ich war erst zehn«, brach es aus der jungen Frau heraus. »Es war Winter, die Straßen waren eisglatt. Der Wagen kam ins Schleudern und prallte vor einen Baum. Sie waren beide sofort tot. Jedenfalls hat man mir das erzählt. Ich kam aus der Schule, und sie waren einfach nicht mehr da.«

Elfie strich ihr tröstend über den Rücken. Dann sagte sie: »Das Leben kann zuweilen sehr ungerecht sein. Und meistens trifft es die Unschuldigen. Aber wir müssen dagegen ankämpfen. Ich bin sicher, Ihre Eltern wären heute sehr stolz auf Sie.«

Die Kommissarin lächelte und wischte sich verstohlen über die Augen.

»Und wie ging es dann weiter für Sie?«, wollte Elfie wissen.

»Ich bin bei meinem Großvater und meinem Onkel aufgewachsen. Das heißt, eigentlich war ich da nur in den Ferien. Die meiste Zeit habe ich in einem Internat verbracht.«

»Na, das klingt ja nicht gerade nach einer fröhlichen Jugend. Ich hoffe, dass es Ihnen wenigstens jetzt gut geht.« Elfie tätschelte wieder die Hand der jungen Frau.

Die zuckte mit den Schultern.

»Toll ist es im Augenblick nicht gerade.« Sie sah Elfie an, zögerte einen Moment, und dann sprudelte es aus ihr heraus. »Mein Freund ist auf einer Forschungsreise am Amazonas. Er untersucht eine besondere Art Regenwürmer im Regenwald, während seine Tante und ihr Hund, mit denen ich gezwungenermaßen unter einem Dach lebe, mir den letzten Nerv rauben. Und mein Chef bei der Kripo hackt auch nur auf mir rum.« Sie schnitt eine Grimasse.

»Ach, Sie Ärmste! Aber das wird schon wieder.« Elfie lächelte der Kommissarin aufmunternd zu, sah dann verstohlen auf ihre Armbanduhr.

»Oh, Frau Ruhland, jetzt habe ich Sie aufgehalten. Nur noch kurz eine berufliche Frage zum Unfall bei der Sekuranz: Sie hatten mir gar nicht erzählt, dass Sie am Dienstag gegen zwei Uhr oben im Aufenthaltsraum waren.«

Elfie spürte, wie sie errötete. »Ich war ein wenig durcheinander. Deswegen habe ich wohl nicht daran gedacht. Außerdem war ich kaum oben und hatte ein paar Worte mit Jenny gewechselt, als schon die Sirene ging.«

»Jenny Lehmann war also schon vor Ihnen oben?«

»Ja, sie saß im Aufenthaltsraum, als ich hochkam.« Elfie stand auf und nahm ihre Sachen. »Jetzt muss ich aber wirklich los. Sonst komme ich zu spät zu meiner Gruppenstunde. Aber Sie haben mich keinesfalls aufgehalten, meine Liebe. Ganz im Gegenteil, ich fand es sehr nett, dass wir uns unterhalten haben.«

Elfie reichte der jungen Frau zum Abschied die Hand.

»Wenn Sie mal wieder das Bedürfnis zum Reden haben, jetzt wissen Sie ja ganz genau, wo Sie mich finden. Und dann besprechen wir auch die neue Bepflanzung.«

Sie winkte noch einmal, verschwand dann schnell in Richtung Ausgang. Jetzt hatte sie der Kommissarin noch ein Rätsel aufgegeben. Gruppenstunde. Ob die nun wohl dachte, dass sie noch bei den Pfadfindern wäre? Elfie grinste in sich hinein. Sollte sie es doch herausfinden. Wozu war sie schließlich bei der Polizei?

24

»Ja, bitte?«

Alex drückte die Klinke zu den Büroräumen von Helene Windisch herunter und trat ein. Das Vorzimmer war leer. Alex sah sich um. Ein sparsam eingerichteter Raum. Ein großer gläserner Schreibtisch mit einem schicken Computer darauf, Wandschränke, in denen sich vermutlich die Aktenordner befanden. Ein paar üppige raumhohe Grünpflanzen.

»Meine Sekretärin musste zur Bank. Bitte treten Sie näher, Frau von Lichtenstein.« Helene Windisch forderte Alex mit einer knappen Handbewegung auf, ihr in ihr Büro zu folgen und auf einem cognacfarbenen Ledersofa Platz zu nehmen. Zwei Beistelltischchen aus Glas vervollständigten den Sitzbereich.

An den Wänden hingen Fotos von Luxusvillen, und seitlich vor dem Fenster stand das Modell einer großzügigen Wohnanlage. Häuser, Bäume, Autos und Menschen im Spielzeugformat.

»Was kann ich für Sie tun?« Während Alex sich setzte, hatte Helene Windisch bereits nach dem obligatorischen Zigarillo gegriffen – und einem billigen Einwegfeuerzeug.

»Sie haben nichts dagegen.« Eine Feststellung, keine Frage.

Helene Windisch machte ein paar tiefe Züge, blies den

Rauch in Richtung Fenster. Ihr Gesicht war bleich, nicht so sorgfältig geschminkt wie beim letzten Mal, so dass man die leichten Tränensäcke sehen konnte. Unter dem Auge zuckte wieder der winzige Muskel. Sie trank einen Schluck aus dem Glas, das vor ihr stand. Eine klare Flüssigkeit. Wasser oder Wodka? Dieses Mal bot sie Alex nichts zu trinken an.

»Ich habe bei Ihren Kunden nachgefragt. Sie sind am Unfalltag fast eine halbe Stunde zu spät zu Ihrem Termin gekommen, also erst kurz vor halb vier.«

Helene Windisch fuhr zusammen. Offensichtlich war sie mit ihren Gedanken ganz woanders gewesen. »Wie? Was? Ach so, ja, ich sagte Ihnen doch, dass ich noch in einem Drogeriemarkt war. Und wenn Sie meinen, ich hätte Stefan den Blumenkasten auf den Kopf geworfen, dann bekenne ich hiermit: Ich war es nicht.«

»Nun sagen wir mal so«, Alex wählte ihre Worte bewusst und beobachtete genau, welche Wirkung sie auf Helene Windisch hatten, »ein Motiv hätten Sie durchaus gehabt. Wussten Sie eigentlich, dass Ihr Mann auch mit Nadine Schicketantz liiert war?«

Helene Windisch wurde noch blasser, als sie ohnehin schon war.

»Mit der auch? Na ja, was soll's, eine mehr. Sie sprechen von einem Motiv. Ich hätte jede Menge Motive gehabt, von der Assistentin bis zur Sekretärin, von, ach, was weiß ich, wem bis zu der Schicketantz. Ehrlich gesagt, es ist mir inzwischen egal, mit wem mein Göttergatte was hatte.« Helene Windisch lachte verächtlich.

»Wo ist eigentlich Ihr goldenes Feuerzeug?«

Helene Windisch wurde rot bis unter die Haarwurzeln. »Was geht Sie das an? Sicher habe ich es zu Hause vergessen. Aber dieses hier funktioniert genauso gut.«

Demonstrativ drückte sie ihr Zigarillo im Aschenbecher aus, griff nach dem Einwegfeuerzeug und setzte es sogleich wieder in Betrieb. Dieses Mal blies sie Alex den Rauch mitten ins Gesicht.

Alex stand auf. »Dann schaue ich heute Abend noch einmal bei Ihnen zu Hause vorbei und würde gern für einen kurzen Abgleich das Feuerzeug mitnehmen.«

Helene Windischs Gesichtszüge entgleisten für einen Moment. Dann hatte sie sich wieder unter Kontrolle.

»Nun, das müsste möglich sein«, sagte sie gedehnt. »Aber nicht vor sieben Uhr.«

»Dann bis heute Abend.« Alex stand auf und verabschiedete sich.

Die Reaktion von Frau Windisch auf die Frage nach dem Feuerzeug war äußerst seltsam gewesen. Ob sie doch den Blumenkasten geworfen hatte? Auf jeden Fall hatte sie irgendetwas zu verbergen.

Alex hatte ausnahmsweise mal Glück. Direkt vor der Tür des Sozialzentrums fand sie einen Parkplatz. Sie schaltete den Motor ab und blickte auf die Uhr. Jetzt war sie zu früh dran, weil sie noch Zeit für die Parkplatzsuche einkalkuliert hatte.

Ihre Gedanken wanderten zu Windisch. Solange nicht geklärt war, ob ihm nicht doch jemand nach dem Leben trachtete, blieb er gefährdet. Sie machte sich Sorgen um ihn.

Seufzend holte sie ihr Notizbuch aus der Tasche und ging noch einmal die Fragen zu Jenny Lehmann durch, die sie dem Therapeuten stellen wollte. Allzu große Hoffnungen setzte sie allerdings nicht in ihn. Am Telefon hatte er nie direkt auf ihre Fragen geantwortet. Irgendwie schien er eine völlig andere Sprache zu sprechen als sie.

Alex musste grinsen, als sie sich an Gudruns Kommentar erinnerte: »Geh mir bloß weg mit Therapeuten. Die labern doch nur heiße Luft. Alles Weicheier und Warmduscher.«

Im Rückspiegel bemerkte Alex, dass hinter ihr ein VW-Bus einparkte. Der Fahrer sah richtig gut aus – ein markantes Gesicht mit kleinem Kinnbärtchen und schönen Augen. Nur die Haare trug er für Alex' Geschmack zu lang. Als er ausstieg, stellte sie fest, dass er mindestens 1,95 Meter groß und muskulös war. Und einen knackigen Hintern hatte er obendrein. Na, der war mit Sicherheit kein Weichei und Warmduscher.

Sie warf einen letzten Blick auf ihre Notizen. Dann war es auch schon Zeit für ihren Termin.

Im Sozialzentrum roch es seltsam, wie in einer Kirche. Der schäbige Linoleumboden im Flur löste sich an einigen Stellen vom Untergrund. Alex hörte Musik, die sie an Schalmeien denken ließ – wobei ihr auffiel, dass sie gar nicht so genau wusste, was Schalmeien eigentlich waren. Sie würde Hubert fragen, der wusste das bestimmt.

Sie folgte den sphärischen Klängen bis zu einer offenen Tür am Ende des Flurs. Sie klopfte und hörte ein melodiöses »Herein«. Das war unverkennbar die salbungsvolle Stimme des Therapeuten. Wie er es nur schaffte, sämtliche Klischees über seinen Berufsstand schon mit zwei kleinen Silben zu bestätigen? Ob man am Klang ihrer Stimme wohl auch erkannte, dass sie Polizistin war?

Alex trat ins Zimmer – und wäre vor Überraschung fast wieder rückwärts hinausgegangen. Auf einem niedrigen Bänkchen, das im Vergleich zu seiner athletischen Figur wie aus der Puppenstube wirkte, saß der Fahrer des VW-Busses und zog sich gerade Birkenstocksandalen an. So konnte man sich täuschen.

»Herr Hünlein?«, fragte sie zögerlich.

Er nickte, und damit war der letzte Zweifel ausgeräumt. Dann erhob er sich zu seiner vollen Größe, machte einen Schritt auf Alex zu und ergriff ihre Hand.

Instinktiv wollte sie zurückweichen, doch da war schon die Tür. Dieser Mann hatte eine unglaubliche Präsenz und dominierte den kleinen Raum völlig. Die Schalmeien hatten sich zu einem Crescendo gesteigert. Alex wurde es warm.

»Ich bin der Rüdiger«, sagte er und schüttelte ungewöhnlich lange ihre Hand. »Und du musst die Frau von der Polizei sein.«

»Kommissarin Lichtenstein«, stellte Alex sich vor und fragte sich irritiert, ob dem Mann wohl das Gen für eine höfliche Anrede fehlte oder ob das bei Therapeuten so üblich war. Ohne ihre Hand loszulassen, führte Rüdiger Hünlein sie zu einer winzigen Sitzecke und drückte sie sanft auf einen lila Knautschsack. Himmel, auf so etwas hatte sie zuletzt als Teenager gesessen.

Er selbst nahm auf einem großen grünen Ball Platz und begann damit zu kreisen. Sonst gab es keine Sitzgelegenheiten. Alex versuchte, sich möglichst gerade hinzusetzen, um den Größenunterschied wenigstens ein bisschen auszugleichen, scheiterte jedoch kläglich. Und die Schalmeien frohlockten.

»Du musst dich entspannen, einfach loslassen, dann wird alles gut«, sagte Hünlein bedächtig, zog ein Haargummi aus der Hosentasche und band sich einen Pferdeschwanz. Nun kam sein attraktives Profil noch besser zur Geltung.

Alex konnte keine bequeme Stellung finden und ließ sich

schließlich einfach zurücksinken. Entspannt fühlte sie sich trotzdem nicht.

»Herr Hünlein, ich bin wegen Jenny Lehmann hier. Wie ich schon am Telefon sagte, brauche ich für unsere Ermittlungen ein paar Hintergrundinformationen.«

»Ach ja, die Jenny – unser liebes Blümchen. So eine zarte Seele. Sie ist verletzt, sehr verletzt. Das braucht seine Zeit. Sie muss lernen, auf ihre innere Stimme zu hören und sich im Sozialraum zu behaupten.«

»Was meinen Sie mit Sozialraum?«, fragte Alex und hatte das Bild des Aufenthaltsraums bei der Sekuranz vor Augen.

Hünlein hob erstaunt die Augenbrauen. Wahrscheinlich klang die Frage in seinen Ohren absurd. Sollte er sich doch gefälligst allgemeinverständlich ausdrücken.

»Der Sozialraum ist die Struktur eines Ortes, an dem Subjekte agieren und interagieren. Demgegenüber steht die persönliche Lebenswelt …«

Alex unterbrach ihn, bevor er noch weiter dozieren konnte. Dieses Fachchinesisch brachte sie nicht weiter.

»Kommen wir zurück zu Jenny Lehmann«, sagte sie. »Was hat sie Ihnen über ihre Arbeit erzählt?«

»Nun, da gab es eine unglückliche Liebe zu einem älteren Mann in ihrer Firma. Daher rührt der eine Teil ihrer seelischen Verletzungen.«

Hünlein machte eine Pause und sah Alex prüfend an. »Und du, woher stammen deine Verletzungen?«

Abrupt verstummten die Schalmeien. Hünlein nahm ihre Hand, legte einen Stein hinein und schloss ihre Finger darum.

»Das ist ein Rauchquarz. Er passt zu deiner Aura und gibt dir Energie. Fühlst du schon, wie sie fließt?«

Alex versteifte sich. Der Mann sollte sie in Ruhe lassen. Es ging hier doch nicht um sie.

»Wird das jetzt eine Therapiesitzung?«, brachte sie mit einem Lachen hervor, das sogar in ihren eigenen Ohren gekünstelt klang.

»Ich spüre, dass deine Verletzungen sehr tief gehen. Du musst sie herauslassen«, sagte Hünlein und legte seine Hand auf ihre, die immer noch den Stein umfasst hielt und plötzlich zu kribbeln anfing. Schnell zog sie sie unter seiner hervor und legte den Stein zur Seite.

Hünlein lächelte. »Siehst du, du hast es gespürt, nicht wahr?«

Alex war völlig verwirrt und blickte hilfesuchend im Raum umher. Ihr Blick fiel auf die Kuckucksuhr an der Wand. »Oh, es ist schon so spät. Ich muss jetzt gehen, ich habe noch einen Termin.«

Sie arbeitete sich von dem unbequemen Sitzsack hoch. Als sie stand, fühlte sie sich wieder sicherer, und ihr fiel ein, was Hünlein über Jenny gesagt hatte.

»Eine Frage noch, Herr Hünlein. Sie sprachen von dem einen Teil von Jenny Lehmanns Verletzungen. Woher rührt der andere Teil?«

Hünlein hatte sich inzwischen ebenfalls erhoben. »Sie wurde von ihrer Chefin gemobbt.«

Bingo. Jenny hatte also schon bei der Schicketantz neben Eifersucht ein weiteres Motiv gehabt.

Hünlein kam wieder unangenehm nah auf Alex zu. »Du stehst so stark unter Druck. Wahrscheinlich hast du manchmal das Gefühl, du müsstest laut schreien.«

Alex erstarrte. Woher konnte Hünlein das wissen? Sah man ihr das jetzt schon an, oder taten das andere auch, um sich abzureagieren?

Hünlein streckte den Arm nach ihr aus »Du brauchst dringend Entspannung. Komm doch mit in meine Gruppensitzung. Sie fängt in ein paar Minuten an. Das wird dir guttun.«

Noch bevor er Alex berühren konnte, trat sie einen Schritt zurück. »Nein, ich muss jetzt wirklich los. Wo ist denn hier die Toilette?«

»Gleich gegenüber«, sagte Rüdiger. »Du kannst ja auch später wiederkommen. Und versuch es mal mit Pink, das ist deine Farbe.«

Alex flüchtete aus dem engen Raum und schoss sofort in die Toilette. Sie atmete ein paarmal tief durch und sah dann an sich herunter. Weiße Bluse und dunkelblaue Leinenhose. Pink, das war ja lächerlich.

Sie wusch sich die Hände und kämmte sich die Haare. Als sie die Tür zum Gang öffnete, erklangen wieder die Schalmeien. Deutlich hörte sie Hünleins Stimme.

»Sprecht mir alle nach: *Ich darf das.*«

Als sie schon fast an der Eingangstür war, blieb sie abrupt stehen. Aus dem Chor der Nachsprecher stach eine bekannte Stimme hervor. Auf leisen Sohlen schlich sie zurück und spähte vorsichtig durch die offene Tür.

In dem Raum saßen einige Leute im Stuhlkreis und hielten sich an den Händen. Alle hatten die Augen geschlossen, so dass Alex noch ein bisschen weiter um die Tür herumlugte. Da entdeckte sie Hünlein und direkt neben ihm – Elfie Ruhland.

Die Gruppe wiederholte immer wieder dieselben Worte: *»Ich darf das … Ich darf das … Ich darf das …«*

Elfie sprach sie wie ein inbrünstiges Gebet.

Alex zog sich lautlos zurück. Erst nach ein paar Schritten begann sie zu laufen.

25

Am nächsten Donnerstag kam Elfie außer Atem am Friedhof an und ging schnell zu Ludwig. Sie stellte ihre Tasche auf der Bank ab und holte eine Grabkerze heraus. Sie entfernte das ausgebrannte Licht und zündete das neue an. Während sie noch still verharrte und ihren Gedanken nachhing, hörte sie Schritte und wandte den Kopf. Eine Frauengestalt mit einem Hund, einem fetten Mops.

Elfie kniff die Augen zusammen und sah die Frau genauer an. War das nicht die junge Kommissarin? Tatsächlich. Der Schreck fuhr Elfie in die Glieder. Ob die Kommissarin ihretwegen hier war? Am liebsten wäre sie davongelaufen. Aber dann zwang sie sich ein Lächeln ins Gesicht, streckte der Polizistin die Hand entgegen und spürte die Zuneigung zu der jungen Frau in sich aufsteigen, spürte, dass ihr Lächeln echt wurde.

»Wie schön, dass Sie Ludwig und mich besuchen, Frau von Lichtenstein.«

Alex von Lichtenstein schien ein wenig irritiert von ihren Worten. Doch dann lächelte auch sie. Ihre Augen allerdings wirkten irgendwie unruhig, und die Hand, die sie Elfie reichte, war eiskalt.

»Sagen Sie doch einfach Alex zu mir.«

Die junge Kommissarin wies auf den Hund neben sich.

»Das ist übrigens Amadeus. Er gehört der Tante meines Freundes. Eigentlich nehme ich ihn nicht gern mit zum Friedhof, zumal er hier an der Leine gehen muss. Aber wenn man so viel um die Ohren hat, muss man eben zwei Dinge gleichzeitig erledigen.«

Elfie beugte sich zu Amadeus herunter. Der Mops saß da wie aus Stein gemeißelt und starrte sie mit hochgezogenen Lefzen an.

»Grinst er etwa?«, fragte sie etwas verunsichert.

Alex zuckte die Achseln. »Ja, ich habe auch den Eindruck, dass er mich manchmal angrinst. Irgendwie seltsam für einen Hund.«

»Kommen Sie, setzen wir uns doch – Alex«, schlug Elfie vor. »Ich bin ziemlich geschafft. Im Büro war heute so viel los. Ich kam nicht eher weg und befürchtete schon, dass das Grablicht ausgebrannt war. Das mag Ludwig gar nicht.«

Wieder hatte sie den Eindruck, dass die Kommissarin sie merkwürdig berührt ansah.

Sie ließ sich auf die Bank fallen. »Jetzt können wir ein wenig plaudern.«

Sie schob ihre Tasche beiseite, um Platz für Alex zu machen – offenbar etwas zu schwungvoll. Die Tasche kippte um, und ein paar Sachen purzelten heraus. Direkt vor Alex' Füßen landete ausgerechnet ihr bordeauxfarbenes Notizbuch. Elfie stockte der Atem. Rasch bückte sie sich. Doch Amadeus war schneller. Aus seiner Starre erwacht, schnappte er nach dem Büchlein und verschwand damit unter der Bank.

Elfie spürte, wie ihr das Blut heiß ins Gesicht schoss. Ihr Herz raste. Was sollte sie nur tun? Auf keinen Fall durfte die Kommissarin ihr Notizbuch in die Finger bekommen, in dem all ihre Projekte aufgelistet waren!

Doch schon ging Alex in die Knie und gab sich alle Mühe, Amadeus seine Beute zu entreißen. Doch erst, als sie eine Praline aus der Jackentasche klaubte und sie Amadeus unter die Nase hielt, ließ der Mops sabbernd das Büchlein fallen. Alex band seine Leine an der Bank fest und wischte mit einem frischen Taschentuch über das Buch.

»Ich fürchte, da muss ein neuer Umschlag her«, meinte sie bedauernd und wies auf Amadeus' Zahnspuren, die nun das schwarze Kreuz auf dem Einband verunzierten. »Aber sonst ist wohl nichts passiert.« Alex sah sich das Buch von allen Seiten an. »Ist das ein Gesangbuch oder eine Bibel?«, fragte sie, um sich gleich darauf zu entschuldigen. »Tut mir leid, ich wollte nicht indiskret sein.«

Elfie trat der Schweiß auf die Stirn. Sie betete inständig, dass die Kommissarin das Buch nicht öffnete.

»Das ist etwas sehr Persönliches – meine eigene Bibel sozusagen«, sagte sie und nahm das Buch schnell an sich. Einen Augenblick drückte sie es an ihre Brust, bis sich ihr Herzschlag wieder beruhigt hatte. Dann ließ sie es schnell in ihrer Tasche verschwinden und hob schweigend die anderen Sachen auf, die noch am Boden lagen. Die Kommissarin traute sich offenbar nicht mehr, etwas anzufassen.

Um sie von dem Notizbuch abzulenken, reichte Elfie ihr ihren *Ewigen Quell,* nachdem sie ihn sorgfältig von ein paar Erdkrümeln befreit hatte.

»Das habe ich auch immer bei mir. Im Alltag zwischendurch innezuhalten und ein Gedicht zu lesen tut einfach gut. Schauen Sie doch mal hinein.«

Alex nahm das abgegriffene Büchlein in die Hand und blätterte es durch.

»Sie haben eine wunderbare und sehr ordentliche Handschrift, Frau Ruhland«, sagte sie.

»Nun, im Leben muss alles seine Ordnung haben, meinen Sie nicht auch?«, sagte Elfie voller Überzeugung und vielleicht ein wenig zu eindringlich.

Denn Alex hob den Kopf und sah Elfie misstrauisch an.

Schnell wechselte Elfie das Thema. »Wie geht es Ihnen, meine Liebe?«

Alex hob die Schultern hoch.

»Ach, im Moment ist alles irgendwie schwierig. Sicher liegt es auch daran, dass Hubert nicht da ist. Er ist jetzt schon so lange in Südamerika. Er fehlt mir so. Und es gibt ja nicht nur mit seiner Tante Ärger, sondern auch mit meinem Chef. Er macht sich ständig über mich lustig. Ich will mich nicht beschweren. Aber mit seiner Art komme ich einfach nicht zurecht.«

Elfie legte ihr eine Hand auf den Arm und blickte ihr fest in die Augen.

»Doch, beschweren Sie sich. Wehren Sie sich, wenn Sie ungerecht behandelt werden. Das ist auch bei der Polizei nicht erlaubt. Warten Sie nicht so lange, bis alles zu spät ist.«

Alex blickte sie verständnislos an.

»Immerhin ist er mein Vorgesetzter.«

»Auch Vorgesetzte dürfen nicht einfach tun und lassen, was sie wollen. Nein, bestimmt nicht.«

Nach einer Weile fügte sie hinzu: »Meine Liebe, ich möchte ja nicht unhöflich sein, aber ich würde gern noch ein Weilchen mit Ludwig allein sein.«

Alex sprang sofort auf und löste die Hundeleine von der Bank.

»Natürlich, wie gedankenlos von mir. Aber eine Frage habe ich noch. Ich hatte kürzlich einen Termin mit Herrn Hünlein im Sozialzentrum und war überrascht, als ich Sie dort zufällig gesehen habe.«

»Wieso hat Sie das überrascht?«, meinte Elfie. »Ich habe Ihnen doch von meiner Gruppenstunde erzählt.«

»Ach so, das haben Sie damit gemeint. Danke für Ihre Zeit, Frau Ruhland. Und machen Sie es gut.«

»Ich gebe mir Mühe«, entgegnete Elfie. »Auf Wiedersehen.«

Sie sah Alex hinterher, wie sie mit dem Mops im Schlepptau davonging. Die Kommissarin schien wirklich bedrückt. Ob sie ihr helfen sollte, mit ihren Problemen fertig zu werden? Nein, besser nicht. Sie hatte selbst doch genug am Hals.

26

Schwungvoll warf Alex den Telefonhörer auf die Gabel und sprang auf.

»Das war das Krankenhaus. Komm, Gudrun, wir fahren zur Sekuranz. Dem Windisch geht es besser. Er liegt nicht mehr im Koma. Ich möchte sehen, wie die Lehmann darauf reagiert.«

»Jetzt mal langsam mit den jungen Pferden.« Gudrun sah sie erstaunt an. »Was ist denn in dich gefahren? So impulsiv kenn ich dich ja gar nicht.«

»Ich glaube, jetzt kommen wir in der Sache endlich weiter. Wir müssen uns aber beeilen, damit die Neuigkeit nicht vorher durchsickert.« Alex wartete ungeduldig, dass Gudrun sich ihr anschloss.

Diese warf einen Blick auf die geschlossene Tür zu Brauses Büro, in dem Felix vor einiger Zeit verschwunden war.

»Jetzt willst du da hin? Mensch, ich hab gleich einen Termin beim TÜV mit meiner Maschine. Der ist längst abgelaufen, und heute muss ich hin, sonst wird's brenzlig. Kannst du nicht allein fahren? Ist doch keine große Sache.«

»Aber …«

»Was Brause nicht weiß, macht Brause nicht heiß. Ich fahr zum TÜV und du zur Versicherung. Punkt. Du wirst sehen, es fragt sowieso keiner nach.«

Alex ging schon zur Tür, während Gudrun ihre Jacke überstreifte und in die Gurte ihres Rucksacks schlüpfte.

»Und wie willst du vorgehen?«, fragte Gudrun, während sie ihre Stiefel anzog.

»Ich werde die Abteilung zusammentrommeln und auch den Hausmeister dazuholen. Das ist unauffälliger, als wenn ich mir direkt die Lehmann vornehme. In der Gemeinschaft wird sie sich sicherer fühlen und durch Mimik oder Gestik eher verraten, ob sie sich schuldig gemacht hat oder nicht.«

»Na siehst du, wenn du eigentlich nur die Lehmann verdächtigst, dann brauchst du mich doch nicht. Das wirst du ja wohl allein hinkriegen.«

Alex zuckte die Achseln. »Ja, schon. Ich werde auch noch bei Frau Windisch im Büro vorbeischauen und sie mit der Neuigkeit konfrontieren. Falls sie nicht ohnehin vom Krankenhaus informiert wurde.«

»Richtig, das Alibi von der Windisch war ja auch etwas windig – oder?« Gudrun wedelte mit ihrem Helm herum.

»Tja, sie kam jedenfalls so spät zu ihrem Termin, dass sie um vierzehn Uhr durchaus noch auf der Dachterrasse hätte sein können.«

Alex und Gudrun gingen gemeinsam die Treppe hinunter. Dann schwang sich Gudrun auf ihre Maschine, zündete den Motor und fuhr an. Neben Alex' Wagen bremste sie noch einmal ab. Ihre Stimme war durch den Helm nur undeutlich zu hören. »Was ist eigentlich mit der Ruhland? Die hat doch auch kein Alibi.« Sie winkte ab. »Na, du machst das schon. Ich muss los.« Sie gab Gas und brauste davon.

Ja, wie war das eigentlich mit Elfie Ruhland?

Alex blieb noch einen Augenblick unbeweglich hinter

dem Steuer ihres Wagens sitzen. Dann fuhr auch sie vom Parkplatz.

Elfie blickte von ihrer Analyse der Kundenanfragen auf, weil sich im Büro allgemeine Unruhe breitmachte. Stühle scharrten über den Boden. Einige Kollegen hatten sich erhoben. In der Tür stand Alex von Lichtenstein. Hinter ihr der Hausmeister, der um den Türpfosten herumlugte.

»Guten Morgen«, sagte die Kommissarin, ließ dabei einen prüfenden Blick durch den Raum schweifen, der für einen Moment an Elfie hängenblieb. Sie nickte ihr kurz zu und räusperte sich dann: »Wie ich sehe, sind alle Mitarbeiter vollzählig anwesend. Ich habe Ihnen etwas mitzuteilen. Es geht um Herrn Windisch.«

Elfie hielt die Luft an und fieberte den nächsten Worten entgegen. Hoffentlich war das Problem Windisch jetzt gelöst. Doch Alex machte eine kunstvolle Pause und blickte in die Runde. Die Spannung war fast mit Händen zu greifen. Jenny war blass geworden.

Um ihre eigene Nervosität zu kaschieren, ging Elfie zu ihr und strich ihr aufmunternd über den Rücken. Der Hausmeister trippelte von einem Fuß auf den anderen. Auch er konnte seine Neugier kaum verbergen. Bevor Alex weiterreden konnte, brach es auch schon aus ihm heraus: »Jetzt sagen Sie endlich, hat der Windisch das Zeitliche gesegnet?«

Das war genau die Frage, die auch Elfie auf der Seele brannte.

Während sich betretene Stille über den Raum senkte, zögerte Alex ihre Antwort immer noch hinaus und musterte erneut die Gesichter. Jenny sah jetzt richtiggehend gequält aus – so wie sich Elfie fühlte.

»Nein, ganz im Gegenteil«, sagte Alex dann.

Elfie wurden die Knie weich.

»Herr Windisch ist wieder bei Bewusstsein und auf dem Weg der Besserung. Sehr wahrscheinlich wird er heute Abend von der Intensiv- auf die normale Station verlegt, und schon morgen können wir möglicherweise mit ihm sprechen.«

Elfie musste sich an Jenny festhalten, um nicht das Gleichgewicht zu verlieren. Diese zeigte zuerst überhaupt keine Reaktion, doch dann machte sich langsam ein seliges Lächeln auf ihrem Gesicht breit. Sie griff nach Elfies Hand und stammelte: »Mein Gott, was bin ich froh. Ich dachte schon … Ist das nicht wunderbar? Oh, Frau Ruhland, ich bin ja so glücklich.«

Das konnte Elfie nicht gerade von sich behaupten. Bei diesem Projekt ging aber auch alles schief.

Jenny packte Elfie bei den Armen und drehte sich mit ihr im Kreis, lachte und weinte gleichzeitig.

Elfie war nur nach Weinen zumute. Sie ließ sich nur widerwillig mitziehen. Ihre Gedanken und Gefühle drehten sich genauso im Kreis, wie sie von Jenny herumgeschwenkt wurde. Was tat der Windisch ihr nur an? Einfach aufzuwachen! Wie sollte es denn nun weitergehen? Hatte er sie auf der Dachterrasse gesehen? Würde er sich daran bei seiner Aussage erinnern?

Elfie wurde schwindelig. Sie befreite sich von Jennys Händen, hielt sich an einer Tischkante fest und ließ sich dann schwer atmend auf einen Stuhl sinken. Wie aus weiter Ferne bekam sie mit, dass der Hausmeister der Kommissarin vertraulich auf die Schulter klopfte.

»Na, dann bestellen Sie unserem George Clooney mal schöne Grüße von mir. Und er soll die Schwestern nicht zu sehr aufmischen.« Mit einem Augenzwinkern verschwand er.

Elfie stützte den Kopf in die Hände. Vielleicht würde so das Kreisen in ihren Gedanken ein Ende nehmen.

»Frau Ruhland.«

Erschrocken fuhr Elfie hoch und sah der Kommissarin ins Gesicht.

»Ist Ihnen nicht gut? Kann ich etwas für Sie tun?«

Elfie sah sich um. Die Augen aller waren auf sie und Alex von Lichtenstein gerichtet.

»Kommen Sie, Frau Ruhland, gehen wir in die Küche. Ich mache Ihnen einen Tee. Wahrscheinlich ist Ihnen die Dreherei nicht bekommen.«

Elfie folgte Alex in die Küche. Sie spürte die neugierigen Blicke der Kollegen.

»So, jetzt erholen Sie sich erst einmal ein bisschen. Ich mach in der Zwischenzeit das Teewasser heiß.«

Elfie ließ sich auf einen Hocker fallen.

»Es geht gleich wieder, mir ist nur so übel von der Dreherei. Ich habe das noch nie vertragen, schon als Kind nicht.« Sie fuhr sich über das Gesicht, spürte einen feinen Schweißfilm.

»Etwas Warmes wird Ihnen guttun. Ich habe hier einen Melissentee gefunden, der beruhigt.« Alex setzte sich an den kleinen Tisch und reichte Elfie die Tasse.

»Geht es langsam besser?«, fragte sie nach ein paar Minuten.

Elfie atmete tief durch und nahm noch einen Schluck. »Danke, dass Sie sich so nett um mich kümmern. Aber was sollen Sie und die Kollegen jetzt bloß von mir denken? Es ist mir furchtbar unangenehm.«

»Ach, machen Sie sich doch darüber keine Gedanken. Möchten Sie noch eine Tasse Tee?«

»Nein, meine Liebe, ich möchte Sie nicht so lange aufhalten. Sie müssen doch sicherlich wieder an die Arbeit.«

»Nun, eigentlich hätte ich noch ein paar Fragen an Sie.«

Elfie spürte, wie ihr Herz beinahe stehenblieb, dann mühsam weiterstolperte. Sie nickte dennoch, setzte sich zurecht und fasste sich an den Hals, an die Stelle, wo normalerweise Ludwig hing. Doch der versagte ihr ja neuerdings auf der ganzen Linie seine Unterstützung.

»Wissen Sie, wann Jenny Lehmann am Tag des Unfalls aus der Mittagspause zurückgekommen ist?«

Elfie musste sich konzentrieren, um nur nichts Falsches zu sagen. »Wie war das doch gleich? Ja, ich hatte mir das Büromaterial aus dem Lager geholt und das Projekt in Angriff genommen, das ich mir vorgenommen hatte. Aber ich bin damit nicht fertig geworden. Es war schwieriger, als gedacht.«

Dabei vermied sie es, die Kommissarin anzusehen, sondern beschäftigte sich damit, Krümel auf dem Tisch zusammenzuschieben.

»Sie haben Ihr Projekt also unterbrochen?«

»Sozusagen.« Schwungvoll fegte Elfie die Krümel vom Tisch.

Die Kommissarin schwieg einen Moment. Dann bohrte sie unbeirrt weiter. »Was haben Sie dann gemacht?«

»Ich bin in den dritten Stock in den Aufenthaltsraum gegangen, um Mittagspause zu machen. Jenny war auch da und trank ihre Schokolade. Kaum hatte ich mich zu ihr gesetzt, hörten wir auch schon die Sirene des Krankenwagens und sind auf die Terrasse gelaufen. Als wir über die Brüstung geschaut haben …« Elfie schluckte und wollte einfach nicht mehr daran denken.

Endlich hatte die Kommissarin ein Einsehen. »Ist schon gut. Sie brauchen nicht darüber zu reden.« Sie stand auf.

»Dann will ich mal wieder. Und Sie passen gut auf sich auf, ja?«

Als sich die Tür hinter der Kommissarin schloss, sank Elfie kraftlos in sich zusammen. Was sollte jetzt nur aus ihr werden? Windisch lebte, und die Polizei hatte sie offenbar unter Verdacht.

Alex ging nachdenklich die Treppe hinunter. Hatte sich Elfie wirklich schlecht gefühlt, weil Jenny sie umhergewirbelt hatte? Oder steckte mehr dahinter? Aber warum um Himmels willen hätte sie Windisch etwas antun sollen? Es gab nicht den geringsten Anhaltspunkt, der auf Elfie als Täterin hinwies. Auch Gudrun hatte beim Durcharbeiten der Akten nichts gefunden.

Und doch hatte Alex ein eigenartiges Gefühl. Pah, Frauen und ihre Bauchgefühle, würde Brause sagen. Wir sind hier bei der Kripo und brauchen Fakten.

Alex war im ersten Stock angelangt und öffnete die Tür zum Büro von Helene Windisch. Die schon etwas ältere Sekretärin schüttelte bedauernd den Kopf, als Alex nach Frau Windisch fragte. »Sie ist zum Krankenhaus gefahren. Man hat sie benachrichtigt, dass ihr Mann aus dem Koma erwacht ist, und sie wollte natürlich sofort nach ihm sehen und hoffte, mit ihm sprechen zu können.«

Alex nickte. Schade. Eine erste Reaktion auf die Nachricht, dass es Stefan Windisch besser ging, würde sie von seiner Frau nun nicht bekommen.

Den Kopf auf die Hände gestützt, saß Alex an ihrem Schreibtisch. Sie war entsetzlich müde. Die halbe Nacht hatte sie sich wieder schlaflos herumgewälzt und sich nach Hubert gesehnt.

Sie nahm noch einmal das Fax in die Hand, das von der Spurensicherung gekommen war. Es war ein Abgleich der auf der Dachterrasse gefundenen Goldpartikel mit Helene Windischs Feuerzeug gemacht worden. Keine Übereinstimmung. Und auch ihr Alibi schien zu stimmen. Die Kassiererin im Drogeriemarkt hatte die Uhrzeit bestätigt.

Was nun? Beweise gab es bei dem Fall keine. Auch beim Motiv kam Alex nicht weiter, sosehr sie die Sache auch drehte und wendete.

Bei Helene Windisch schien Eifersucht keine Rolle zu spielen. Und Jenny Lehmann – so wie sie sich verhalten hatte, glaubte Alex eigentlich nicht mehr daran, dass sie Stefan Windisch etwas angetan hatte.

Vielleicht war es ja doch ein Unfall gewesen, und sie sollte den Fall einfach zu den Akten legen.

Es war völlig ruhig im Büro. Nachdem Brause ungewöhnlich früh gegangen war, hatte Gudrun die Chance genutzt, ebenfalls zu verschwinden und ein paar Überstunden abzufeiern. Sie hatte sich in der Toilette noch ein bisschen aufgebrezelt und sich dann von Alex verabschiedet. Ob sie mal wieder einen neuen Freund hatte? Na, ein wenig Spaß war ihr zu gönnen, so ganz einfach hatte sie es auch nicht mit ihrem pubertären Sohn.

Alex stand auf. Eigentlich zog sie nichts nach Hause, aber vielleicht könnte sie noch eine Runde joggen oder ein wenig im Garten arbeiten. Der war in letzter Zeit viel zu kurz gekommen.

Sie machte sich auf den Heimweg und nahm sich dabei vor, sich heute auf keinen Fall über Huberts Tante zu ärgern. Gelassen würde sie alle Provokationen an sich abprallen lassen. Vielleicht wären Lydia und Amadeus ja ausnahmsweise einmal friedfertig und wollten auch einen ruhigen Abend genießen.

Als Alex zu Hause ankam, hatte Thea schon ihren Mantel an und war im Begriff zu gehen.

»Ich habe alles für das Abendessen vorbereitet, war vor einer halben Stunde mit Amadeus Gassi. Die Gnädigste ist gut aufgelegt – warum auch immer. Sie brauchen sich also nur an den gedeckten Tisch zu setzen und können sich einen schönen Abend machen. Den haben Sie sich bestimmt verdient.« Thea zog ihre Gesundheitsschuhe an und stellte die Hausschuhe in den Garderobenschrank.

»Ich muss mich sputen, sonst fährt der Bus ohne mich. Bis morgen!«

»Bis morgen! Kommen Sie gut nach Hause!«, rief Alex ihr nach, schloss die Haustür und ging ins Wohnzimmer.

Lydia saß im dunkelblauen Abendkleid im Sessel, hatte ihren teuersten Schmuck angelegt und sah Alex erwartungsvoll entgegen.

»Heute Abend kommt im Fernsehen *Die Macht des Schicksals,* die Oper, die ich letztens verpasst habe. Zieh dich um, und dann sehen wir uns die Aufführung nach dem Abendessen an.«

Na, das war es doch! Keine Gartenarbeit mit erdverkrusteten Händen, sondern ein friedlicher Abend mit Lydia und Amadeus vor der Mattscheibe. Im Abendkleid! Aber sie hatte sich ja vorgenommen, gelassen zu bleiben. Also beschloss sie, das Spiel mitzuspielen, und ging gelassen in ihr Schlafzimmer, zog eine edle schwarze Hose, eine weiße Seidenbluse und eine silbern bestickte schwarze Samtweste an. Sie kam sich einigermaßen lächerlich vor, als sie sich an den Abendbrottisch setzte.

»Na, aber die Ballerinas wirst du doch hoffentlich nicht anlassen? Für die Oper muss es schon etwas richtig Elegantes sein.« Lydia schien empört.

Unwillkürlich guckte Alex zu Lydias Füßen hinunter. Dunkelblaue Lackpumps, denen man schon ansah, wie sie drückten.

Lydia war ihren Augen gefolgt und verzog den Mund zu einem herablassenden Grinsen. »Ich habe mir gedacht, dass du sowieso nichts wirklich Passendes im Schrank hast und dir deshalb heute in der Stadt diese hier gekauft.« Lydia griff hinter sich und präsentierte mit triumphierendem Blick ein Paar silberne Sandaletten mit Strasssteinchen.

»Die haben zweihundert Euro gekostet. Aber Qualität hat nun einmal ihren Preis.«

Alex stöhnte innerlich auf. Die Absätze waren bestimmt zwölf Zentimeter hoch. Dagegen waren die Schuhe, die sie für das Konzert mit Lang Lang erstanden hatte, die reinsten Pantoffeln. Aber wie war das noch? Gelassenheit! Also nahm sie die Schuhe, bedankte sich und zog sie an. Vorsichtig ging sie ein paar Schritte und konnte kaum das Gleichgewicht halten. Sofort begannen ihre Füße wehzutun.

Lydia hingegen betrachtete ihr Geschenk wohlgefällig. Amadeus erhob sich watschelnd von seinem Hundesofa und schnüffelte an dem noch neu riechenden Leder. Erst jetzt sah Alex, dass er ein dunkelblaues Tuch um den Hals trug, an dem er schier zu ersticken drohte.

Inzwischen war der Tee nur noch lauwarm, aber das störte Lydia ausnahmsweise überhaupt nicht.

Machtvoll dröhnten die Klänge von Verdis Schicksalsoper durch den Raum. Alex und Lydia saßen nebeneinander auf dem Sofa und starrten auf den Bildschirm. Alex versuchte, unauffällig die Schuhe abzustreifen, aber ohne die Hände zu Hilfe zu nehmen, gelang es ihr nicht. Ihre Fußballen schmerzten. Außerdem machte Verdi sie heute irgendwie nervös, um nicht zu sagen aggressiv.

Sie war froh, als zur Pause die Musik verklang, stand auf, murmelte eine Entschuldigung und ging in ihr Schlafzimmer. Sie riss die Sandaletten von den Füßen und rieb die gemarterten Zehen. Um Verdi, die Macht des Schicksals, ihre geschwollenen Füße und die ganze skurrile Situation aus dem Kopf zu bekommen, griff sie nach einer von Huberts naturwissenschaftlichen Zeitschriften, die in einem Regal über den Betten lagen, und versuchte, Huberts Regenwürmern etwas abzugewinnen. Aber so recht wollte es ihr nicht gelingen. Stattdessen spukten Windisch, seine Frau, Jenny Lehmann und Elfie durch ihr Gehirn, ja selbst Rüdiger Hünlein machte sich in ihren Gedanken breit.

»Alexandra, kommst du? Es geht weiter.« Lydias Stimme rief sie nach unten.

Alex stöhnte auf, zwängte sich erneut in die Schuhe und brachte irgendwie den Rest dieses Opernabends hinter sich.

Sie war froh, als sie endlich zu Bett gehen konnte. Aber statt des erhofften erholsamen Schlafs stellten sich wirre Träume ein. Elfie Ruhland, die in silbernen Sandaletten auf dem Friedhof einen Blumenkasten mit Geranien auf ein Grab stellte, Jenny Lehmann, die ihre Sommersprossen weiß übermalte, Lydia mit blonder Lockenperücke und George Clooney mit Kopfverband, der Huberts Tante anschmachtete: »Ob blond, ob braun, ich liebe alle Frau'n.«

Seit Stunden wälzte sich Elfie im Bett hin und her. Die Kommissarin hatte ihr einen Heidenschreck eingejagt mit der Nachricht von Windischs Erwachen. Und bei dem Gespräch hatte sie Elfie immer wieder so komisch angeschaut, als ob sie sie verdächtigte. Empörend! Wo sie doch dieses Mal wirklich unschuldig war.

Jetzt musste dringend eine Lösung für das Projekt Windisch her. Elfie sah zum wiederholten Mal auf ihren Wecker. Gleich halb vier. Um diese Uhrzeit waren die Krankenhausflure bestimmt verwaist. Ob sie noch einmal zum Marienhospital gehen sollte?

Aber was täte sie, wenn der schreckliche Polizist noch dasaß? Elfie seufzte. An Schlaf war ohnehin nicht zu denken, da konnte sie ebenso gut aufstehen und ihr Glück versuchen.

Die Strecke zum Krankenhaus würde sie mitten in der Nacht kaum mit öffentlichen Verkehrsmitteln bewältigen können. Es fuhren weder Bus noch Bahn, dafür war es viel zu früh. Widerstrebend holte sie also den Wagen aus der Garage und machte sich auf den Weg. Sie fuhr nicht gern bei Dunkelheit, war ja auch nicht daran gewöhnt. Zum Glück hatte es zu regnen aufgehört. Sie mochte es gar nicht, wenn der Wagen nass und schmutzig wurde, zumal sie ihn erst vor ein paar Tagen hatte waschen lassen.

Wenige Minuten später hatte sie den Krankenhausparkplatz erreicht. Sie stellte den Wagen in einer dunklen Ecke ab und eilte zum Eingang. Der Vorplatz war hell erleuchtet – ebenso wie die Eingangshalle. Keine Möglichkeit, ungesehen hineinzukommen. Am Empfang saß eine Angestellte, die hin und wieder gähnte und offensichtlich in einer Zeitschrift blätterte.

Elfie versteckte sich hinter einem großen feuchttriefenden Fliederbusch. Zwar war der Duft betörend, aber nach kurzer Zeit nahm sie ihn gar nicht mehr wahr, spürte nur noch, wie sie in der Nachtkühle zu frieren begann. Außerdem fiel ihr hin und wieder ein Tropfen in den Nacken und ließ sie erschauern. Sie hätte sich doch etwas Wärmeres anziehen sollen. Mein Gott, sie hatte den burgunderfarbenen Pulli vergessen!

Sollte sie noch mal nach Hause fahren und ihn holen? Nein, dazu war jetzt keine Zeit mehr.

Die Minuten vergingen. Die Empfangsdame saß eisern an ihrem Platz. Irgendwann muss sie doch mal müssen, dachte Elfie.

Von weitem näherte sich ein Wagen mit Blaulicht, kam näher, die Lichter zuckten rhythmisch durch die Nacht und verschwanden dann an einem Hintereingang. Vielleicht sollte sie es da versuchen!

Im Schutz einiger parkender Autos schlich sie zum Eingang für die Notfallpatienten. Der Ambulanzwagen stand davor. Die Sirene war abgestellt, aber das Blaulicht blinkte weiterhin so grell, dass es Elfie in den Augen wehtat.

In dem Moment, als sie aus dem Schatten eines Wagens heraustreten wollte, um zum Eingang der Notaufnahme zu huschen, kamen zwei Schwestern und ein Pfleger durch die Tür, lehnten sich an die Wand und steckten sich jeder eine Zigarette an. Sie redeten und lachten drauflos, während Elfie völlig verkrampft dastand. Das Blut rauschte in ihren Ohren. Sie wartete ein paar Minuten, ohne sich zu bewegen. Ihr Knöchel juckte, in ihrer Nase kribbelte es. Aber es gelang ihr sogar, einen plötzlichen Hustenreiz zu unterdrücken.

Sie senkte den Kopf. Was hatte sie sich nur vorgestellt? Dass sie mitten in der Nacht schnurstracks zu Stefan Windisch ins Zimmer gelangen konnte? Sie musste verrückt gewesen sein. Jetzt in der Nacht war alles noch viel schwieriger. Jeder, der hier unbefugt herumlief, würde sofort auffallen, und es könnten durchaus unangenehme Fragen gestellt werden. Die Antwort, sie wolle einem Mann, der nicht ihr eigener war, einen nächtlichen Besuch abstatten, würde wenig plausibel klingen.

Nachdem die drei Weißkittel wieder in der Notaufnahme verschwunden waren, trat Elfie mutlos den Rückzug an. Sie ging zu Fuß in Richtung ihrer Wohnung. Erst als es wieder zu regnen anfing und sie nach ihrem Schirm greifen wollte, wurde ihr klar, dass sie ihn im Wagen gelassen hatte. Und der wiederum stand immer noch auf dem Krankenhausparkplatz. Nur noch wenige Minuten von zu Hause entfernt, kehrte sie um und kam völlig durchnässt an ihrem Auto an. Ihr stiegen die Tränen in die Augen.

27

Schweißgebadet erwachte Alex in der Frühe, fühlte sich wie gerädert. Selbst nach einer ausgiebigen Wechseldusche waren ihre Gedanken noch wie vernebelt. Sie kämpfte sich in den Tag, zog sich langsam an, machte sich in der Küche eine Tasse Pulverkaffee. Essen konnte sie nichts. Leise schlich sie durch den Flur, wollte die Schwiegertante nicht stören.

Aber schon erschien Lydia in ihrer Zimmertür. Sie trug ihren Morgenmantel wie einen Hermelin und wirkte putzmunter.

»Du hast mich mit deinem Getrampel geweckt! Noch nicht einmal am Samstag kann man ausschlafen. Jedenfalls brauche ich sofort einen schönen heißen Kaffee. Aber bitte nicht wieder mit diesem widerlichen Pulver!« Angeekelt verzog sie das Gesicht.

Alex ging wortlos in die Küche und stellte die Kaffeemaschine an. Eine zweite Tasse würde ihr auch guttun.

»Übrigens, gestern Abend, nachdem du so schnell verschwunden warst, hat Hubertus noch angerufen. Er hat eine neue Art Regenwürmer entdeckt. Also, was er daran findet, werde ich nie begreifen. Ich habe ihm gesagt, dass du schon schläfst. Die Verbindung war hervorragend, und wir haben fast eine halbe Stunde miteinander geplaudert.«

Alex starrte Lydia an.

»Warum hast du mich nicht gerufen? Du weißt doch, wie ich auf seine Anrufe warte!«

»Schrei mich nicht an!«

»Ich schreie nicht!«

Alex warf ihre Jacke über die Schulter, griff nach ihrer Tasche und hastete aus der Tür. Sie rannte in die Garage, riss die Fahrertür auf und ließ sich auf den Sitz fallen.

Und dann schrie sie.

Anschließend saß sie noch eine Weile reglos im Auto und malte sich ihre Zukunft in den düstersten Farben aus. Der Gedanke, jeden Tag Lydias Allüren ertragen zu müssen, war entsetzlich.

Aber was sollte sie tun? Sie hatte nicht das Recht, Lydia zu bitten, sich eine andere Bleibe zu suchen. Von sich aus würde Lydia aber sicher nicht auf die Idee kommen. Und Hubert wollte sie damit auch nicht belasten. Er sollte sich nicht zwischen ihr und seiner Tante entscheiden müssen.

Vielleicht liegt es ja doch an mir, dachte Alex bedrückt. Außerdem musste sie endlich den Fall Windisch zum Abschluss bringen. Da mussten private Probleme zurückstehen.

Sie drehte den Zündschlüssel um und fuhr los.

Im Krankenhaus fragte sie zuerst nach dem Arztzimmer und klopfte an die angelehnte Tür. »Herr Doktor Maurer?«

Ein junger Mann wandte ihr sein müdes Gesicht zu. »Ja, bitte?«

Alex zückte ihren Ausweis. »Lichtenstein. Wir haben gestern telefoniert. Es geht Herrn Windisch also besser, und ich kann ihn jetzt vernehmen?«

»Das glaube ich kaum«, entgegnete der Arzt abweisend. »Lassen Sie den armen Mann doch erst einmal in Ruhe wieder zu sich kommen.«

»Aber seine Aussage ist wesentlich für unsere Ermittlungen, und gestern hieß es doch, er sei auf dem Weg der Besserung«, beharrte Alex.

»Ihre Ermittlungen sind nicht das Wichtigste auf der Welt.« Die Stimme des Arztes klang schroff. »Wir haben Herrn Windisch gestern erst aus dem künstlichen Koma geholt. Seine Reaktionen waren recht positiv. Das heißt noch lange nicht, dass er über den Berg ist. Der Hirndruck macht uns weiterhin Sorgen.«

»Aber er ist doch bei Bewusstsein, oder?«

»Das schon.« Dr. Maurer lächelte herablassend. »Dass Sie Antworten auf Ihre Fragen bekommen, wage ich allerdings zu bezweifeln. Ein schweres Schädelhirntrauma, wie Herr Windisch es erlitten hat, kann zu verschiedenen Formen der Amnesie führen.«

»Und was heißt das auf Deutsch?«, fragte Alex genervt.

»Es ist nicht absehbar, woran sich der Patient im Laufe der Zeit wieder erinnern wird. Momentan scheint es nicht viel zu sein. Außerdem ist sein Allgemeinzustand noch nicht stabil. Ich gebe Ihnen zehn Minuten – mehr nicht.«

Alex wollte protestieren, doch Dr. Maurer hob entschlossen den Arm. »Das ist mein letztes Wort. Ich trage hier die Verantwortung. Mehr kann ich Ihnen nicht gestatten. Herr Windisch liegt auf vier-null-drei.« Er blickte auf die Uhr. »In zehn Minuten komme ich vorbei und schaue nach meinem Patienten.«

Alex klopfte an die Tür von Zimmer 403. Keine Reaktion. Vorsichtig ging sie hinein. Als Erstes entdeckte sie einen Kopfverband, der dem von George Clooney in ihrem Traum täuschend ähnlich sah. Als sie näher kam, stellte sie fest, dass der Hausmeister wirklich recht hatte. Stefan Windisch wies – jedenfalls soweit das unter dem Verband zu sehen war – tatsächlich eine gewisse Ähnlichkeit mit dem Hollywoodstar auf. Dasselbe markante Gesicht, die kräftigen Augenbrauen und das ausgeprägte Kinn. Er schien zu schlafen.

»Herr Windisch?«, fragte Alex leise.

Der Angesprochene öffnete die Augen. Es dauerte einen Moment, bis sich sein Blick auf Alex fokussierte. »Darling«, brachte er mühsam hervor und tastete nach Alex.

»Kommissarin Lichtenstein von der Kripo.« Alex gab ihm die Hand. »Ich habe ein paar Fragen zu Ihrem Unfall.«

Windisch hielt Alex' Hand mit der Rechten fest. Mit der Linken begann er, sie zu streicheln. Dabei erschien ein seliges Lächeln auf seinem Gesicht. »Darling, schön, dass du gekommen bist.«

Alex war so perplex, dass sie ein paar Sekunden brauchte, um sich wieder zu fangen. Dann räusperte sie sich und entzog sich Windisch sanft.

»Herr Windisch, Sie müssen mich verwechseln. Ich bin Kommissarin Lichtenstein. Und was Ihren Unfall betrifft …«

»Aber, aber, Baby. So eine schöne Frau, und so ernst. Wollen wir es uns nicht ein bisschen nett machen?«

Wieder griff er nach ihr, doch Alex trat schnell einen Schritt zurück. Sie hatte nicht mehr viel Zeit.

»Haben Sie jemanden auf der Dachterrasse gesehen, bevor der Blumenkasten herunterfiel?«

»Blumen, ja, ich schenke jeder schönen Frau Blumen. Damit kriege ich sie alle rum.«

Jetzt wirkte das schiefe Grinsen trotz des Kopfverbands ziemlich anzüglich. Der hatte ja wirklich nur das eine im Sinn.

»Herr Windisch, haben Sie Feinde, die Ihnen nach dem

Leben trachten könnten?«, startete Alex einen letzten Versuch.

»Feinde? Keine Feinde. Alle lieben mich.«

Er begann, eine Melodie zu summen.

Nach ein paar Takten erkannte Alex *Ob blond, ob braun*. Jetzt fehlte nur noch Lydia mit der blonden Lockenperücke. Alex lachte hysterisch auf.

In dem Moment öffnete sich die Tür, und Dr. Maurer kam herein. Vorwurfsvoll blickte er Alex an. »Seit wann gibt es hier Anlass zu so exorbitanter Heiterkeit?«

Alex spürte heiße Röte in ihrem Gesicht, murmelte eine Entschuldigung und drängte sich an dem Arzt vorbei aus dem Zimmer. Sie schämte sich abgrundtief für ihr unprofessionelles Verhalten.

Mit klappernden Zähnen war Elfie zu Hause angekommen, hatte sich die Haare getrocknet und ein beruhigendes Bad eingelassen. Aber weder Melisse noch heiße Milch mit Honig hatten bewirkt, dass sie schlafen konnte. Dauernd hatten sich Stefan Windisch und die Kommissarin in ihre Gedanken gedrängt. Obwohl es Samstag war und sie länger hätte liegen bleiben können, war sie um acht Uhr aufgestanden, um der schlaflosen Nacht ein Ende zu bereiten.

Elfie musste unbedingt noch einmal ins Marienhospital zu Windisch, das war klar. Möglichst bevor die Kommissarin mit ihm sprechen konnte. Aber wie sollte sie es anstellen, dass niemand sie dort sah?

Tage im Krankenhaus – das wusste sie aus eigener Erfahrung – begannen turbulent. Nach dem Frühstück kamen die Putzfrauen, die die Zimmer reinigten. Dann erschienen die Ärzte zur Visite, anschließend wurden die Patienten in die verschiedenen Abteilungen zu irgendwelchen Untersuchungen gebracht. Und dann gab es schon Mittagessen. Einigermaßen ruhig war die Zeit gegen zwei, kurz bevor der Kaffee in die Zimmer der Patienten gebracht wurde. Zimmer!

Elfie fuhr aus ihrem Sessel hoch. Sie wusste ja überhaupt nicht, in welchem Zimmer Windisch lag. Mit zitternden Händen griff sie nach dem Telefon, setzte sich und sprang sogleich wieder auf, um im Telefonbuch nach der Nummer des Krankenhauses zu suchen.

Sie überlegte, wie sie ihre Stimme verstellen könnte, stülpte dann wie im Fernsehkrimi ein Taschentuch über den Hörer, aber schließlich gelang ihr nur ein heiseres Krächzen. Kein Wunder nach all der Aufregung und der durchwachten Nacht.

Die Stimme am anderen Ende klang gelangweilt und desinteressiert und teilte ihr ohne weiteres die Zimmernummer von Stefan Windisch mit. Zimmer 403.

Im gleichen Moment, als Elfie den Hörer auflegte, schlug die alte Standuhr in der Diele. Es war erst zehn Uhr. Elfie musste sich noch stundenlang gedulden, bis sie sich erneut auf den Weg ins Krankenhaus machen konnte.

Sie kochte sich eine Tasse Kakao, gab viel Zucker dazu. Nervennahrung. Essen konnte sie nichts. Ihre Finger zitterten weiterhin, und die Gedanken flogen wie Pingpongbälle durch ihren Kopf. Sie zwang sich zurück in ihren Sessel, legte die Füße hoch, trank den Kakao in kleinen Schlucken. Aber untätig herumzusitzen machte sie nur noch nervöser. Sie griff nach dem Stickzeug in ihrem Handarbeitskörbchen – einem Kissen aus beigefarbenem Leinen – und suchte das passende Garn. Ein paarmal entglitt ihr die Sticknadel beim Einfädeln, bis sie endlich mit geübtem Stielstich begann, die Vorderseite der Kissenplatte zu bearbeiten.

Beim Vernähen der Fäden betrachtete sie die Rückseite

der Stickerei und hörte voller Stolz im Geiste die Stimme ihrer Lehrerin, die sie vor den Mitschülerinnen gelobt hatte, weil die Rückseite bei ihr fast genauso ordentlich aussah wie die Vorderseite.

Nach einer halben Stunde war sie mit *Ruhe* so weit, und tatsächlich hatten sich zumindest ihre Finger etwas beruhigt. Jetzt war nur noch ein Wort zu sticken. Elfie zog den letzten Faden durch.

Gleich elf Uhr. Immer noch zu früh.

Sie betrachtete ihr Werk und stellte entsetzt fest, dass der Schriftzug völlig asymmetrisch aussah.

Kein Wunder. Statt *Ruhe sanft* war *Ruhe saft* zu lesen. Sie hatte das *n* vergessen!

Sie schüttelte über sich selbst den Kopf, schnitt die letzten Buchstaben der Stickerei noch einmal auf. Um halb zwölf war sie fertig, gab das Dauneninlett in den Stoff und nähte mit kleinen Stichen die Unterseite des Kissens zu. Sie schüttelte es auf und schaute es sich noch einmal an. *Ruhe sanft.*

Mit einem Ruck fuhr Elfie hoch und sah auf die Uhr. Halb eins. Sie musste eingeschlafen sein. Jetzt wurde es höchste Zeit, zum Krankenhaus zu fahren. Das Kissen, in das sie all ihre unruhigen Gedanken eingestickt hatte, würde sie mitnehmen.

Sie ging ins Schlafzimmer, um sich anzuziehen. Etwas zögerlich griff sie nach dem burgunderroten Pulli. Leidenschaft und Tiefe mit einem Schuss kühler Rationalität, hörte sie Rüdigers Stimme sagen und zog den Pulli über den Kopf.

Ich darf das, sagte sie sich.

Oje, ganz schön warm der Pullover. Vielleicht sollte sie besser das T-Shirt mit Kartoffeldruck anziehen? Ach nein, das war noch nicht gebügelt.

Mit dem sorgfältig in einen Stoffbeutel verpackten Kissen in der Hand nahm Elfie diesmal den Bus zum Marienhospital. Draußen schlug ihr schwülwarme Luft entgegen. Elfie fuhr mit dem Finger unter den Pulloverkragen und spürte schon jetzt, wie ihr der Schweiß ausbrach.

Die Dame am Empfang sah nicht einmal auf, als Elfie so unauffällig wie möglich an ihr vorbeischlich.

Zimmer 403 musste im vierten Stock sein. Im Fahrstuhl sah Elfie ihr Gesicht im Spiegel. Es war gerötet, kleine Schweißperlen hatten sich auf ihrer Oberlippe gebildet. Mit dem Taschentuch wischte sie sie weg. An der Rötung ließ sich nichts ändern. Sie wandte sich zur neurologischen Station. Ihre Schritte auf leisen Sohlen waren kaum zu hören. Die gläserne Schwesternkanzel war leer. Aus der Küche drangen Gemurmel und Gelächter. Das Pflegepersonal machte eine Kaffeepause.

Zimmer 401, 402, 403. Elfie blieb stehen, sah sich im Flur noch einmal um. Niemand zu sehen. Vorsichtig öffnete sie die Tür, schlüpfte in den Raum und schloss die Tür wieder hinter sich. Windisch lag in einem Bett am Fenster. Er schlief, schnarchte ein wenig.

Ruhe sanft, dachte Elfie.

Er sah hilflos aus mit seinem Kopfverband und den Kanülen und Infusionsnadeln auf den Handrücken.

Elfie zerrte das Kissen aus dem Beutel, stieß dabei an das Bettgestell. Metallenes Scheppern. Sie schrak zusammen.

Windisch öffnete für einen Moment die Augen, starrte sie an. Dann schlossen sich seine Lider wieder. Hatte er sie erkannt? Elfie fasste das Kissen fester.

Ruhe sanft.

28

Alex blies eine Haarsträhne aus der Stirn. Es war richtig warm geworden, und der Gedanke an ihr von der Sonne aufgeheiztes Auto auf dem Parkplatz ließ sie auch nicht gerade frösteln. Zwei Kinder kamen ihr entgegen, Eis schleckend.

Das wäre jetzt genau das Richtige. Ein schöner kühler Eisbecher würde ihr den vermutlich anstrengenden Abend mit Lydia im Vorhinein versüßen. Alex drehte auf dem Absatz um und ging zu Antonios Taverna.

Sie betrat das angenehm temperierte Restaurant, in dem es am frühen Abend noch relativ leer war.

»*Buona sera, Contessa!*«, rief ihr der Hausherr zu.

Alex lachte. Wenn Antonio sie mit diesem völlig unangemessenen Titel begrüßte, klang es einfach nur lustig und nicht beleidigend wie bei Brause.

Der Restaurantchef führte Alex an ihren Lieblingstisch und nahm ihre Bestellung entgegen. Einen großen Eisbecher mit frischem Obst.

Alex sah sich um und dachte an den Abend zurück, als Hubert ihr den Heiratsantrag gemacht hatte. Als sie danach zu ihm gezogen war, hatte sich alles so schön angelassen, sie hatte sich so aufgehoben gefühlt. Doch dann kam Lydia. Und seit Hubert weg war, wurde das Zusammenleben mit ihr zur Hölle. Doch was sollte sie tun? Mehrmals war sie schon drauf und dran gewesen, sich wieder eine eigene Wohnung zu suchen. Aber das konnte sie Hubert nicht antun, während seiner Abwesenheit einfach auszuziehen. Außerdem wollte sie mit ihm zusammen sein. Und wenn sie sich gemeinsam eine andere Wohnung suchten? Da hatte Alex wenig Hoffnung. Hubert hing sehr an seinem Elternhaus.

»Warum auf einmal so traurig, *Bellissima?*« Antonio stellte einen Traum von einem Eisbecher vor sie hin, dekoriert mit einer Palme und einem Pfeifenputzeräffchen. »Ist Signore Umberto immer noch bei den Regenwürmern im Regenwald?«

Alex nickte. Wie sie Hubert vermisste. Seine Nähe, seine Wärme, die abendlichen Gespräche mit ihm. Vor allem aber die Nächte.

Sie begann das Eis zu essen und schluckte mit der süßen Köstlichkeit auch ein wenig den Kloß in ihrem Hals hinunter. Als sie die Hälfte des Eisbechers gegessen hatte, klingelte ihr Handy.

Es war ihr Kollege Felix: »Du, das Marienhospital hat gerade angerufen. Dieser Windisch ist gestorben.«

Alex verschluckte sich. »Das kann doch nicht sein. Ich habe heute Morgen noch mit ihm gesprochen. Da war er recht mobil.«

Für ihren Geschmack ein wenig zu mobil.

»Mehr kann ich dir nicht sagen. Fahr einfach hin und überzeug dich selbst.«

Alex war der Appetit vergangen. Sie starrte auf den Eisbecher.

»Ist etwas nicht in Ordnung, Signora Alessandra?« Antonio war an ihren Tisch getreten und sah sie beunruhigt an. »Schmeckt Ihnen das Eis nicht? Sind die Früchte nicht gut?«

Alex zwang sich zu einem Lächeln. »Nein, nein, Antonio, es ist alles wunderbar. Ich muss nur weg. Zu einem Fall.«

»Zu einem Toten?«, fragte Antonio.

Alex zuckte die Achseln.

»Wird der wieder lebendig, wenn Sie mein wunderbares Eis stehenlassen?«

Alex schüttelte den Kopf. »Natürlich nicht. Aber ich mag nicht mehr.«

Ein wenig beleidigt räumte Antonio den Eisbecher ab.

»Warten Sie.« Alex griff schnell nach dem Äffchen und steckte es in die Tasche. Antonio grinste, verbeugte sich und hielt ihr beim Hinausgehen die Tür auf.

Außer Atem kam Alex auf der neurologischen Station an. Sie klopfte an die Glastür der Schwesternkanzel und trat ein, nachdem die Schwester ihr zugenickt hatte.

Hinter einem Metallschrank saß in einer Ecke Jenny Lehmann auf einem Stuhl. Die Krankenschwester war gerade dabei, ihr ein Glas Wasser zu reichen.

»Was machen Sie denn hier?« Alex konnte ihr Erstaunen nicht verbergen.

Jenny Lehmann sah sie an. Die roten Flecken in ihrem Gesicht überdeckten ihre Sommersprossen. Tränen liefen ihr aus den Augen. »Ich hab ihn gefunden.«

»Was heißt das?«, fragte Alex.

»Ich hab ihn gefunden. Er war tot.« Neue Tränenströme flossen.

»Sie haben Herrn Windisch tot aufgefunden?«

Zu Jennys Schluchzen gesellte sich nun noch ein Schluckauf. »Ja, ich wusste doch nicht gleich, dass er tot war. Aber er war so still, und sein Gesicht hatte eine ganz seltsame Farbe. Ich habe ihn vorsichtig angefasst, ich wollte ihn ja nicht erschrecken. Aber er konnte ja nicht mehr erschrecken.« Ihr versagte die Stimme. »Er war noch ganz warm.« Jennys Weinen nahm an Lautstärke zu.

Die Krankenschwester strich ihr beruhigend über die Schulter und hielt Jenny erneut das Wasserglas an die Lippen. Bei der Gelegenheit bemerkte Alex, dass Jenny das Glas nicht selbst nehmen konnte, weil sie mit beiden Händen ein Kissen umklammerte und dazu noch eine blassrosa Rose zwischen den Fingern hielt.

»Was haben Sie denn da?«

»Ich – hicks – ich …«

»Sie hat das Kissen unter dem Bett von Herrn Windisch gefunden«, erklärte die Schwester an Jennys Stelle, die bestätigend nickte. »Sagt sie jedenfalls.«

»Darf ich mal sehen?«

Jenny hielt weiterhin die Rose fest umklammert, reichte ihr aber das Kissen.

Ruhe sanft war auf einer Seite aufgestickt. Wie eigenartig.

»Merkwürdig«, fand auch die Krankenschwester.

»Allerdings«, bestätigte Alex, »haben Sie eine Ahnung, wie es in Herrn Windischs Zimmer gekommen ist? Ich gehe davon aus, dass ein solches Kissen nicht zum Haus gehört.«

»Natürlich nicht, aber ich habe keine Ahnung, wem es gehört und wie es auf die Station gekommen ist. Und die junge Dame hier ist so durch den Wind, dass sie bisher kaum etwas gesagt hat.«

Alex bat die Schwester um einen Plastikbeutel und tat das Kissen hinein. Das musste zur Spurensicherung.

»Aber weshalb sind Sie denn überhaupt hier?«, wandte sich Alex wieder Jenny zu.

Jenny schniefte. »Ich wollte Steve die Rose bringen. Die letztens hat er ja nicht bekommen. Die hatte ja der Polizist.«

Die Krankenschwester und Alex sahen sich verständnislos an. »Der Polizist?«, fragten sie wie aus einem Mund.

»Ja, der auf der Intensiv…, ach egal. Jedenfalls wollte ich Steve mit der Rose eine Freude machen. Auch wenn ich weiß, dass es mit uns beiden nichts hätte werden können, war ich so froh, dass es ihm wieder besser ging. Und jetzt ist er doch tot.« Jenny schluchzte erneut.

»Und wie war das nun mit dem Kissen?« Alex wurde langsam ungeduldig.

»Das habe ich unter dem Bett gefunden. Vor lauter Schreck, dass Steve tot war, habe ich die Rose fallen lassen, und als ich sie aufheben wollte, habe ich das Kissen gesehen.«

»Bitte kommen Sie morgen noch mal ins Polizeipräsidium, damit wir Ihre Aussage zu Protokoll nehmen können. Und jetzt schlage ich vor, dass Sie sich in der Besuchertoilette ein wenig frisch machen und nach Hause gehen.«

Mit hängenden Schultern verließ Jenny Lehmann die Schwesternkanzel. Bevor sich die Tür zur Toilette hinter ihr schloss, war noch ein letztes »Hicks« zu hören.

Alex wandte sich um. »Ich möchte den Toten sehen.«

Die Schwester nickte und ging voran zu Zimmer 403.

Stefan Windisch lag noch in seinem Bett. Seine Augen waren geschlossen. Auf den ersten Blick war ihm nichts Auffälliges anzusehen. Vielleicht, dass sein Mund etwas verzerrt war. Aber Sterben war ja auch nicht immer einfach. Unvorstellbar, dass er heute Vormittag noch mit Alex herumgeschäkert hatte.

»Ist der Totenschein schon ausgestellt?«

»Ja, vor einer guten halben Stunde war Doktor Maurer da. Als Todesursache hat er *Komplikation durch Schädel-Hirn-Trauma* vermerkt. Aber letztlich ist Herr Windisch an Herzversagen gestorben.«

»Ist das nicht letztlich immer so?« Alex konnte eine gewisse Bitterkeit in ihrer Stimme nicht unterdrücken.

»Wie meinen Sie das?«, fragte die Schwester pikiert.

»Ja, wie meine ich das wohl? Ist jedwede Fremdeinwirkung von vornherein auszuschließen?«

»Na, hören Sie mal, das ist hier ein Krankenhaus, in dem Patienten behandelt werden, damit sie wieder gesund werden.«

»Was bei Herrn Windisch allerdings nicht gelungen ist. Und jetzt stellt sich die Frage: Ist er wirklich an den Folgen der Kopfverletzungen gestorben, oder hat jemand in irgendeiner Form nachgeholfen? Schließlich haben wir ein seltsames Kissen, für das es keinerlei Erklärung gibt. Außerdem ist möglicherweise schon die Kopfverletzung nicht durch einen Unfall entstanden. Vielleicht hat jemand Stefan Windisch nach dem Leben getrachtet und nun sein Ziel erreicht.«

Die Krankenschwester warf Alex einen ungläubigen Blick zu, wirkte jedoch verunsichert.

»Haben Sie in den letzten Stunden jemanden gesehen, der hier auf der Station nichts verloren hat?«, setzte Alex nach.

Die Schwester schüttelte den Kopf. »Außer der jungen Frau habe ich niemanden bemerkt. Andererseits habe ich mich auch mit der Dokumentation beschäftigt, und darauf muss man sich schon konzentrieren. Und ich sage Ihnen ehrlich: Wenn jemand um jeden Preis ungesehen auf die Station will, dann schafft er das auch. Schließlich sind wir keine geschlossene.«

»Ja, und mein Gefühl sagt mir, dass es jemand geschafft hat. Haben Sie eigentlich die Ehefrau schon benachrichtigt?«

»Wir haben es mehrfach versucht, aber sie ist weder im Büro noch zu Hause noch auf dem Handy zu erreichen. Wir haben ihr eine Nachricht auf Band gesprochen und um Rückruf gebeten, aber bis jetzt hat sie sich noch nicht gemeldet.«

»Danke, Schwester …«, Alex sah auf das Namensschild am Kittel, »Schwester Katja. Es kann sein, dass wir Ihnen noch ein paar Fragen stellen müssen.«

Schwester Katja nickte. »Ich habe in den nächsten vier Tagen Nachmittagsschicht. Da bin ich hier auf der Station.«

Alex machte sich auf den Weg zu den Fahrstühlen. War es wirklich Zufall, dass Jenny Lehmann den Toten gefunden hatte, oder war er noch gar nicht tot gewesen, als sie kam? Dann wäre sie gar keine schlechte Schauspielerin, denn ihr Kummer wirkte echt.

»Das ist ein Bettenaufzug«, dröhnte ihr die Stimme eines Pflegers entgegen, als sie gerade in den Lift steigen wollte. Also nahm sie die Treppe.

In der Eingangshalle sah sie Jenny Lehmann auf einem der Plastikstühle sitzen. Ihre Blicke huschten zwischen Treppenhaus und Aufzugtrakt hin und her. Sie schien auf Alex gewartet zu haben und sprang sofort auf, als sie sie entdeckte.

»Geht es Ihnen inzwischen besser?«, fragte Alex.

»Ja, es wird schon wieder. Aber Steve ist der erste Tote, den ich in meinem Leben gesehen habe. Ein seltsames Gefühl.«

Alex nickte. »Aber Sie haben doch nicht auf mich gewartet, um mir das zu sagen.«

»Nein … Ach, wissen Sie, ich möchte keine Petze sein«, Jenny Lehmanns Stimme klang ausgesprochen kläglich.

»Sagen Sie mir bitte, was Sie mir sagen möchten, und reden Sie nicht lange um den heißen Brei herum.« Inzwischen fiel es Alex schwer, ihre Ungeduld zu zügeln.

»Also, es ist wegen des Kissens. Es könnte sein, dass es Frau Ruhland gehört. Sie hat nämlich ein Brillenetui, das genauso bestickt ist, natürlich nicht mit *Ruhe sanft*. Da steht *Nasenfahrrad* drauf. Ich habe es schon öfter bei ihr gesehen und mich jedes Mal gewundert, wie sie es geschafft hat, dieses lange Wort auf das schmale Etui zu sticken.«

Alex' Herz ließ vor Entsetzen einen Schlag aus, klopfte dann doppelt so schnell weiter. Aber sie schaffte es, sich Jenny Lehmann gegenüber nichts anmerken zu lassen.

»Das war möglicherweise eine sehr wichtige Information, Frau Lehmann. Jetzt gehen Sie nach Hause und erholen sich erst einmal.«

Als Jenny verschwunden war, ließ sich Alex auf einen der Sitze sinken. Elfie eine Mörderin? Das konnte nicht sein. Vielleicht wollte Jenny nur den Verdacht von sich ablenken. Doch Alex musste dem Hinweis natürlich nachgehen. Sicher löste sich dann alles in Wohlgefallen auf. Elfie Ruhland konnte doch keiner Fliege etwas zuleide tun. Außerdem hatte sie keinerlei Motiv, Stefan Windisch zu beseitigen. An dieser Spur war bestimmt nichts dran.

29

Elfie fühlte sich entsetzlich. Was vorgestern im Krankenhaus geschehen war, hatte sie noch nicht verarbeitet. Wie hatte es nur so weit kommen können? Was sollte nun aus ihr werden? Natürlich hatte sie wiederum die ganze Nacht kein Auge zugetan.

Sie legte den Stift beiseite und drückte ihre Handflächen gegen die Schläfen. Doch der pochende Kopfschmerz ließ nicht nach. Das Projekt Windisch hatte sich zu einem Alptraum entwickelt.

Zum Frühstück hatte Elfie nichts heruntergebracht. Doch sie musste wenigstens etwas trinken. Ihr Mund fühlte sich völlig ausgetrocknet an. Leider war Jenny noch nicht da. Die hätte ihr sicher etwas geholt. Eigentlich seltsam, sonst war sie immer pünktlich um acht Uhr da.

Schwerfällig erhob sich Elfie und ging langsam zur Teeküche. Zum ersten Mal fühlte sie sich richtig alt.

Als sie mit einer großen Tasse Kamillentee zurückkam, sah sie Direktor Wolter vor ihr zu *Hausrat und Haftpflicht* hineingehen. Das war ungewöhnlich, er kam sonst nie ohne Voranmeldung durch seine Sekretärin. Elfie blieb in der geöffneten Tür stehen. Es war totenstill in der Abteilung. Wolters Miene war ernst. Er räusperte sich.

»Ich wollte Ihnen das persönlich sagen. Herr Windisch ist vorgestern nun doch seinen Verletzungen erlegen. Ein trauriger Verlust für die gesamte Firma. Aber ich erwarte von jedem von Ihnen absolute Diskretion …«

Wolters Worte wurden durch ein heftiges Rauschen in Elfies Ohren übertönt. Sie suchte mit einer Hand Halt am Türrahmen. Die andere sank kraftlos herab. Die Tasse zersprang klirrend am Boden, Kamillentee spritzte umher. Dann knickten Elfie die Beine weg, und sie glitt zu Boden.

Langsam ging Alex die Treppe im Polizeipräsidium hoch. Sie hatte in der Nacht kaum geschlafen. Immer wieder war sie in Gedanken den Fall Windisch durchgegangen. Ihr Gefühl sagte ihr, dass er nicht von allein gestorben war. Das war das eine.

Doch dass sie Elfie Ruhland nun offiziell verdächtigen musste, lastete ihr ebenso schwer auf der Seele. Es war doch ein Ding der Unmöglichkeit, diese warmherzige und mitfühlende Frau eines Mordes zu bezichtigen. Aber wenn das Kissen tatsächlich ihr gehörte, dann war Elfie in Erklärungsnot. Oder handelte es sich doch nur um ein harmloses Missverständnis?

Eine Obduktion war jedenfalls unumgänglich. Alex würde dafür kämpfen, auch wenn Brause sicher wieder Zicken machte. Bevor sie um die Ecke vor seinem Büro bog, blieb Alex einen Moment stehen und atmete tief durch, um sich für die bevorstehende Auseinandersetzung zu wappnen. Dann straffte sie ihre Schultern, klopfte an und betrat die Höhle des Löwen.

Brause war gerade dabei, mit seiner Krawatte einen Fettfleck vom Schreibtisch zu wischen.

»Na, Fürstin, was gibt es Neues? Hast du den Fall Windisch endlich abgeschlossen?«, fragte er, ohne seine Tätigkeit zu unterbrechen.

»Stefan Windisch ist vorgestern im Krankenhaus gestorben. Bei den ungeklärten Umständen sollten wir eine Obduktion beantragen.«

Brause hielt abrupt in seiner Bewegung inne und starrte Alex feindselig an, das Ende der Krawatte immer noch in der Hand.

»Weißt du eigentlich, was so eine Obduktion kostet? Aber in deinen Kreisen spielt Geld ja sicher keine Rolle. Was soll das überhaupt? Dem Mann ist ein Blumenkasten auf den Schädel gekracht. Ein anderer wäre gleich tot gewesen, bei ihm hat es etwas länger gedauert. Oder hast du inzwischen irgendwelche ernstzunehmenden Beweise, dass da jemand nachgeholfen hat?«

»Ja. Unter seinem Bett wurde ein Kissen gefunden, das da nicht hingehört. Und Jenny Lehmann war zum Todeszeitpunkt im Krankenhaus. Angeblich war Windisch schon tot, als sie ihn besuchen wollte. Zeugen gibt es aber keine.«

Brause drapierte die Krawatte auf seinem Bauch, lehnte sich in seinem Chefsessel zurück und verschränkte die Arme hinter dem Kopf. Unter seinen Achseln machten sich Schweißflecken breit.

»Na ja, wenn das so ist. Aber ich habe keine Lust auf diesen Scheiß. Wenn du eine Obduktion willst, dann setz dich selbst mit dem Prinzen auseinander. Als Prinzessin dürfte dir das ja nicht schwerfallen. Ich halte meinen Kopf dafür nicht hin.«

Alex wusste nicht, ob sie sich ärgern oder freuen sollte. Einerseits hätte sie sich Unterstützung von ihrem Chef gewünscht. Andererseits hatte er sie wenigstens nicht gleich abgebügelt, sondern ließ ihr freie Hand. Nun musste sie sich nur gut überlegen, wie sie Prinz überzeugen konnte. Bis jetzt war sie ja ganz gut mit ihm klargekommen.

In ihrem Büro hatte sie schon den Telefonhörer in der Hand, um den Staatsanwalt anzurufen, entschied sich dann aber doch dagegen. Es war besser, persönlich mit ihm zu sprechen. Kurz entschlossen nahm sie ihre Tasche und machte sich auf den Weg.

Alex war schon im Treppenhaus, als sie noch einmal umdrehte und den Waschraum aufsuchte. Sie löste den Pferdeschwanz und kämmte sich die Haare. Zum Schluss noch ein Spritzer *Roma*. Als Hubert ihr das Parfum geschenkt hatte, war ihr der Duft fast zu blumig vorgekommen. Inzwischen gefiel er ihr richtig gut.

Prüfend betrachtete Alex ihr Spiegelbild und zupfte den Hemdkragen zurecht. Versuchsweise öffnete sie einen weiteren Knopf. Das war zwar immer noch nicht gerade gewagt, aber übertreiben musste sie es ja auch nicht. Alex schloss den Knopf wieder.

Im Auto wechselte sie ihre flachen Schuhe gegen Pumps mit etwas höherem Absatz, die sie für offizielle Anlässe immer dabeihatte. Dann machte sie sich auf den Weg zum Justizpalast. Während der Fahrt rekapitulierte sie alle Argumente, die sie Prinz präsentieren wollte.

Das Vorzimmer des Staatsanwalts war ausnahmsweise leer, so dass Alex direkt an Prinz' Tür klopfte. Ihre Finger zitterten ein wenig.

»Ja, bitte«, tönte es von drinnen.

Schnell strich Alex noch einmal ihr Hemd glatt, zögerte einen Moment und öffnete den obersten Knopf nun doch. Dann ging sie hinein.

»Guten Tag, Herr Doktor Prinz.«

»Frau von Lichtenstein, es ist mir eine Freude, Sie hier zu sehen!« Der Staatsanwalt sprang auf und kam Alex mit ausgestreckten Händen entgegen. Er musterte sie von Kopf bis Fuß. Dann umfasste er ihre rechte Hand mit seinen beiden Händen und schüttelte sie. »Aber es ist kein schöner Anlass, aus dem Sie kommen. Ich habe schon von Herrn Windischs Tod gehört. Bitte, nehmen Sie doch Platz. Was genau kann ich für Sie tun?«

Alex setzte sich. Nachdem auch Prinz wieder in seinem Ledersessel Platz genommen hatte, erklärte sie ihm die Sachlage.

»Es gibt im Fall Windisch Verdachtsmomente auf Fremdeinwirkung, nicht nur beim Unfall mit dem Blumenkasten, sondern auch jetzt. Eine Mitarbeiterin von ihm war zur fraglichen Zeit im Krankenhaus. Und dann lag ein fremdes Kissen unter seinem Bett. Überhaupt kam sein Tod sehr überraschend. Er war ja schon auf dem Weg der Besserung. Ich denke, wir müssen die Todesursache durch eine Obduktion klären lassen.«

Gespannt wartete Alex auf eine Reaktion. Prinz sah ihr tief in die Augen. Dieses Blau war wirklich faszinierend. Dann löste er den Blick und räusperte sich.

»Nun, ich weiß nicht recht. Im Zuge der neuesten Einsparmaßnahmen muss jede Obduktion wohlbegründet sein. Außerdem hat mich Direktor Wolter um größtmögliche Diskretion gebeten. Andererseits«, jetzt blickte er Alex wieder direkt in die Augen, »vertraue ich Ihrem Spürsinn. Und es gibt ja durchaus Verdachtsmomente.«

Prinz sah aus dem Fenster, bevor er fortfuhr.

»Irgendwann wird die Presse sowieso Wind davon bekommen. Und wir wollen uns ja nichts vorwerfen lassen. Also, Sie bekommen Ihre Obduktion, damit wir auf der sicheren Seite sind.«

Prinz erhob sich und geleitete Alex zur Tür, wobei er ihr

kurz über den Rücken strich. Die Berührung jagte einen Schauer durch Alex' Körper. Rasch verabschiedete sie sich und eilte zu ihrem Auto.

Im Rückspiegel bemerkte sie, wie rosig ihre Wangen aussahen. Wenn Hubert nicht bald zurückkam, würde sie noch dem Charme von Constantin Prinz erliegen. Sie schloss den obersten Knopf ihres Hemdes wieder. Dann fuhr sie los.

Elfie schlenderte über den Friedhof, blieb hier und da an einem Grabstein stehen und studierte eine Inschrift. So viele Tote!

So konnte es nicht weitergehen.

Sie hatte Ludwig schon seit über einer Woche nicht mehr besucht, und auch heute zögerte sie das Treffen hinaus. Sie wusste nicht recht, wie sie sich verhalten sollte. Wenn sie ganz ehrlich war, hatte Ludwig sie enttäuscht. Bei Windisch war er ihr überhaupt keine Hilfe gewesen. Ganz im Gegenteil konnte Elfie nicht umhin, ihm eine gewisse Schuld an den ungewohnten Schwierigkeiten zuzuschreiben. Ja, er hatte sie im Stich gelassen – und das nach all den Jahren.

Auch wenn sich nun letztlich alles gefügt hatte, wollte bei Elfie keine rechte Freude über den Abschluss des Projekts aufkommen. Und stolz war sie darauf schon gar nicht. Vielmehr fühlte sie sich ausgelaugt und antriebslos.

So ging das wirklich nicht weiter! Allein hatte sie nicht die Kraft für solch anspruchsvolle Aufgaben. Entschlossen kehrte Elfie um und ging direkt zu Ludwigs Grab. Eine Chance würde sie ihm noch geben.

Zuerst erneuerte sie das Grablicht, dann stellte sie ihre Tasche auf der Bank ab. Eigentlich war ihr diesmal nicht nach Feiern zumute. Aber sie wollte Ludwig nicht vor den

Kopf stoßen. Deswegen packte sie das Glas und den Piccolo aus, öffnete die Flasche und goss den Sekt ein. Dann trat sie ans Grab.

»Mein Lieber, das Problem Windisch ist gelöst. Freust du dich?«

Das Grablicht brannte seelenruhig weiter.

»So, du sprichst also nicht mehr mit mir. Oder bist du beleidigt, weil ich so lange nicht hier war?«

Keine Reaktion.

»Was glaubst du eigentlich, was ich die letzten Tage durchgemacht habe, während du hier gemütlich …« Sie bückte sich, um ein vorwitziges Unkraut auszureißen, das direkt am Grabstein aus der Erde hervorlugte.

Nun flackerte das Grablicht.

»Ach, Ludwig, entschuldige bitte. So habe ich es nicht gemeint. Aber wenn du wüsstest, was ich mit diesem Windisch ausgestanden habe. Na egal, jetzt lass uns erst mal darauf trinken.«

Sie nahm einen kleinen Schluck, der ihr jedoch sofort sauer aufstieß. Sie mochte dieses süße Zeug gar nicht, sondern bevorzugte trockenen Champagner. Aber »Söhnlein Brillant« war damals nun einmal Ludwigs Lieblingsmarke gewesen.

Dann sollte er ihn auch trinken. Mit einer raschen Handbewegung leerte Elfie das Glas über dem Grab aus. »Wohl bekomm's.«

Wieder flackerte das Grablicht. Mit Alkohol wurde Ludwig immer schnell gesprächig.

»Ich weiß nicht, wie es weitergehen soll. Du warst in letzter Zeit so wortkarg und hast mich kaum beachtet.«

Im Gegensatz zu Paul-Friedrich, fügte sie in Gedanken hinzu. Bei der Erinnerung an den wundervollen Abend mit der Lesung ging ihr das Herz auf. Warum hatte Ludwig eigentlich nie ein Gedicht für sie geschrieben?

»Ludwig, ich muss das jetzt wissen. Wirst du mir künftig bei Projekten wieder zur Seite stehen?«

Gebannt starrte sie auf die Flamme. Doch die bewegte sich kein bisschen.

»Ist das wirklich dein letztes Wort?«, hakte Elfie nach.

Das Licht brannte ungerührt weiter.

Elfie wandte sich ab. Neben Enttäuschung fühlte sie auch so etwas wie Erleichterung. Ihr Blick fiel auf die Sektflasche. Jetzt könnte sie gut einen Schluck vertragen – aber nicht von diesem Zeug. Das würde sie sich nie wieder antun. Aber man sollte ja nichts verkommen lassen. Sie nahm die Flasche und goss den Rest über das Grab.

Ein wenig wehmütig war ihr schon zumute, als sie daran dachte, wie oft sie im Laufe der Jahre mit Ludwig den Abschluss eines Projekts gefeiert hatte. Und stets hatten sie sich den Piccolo genau halbe-halbe geteilt.

Als Elfie Schritte auf dem Kiesweg hörte, verstaute sie schnell Flasche und Glas in ihrer Tasche. Schon stand die Kommissarin neben ihr.

»Hallo Frau Ruhland.« Sie wirkte sehr zurückhaltend.

»Meine Lieblingskommissarin. Wie schön, Sie zu sehen«, sagte Elfie und entlockte Alex damit wenigstens ein kleines Lächeln.

Aber das war nur von kurzer Dauer.

»Sicher haben Sie schon gehört, dass Herr Windisch tot ist«, sagte Alex und sah Elfie forschend an.

»Ja, das habe ich«, entgegnete Elfie. »Und Jenny Lehmann hat ihn gefunden, das arme Ding. Ich habe heute Nachmittag mit ihr telefoniert, weil sie nicht zur Arbeit gekommen ist und ich mir Sorgen um sie gemacht habe. Sie ist am Boden zerstört.« Und macht sich Vorwürfe, weil sie mich wegen des Kissens belastet hat, fügte Elfie in Gedanken hinzu.

»Sticken Sie eigentlich, Frau Ruhland?«, fragte Alex unvermittelt. Ihre Stimme klang ängstlich.

Elfie unterdrückte ein Lächeln. »O ja, sehr gerne. Und wenn Sie von dem Kissen sprechen, es ist tatsächlich von mir. Ich habe es Herrn Windisch bei meinem Besuch mitgebracht. Ich weiß doch, wie unbequem man in einem Krankenhausbett liegt.«

Alex sah immer noch misstrauisch aus. »Warum wollten Sie Herrn Windisch denn besuchen?«

»Ich wollte sehen, wie es ihm geht. Ich war ja vorher schon einmal mit Jenny dort gewesen. Aber da lag er noch auf der Intensivstation und war nicht ansprechbar. Aber jetzt wollte ich noch einmal kurz vorbeigehen und ihm gute Besserung wünschen.«

In Alex' Augen lag ein Rest von Zweifel. »Und das haben Sie auch getan?«

»Ja, das heißt, nein. Er schlief, als ich in sein Zimmer kam. Ich wollte ihn nicht wecken.«

»Und was war mit dem Kissen?«

»Ich hatte es doch extra für Herrn Windisch gemacht. Und ich wollte nicht unverrichteter Dinge gehen.« Elfie schluckte. »Entschuldigung, aber ich muss mich setzen.«

Alex ließ sich ebenfalls auf der Bank nieder und blickte Elfie erwartungsvoll an.

Elfie wollte sich eigentlich nicht mehr an den schrecklichen Moment erinnern. Aber die Kommissarin würde vorher bestimmt keine Ruhe geben. »Wissen Sie, Herr Windisch sah furchtbar aus – so wehrlos. Ich stand da mit meinem Kissen und wusste nicht, was ich tun sollte. Er tat mir so leid. Und jetzt, jetzt ist er tot.«

»Frau Ruhland, was haben Sie mit dem Kissen gemacht?«, fragte Alex eindringlich, aber mit belegter Stimme.

Elfie zuckte bedauernd die Schultern. »Daran kann ich mich nicht erinnern. Der Anblick von Herrn Windisch hat mich zu sehr mitgenommen. Ich konnte gar nichts tun. Und dann wollte ich plötzlich nur noch raus aus diesem Krankenzimmer. Ob ich das Kissen auf sein Bett oder einen Stuhl gelegt oder es einfach fallen gelassen habe, weiß ich nicht mehr. Ich bin einfach hinausgestürmt und konnte erst an der frischen Luft wieder frei atmen.«

Alex hatte sich inzwischen sichtlich entspannt und legte Elfie mitfühlend eine Hand auf den Arm. »Das kann ich gut verstehen. Wahrscheinlich war das eine kleine Panikattacke.«

»Ja, Panik trifft es wohl ganz gut«, sagte Elfie.

30

»Gudrun? Was machst du denn so lange?«, rief Alex und öffnete die Tür zur Damentoilette des Kommissariats. »Die Obduktion soll um neun beginnen. Jetzt ist es zehn vor. Das schaffen wir doch gar nicht mehr pünktlich.«

Gudrun war dabei, sich die Wimpern zu tuschen, richtete dann ihre Frisur, die vom Motorradhelm etwas zerdrückt war.

»Seit wann bist du so scharf auf eine Obduktion? Letztens ging es dir anschließend doch geradezu zum Kotzen«, sagte sie, während sie ihre Lippen nachzog.

»Ja, ja, ich weiß. Aber ich will endlich Bescheid wissen, ob bei Windisch doch jemand nachgeholfen hat.«

Als Gudrun nun auch noch ihren Parfumflakon zückte und sich einnebelte, schlug Alex ungeduldig die Augen zur Decke.

»Wen willst du eigentlich beeindrucken? Stefan Windisch wäre ja auf so etwas abgefahren, aber der sieht und riecht nichts mehr. Und Frau Doktor Arnold ist es mit Sicherheit egal, wie du aussiehst und duftest.«

»Die Arnold macht die Obduktion? Ich dachte, der nette Doktor Richter wäre dran. Der mit den schönen braunen Augen und dem knackigen Hintern.«

Gudrun war die Enttäuschung ins Gesicht geschrieben.

»Nee, wegen der Arnold brauch ich mich wirklich nicht aufzubrezeln. So ein Mist aber auch!«

Sie warf den Lippenstift in ihren Rucksack und flitzte die Treppe hinunter, immer zwei Stufen auf einmal. Alex folgte ihr lachend. Aber je näher sie dem rechtsmedizinischen Institut kamen, desto mulmiger wurde ihr.

Als sie die Tür zum Obduktionssaal öffnete, drang ihr der Übelkeit erregende Geruch nach Tod und Verwesung in die Nase. Sie schielte zu Gudrun hinüber, die anscheinend völlig ungerührt auf ihrem Kaugummi herumkaute. Alex schämte sich immer noch dafür, dass ihr beim letzten Mal schlecht geworden war und sie es kaum mehr bis zur Toilette geschafft hatte. Heute würde sie sich zusammenreißen und nicht wieder so ein unprofessionelles Bild abgeben.

»Ach, die Damen sind auch schon da?«, empfing Frau Dr. Arnold sie mit beißender Ironie. »Ich habe aber schon mal angefangen. Schließlich habe ich noch mehr Leichen im Keller.«

Als die Rechtsmedizinerin ihnen den geöffneten Leichnam zeigte, schloss Alex kurz die Augen und versuchte, möglichst flach zu atmen. Wahrscheinlich war die ganze Aktion ohnehin total überflüssig. Der Sturm hatte Windisch einen Blumenkasten auf den Kopf fallen lassen, und daran war er letztlich gestorben. Genau wie der Chef gesagt hatte. Bei dem Gedanken an Brauses Kommentar zu dieser möglicherweise unnötigen Obduktion wurde Alex noch elender zumute, als ihr sowieso schon war.

»Aha, sehr interessant«, stellte Frau Dr. Arnold fest, als sie die Lunge inspizierte.

»Was meinen Sie damit?«, fragte Alex und sah der Medizinerin ins Gesicht, um sich den Anblick des Organs zu ersparen.

»Denk einfach an Lungenhaschee!«, flüsterte Gudrun.

Alex' Magen hob sich. Sie warf Gudrun einen vernichtenden Blick zu, konzentrierte sich dann wieder auf die Rechtsmedizinerin.

»Meine Beurteilung gebe ich erst am Ende der Untersuchung ab.« Frau Dr. Arnolds Augen blitzten, und ihre Stimme klang wie Donnergrollen.

Alex presste die Lippen aufeinander. Gudrun sah gelangweilt aus den vergitterten Fenstern des Untergeschosses, durch die man ein paar Grashalme und einen winzigen halbverdorrten Strauch erkennen konnte. Alex dachte an die Begegnung vom Vortag mit Elfie Ruhland auf dem Friedhof. Einen Vorteil hätte es, wenn Windisch den Unfalltod gestorben wäre. Sie brauchte Elfie Ruhland nicht mehr zu verdächtigen, was sie nach dem gestrigen Gespräch ohnehin nicht mehr ernsthaft tat.

»Hm, soso.« Frau Dr. Arnold hatte ein weiteres Organ angehoben und betrachtete es kritisch.

War das die Milz? Alex war sich nicht sicher, aber sie traute sich nicht zu fragen.

»Tja, meine Damen, ich denke, den Rest erledige ich allein. Sie bekommen meinen schriftlichen Bericht dann morgen.«

»Können Sie uns denn vorab schon etwas zur Todesursache sagen?«, fragte Alex und zwang ihrer Stimme einen energischen Tonfall auf.

»Wenn Sie pünktlich gewesen wären, dann wüssten Sie Bescheid.« Die Rechtsmedizinerin flötete jetzt geradezu. Ihre Augen glänzten. »Dieser Mann ist eindeutig durch weiche Bedeckung gestorben. Das beweisen die allerdings auf den ersten Blick kaum wahrnehmbaren Einblutungen in Augen und Augenlider, die leichte Lungenblähung und die blutleere Milz. Auch die Abwehrverletzungen an den Armen sprechen dafür.«

»Was heißt ›weiche Bedeckung‹? Ist er etwa erstickt worden? Womit denn?«, fragte Alex und hatte das bestickte Kissen vor Augen.

»Womit denn schon? Kissen, Decke, irgendetwas Weiches eben. Um was für einen Stoff es sich genau handelt, kann erst die mikroskopische Untersuchung klären.« Frau Dr. Arnold hatte ihren schroffen Ton wiedergefunden. »Das Ergebnis dieser Untersuchung können Sie meinem schriftlichen Bericht entnehmen. Auf Wiedersehen, die Damen!«

Mit weichen Knien verließ Alex den Obduktionssaal. Gudrun war schon vorausgegangen und wartete vor der Tür auf sie. »Mensch, Alex, du hast also doch recht gehabt. Der Windisch ist tatsächlich ermordet worden. Der Chef wird sich ein Loch in den dicken Bauch beißen vor Wut.« Sie klopfte ihr so heftig auf den Rücken, dass Alex stolperte.

Alex' Gedanken waren ausgesprochen zwiespältig. Genugtuung, dass ihr Verdacht bestätigt worden war, Ärger, dass Windisch hatte sterben müssen, obwohl sie die Gefahr für ihn vorausgesehen hatte. Und: Zu ihrem Leidwesen zählte Elfie Ruhland wieder zum engsten Kreis der Verdächtigen.

Alex hob entschlossen den Kopf. Nun, dann war es eben so. Ihre Aufgabe war es jetzt, den Schuldigen oder die Schuldige zu finden und den Mord endgültig aufzuklären. Am besten, sie fing gleich damit an.

»Alex, gehst du mit uns was trinken?« Gudrun steckte den Kopf zur Tür herein. »Felix und ich haben total trockene Kehlen.«

Alex blickte auf und staunte.

»Du siehst ja toll aus«, meinte sie bewundernd. »Hast du dich extra für Felix so hergerichtet?«

»Ach, was«, Gudrun machte eine wegwerfende Handbewegung, »doch nicht für den jungen Hüpfer. Aber man weiß ja nie, wen man so trifft.«

Sie drehte eine Pirouette, dass der Jeansrock um ihre Beine flog, wobei die Bewegung nicht ganz so elegant ausfiel, wie sie sich das wohl vorgestellt hatte.

Alex lachte. »Vielleicht trifft man ja den jungen Rechtsmediziner mit dem knackigen Hinterteil?«

Gudrun wurde doch tatsächlich rot. »Hm ja, Felix hat gesagt, der wäre ab und zu auch in der Kneipe …«

»Na, dann viel Glück! Aber ich will noch ein bisschen Ordnung in meine Unterlagen bringen, und dann muss ich nach Hause.« Alex schnitt ein Gesicht. »Du weißt ja, Lydia und Amadeus warten auf mich.«

»Tja, unsere Königin führt schon ein tolles Leben«, sagte Gudrun mitleidig. Als sie bemerkte, dass sich Alex' Miene verdüsterte, fügte sie hastig hinzu: »Würde der Chef sagen.«

»Fang du nicht auch noch damit an!«, meinte Alex vorwurfsvoll. »Aber jetzt etwas ganz anderes: Hat jemand etwas von Frau Windisch gehört?«

»Keine Ahnung.« Gudrun hob die Schultern. »Aber lass doch jetzt den Dienstkram. Bevor wir nicht den schriftlichen Bericht von der Arnold haben und wissen, womit der Windisch erstickt wurde, können wir sowieso nichts machen. – Also, ciao dann!«

Gudrun schickte Alex eine etwas unbeholfene Kusshand und tanzte zur Tür hinaus.

Was war nur mit Frau Windisch? Diese Frage ließ Alex nicht los. Sie rief noch einmal im Krankenhaus an und sprach mit der Stationsschwester, die Stefan Windisch am Vortag noch betreut hatte.

»Wir haben Frau Windisch immer noch nicht erreicht. Wir haben es überall versucht, zu Hause, in ihrem Büro, auf dem Handy. Überall meldet sich nur der Anrufbeantworter oder die Sekretärin im Maklerbüro, die aber auch nicht weiß, wo sie sich aufhält. Eigenartig.«

»Das ist allerdings eigenartig«, stimmte Alex der Schwester zu, legte auf und entschied sich, noch einmal bei Helene Windischs Wohnung vorbeizufahren. Möglicherweise ging sie nur einfach nicht ans Telefon.

Unterwegs stellte sich Alex zum wiederholten Mal die Frage, wer eigentlich einen Vorteil davon hatte, dass Windisch tot war. Jenny Lehmann könnte ihn aus Enttäuschung und Eifersucht umgebracht haben. Sie hatte schließlich das bestickte Kissen bei sich gehabt, nachdem sie Windisch – angeblich tot – aufgefunden hatte. Theoretisch wäre es durchaus möglich, dass sie Windisch erstickt hatte, dann aber mit ihrer Schuld nicht fertig geworden war und sich in Tränenströme geflüchtet hatte.

Elfie Ruhland? Von ihr stammte das Kissen. Und die Geschichte, die sie dazu erzählt hatte, klang zwar etwas skurril, aber durchaus glaubwürdig. So war Elfie Ruhland eben – etwas schräg, aber durch und durch liebenswert. Ein Mordmotiv war da weit und breit nicht zu sehen.

Und wie sah es mit Helene Windisch aus? Hatte sie einen Vorteil vom Tod ihres Mannes? Abgesehen vom Motiv der Eifersucht, das auch bei ihr eine Rolle spielen mochte, obwohl sie auf Alex so abgeklärt und gleichgültig gewirkt hatte, könnte sie durchaus finanzielle Vorteile vom Ableben ihres Mannes haben. Das würde zu überprüfen sein.

Als Alex bei Helene Windisch klingelte und bei der Gelegenheit die Umgebung in Augenschein nahm, fielen ihr zwei Männer auf, die sich in einem Hauseingang herumdrückten. Als sie Alex bemerkten, kamen sie auf sie zu, drehten dann jedoch ab und verzogen sich um die nächste Hausecke. Es handelte sich um zwei bullige Gestalten mit verspiegelten Sonnenbrillen und dunklen Lederjacken, nicht gerade vertrauenswürdig.

Ein Taxi fuhr vor. Nachdem Alex ein weiteres Mal geklingelt hatte, öffnete sich plötzlich die Haustür. Eine Frau huschte an Alex vorbei. Ein Kopftuch verbarg ihre Frisur, ein hochgeschlagener Mantelkragen und eine dunkle Brille verdeckten den größten Teil ihres Gesichts, so dass Alex einen Augenblick zu spät mitbekam, dass da gerade Helene Windisch an ihr vorbeigeeilt und in das Taxi gestiegen war.

»Frau Windisch! Warten Sie!«, rief Alex und hetzte hinter ihr her.

Aber sie kam ebenso zu spät wie die beiden Männer, die wieder aufgetaucht waren. Helene Windisch hatte die Tür des Taxis schon hinter sich zugeknallt. Die Männer rissen vergeblich am Griff der Beifahrertür und schlugen dann fluchend und schimpfend mit den Fäusten auf das Heck des losbrausenden Wagens. Mit einem raschen Seitenblick auf Alex stürmten sie davon.

Die ganze Aktion wirkte so, als sei Helene Windisch auf der Flucht. Auf der Flucht wovor, vor wem? Was hatte es mit diesen finsteren Gestalten auf sich?

Alex setzte sich hastig ans Steuer ihres Autos, um dem Taxi zu folgen. Anfangs war es bei dem dichten Verkehr schwierig, den Wagen nicht aus den Augen zu verlieren; und ein paarmal musste Alex bei Dunkelgelb über Kreuzungen flitzen. Dann verließen sie die großen Straßen, fuhren in den Norden der Stadt, wo die Straßen schmaler und nicht so stark befahren waren, bis sie in einem der düstersten Viertel der Stadt ankamen.

Alex versuchte, in einigem Abstand hinter dem Taxi zu bleiben, denn jetzt lief sie Gefahr, entdeckt zu werden.

Das Taxi blieb stehen. Alex hielt im Schein einer trüben Straßenlaterne ebenfalls an, machte Motor und Licht aus. Es waren etwa dreißig Meter Abstand zu dem vorderen Wagen, in dem Helene Windisch den Fahrer gerade bezahlte. Dann verließ sie das Taxi, ging zum Seiteneingang einer heruntergekommen wirkenden Kneipe und verschwand darin.

Was machte eine Frau wie Helene Windisch in dieser Gegend, in solch einer Kneipe?

Während Alex noch darüber nachdachte, war der Taxifahrer ausgestiegen und stürmte auf ihren Wagen zu. Er hob drohend die Faust. »Was willst du Blödmann von mir? Warum verfolgst du mich?«

Sein Zorn verwandelte sich in Erstaunen, als er Alex hinter dem Steuer entdeckte. »Eine Frau!«

Er warf einen Blick auf Alex' Ausweis, den sie ihm durch das geöffnete Fenster entgegenhielt. »Noch dazu von der Polizei!«

Er stöhnte auf. »Was habe ich schon wieder falsch gemacht? Irgendwas macht man ja immer falsch.«

Alex lächelte ihm beruhigend zu. »Ich bin nicht von der Verkehrspolizei, und soweit ich das beurteilen kann, haben Sie gar nichts falsch gemacht. Aber ich habe eine Frage. Haben Sie die Dame schon öfter gefahren?«

»Nein. Das war heute das erste Mal. Ich bin aber erst seit einer Woche bei diesem Taxi-Unternehmen.«

»Wissen Sie, wohin die Dame heute Abend wollte?«

»Ja, sie hat mich für die Fahrt zum Roten Ochsen bestellt. Ich habe mich über die Adresse sehr gewundert. Das ist angeblich eine der übelsten Spelunken der Stadt.« Der Taxifahrer machte eine wegwerfende Handbewegung.

»Wissen Sie auch, weshalb das Lokal einen so schlechten Ruf hat?« Alex zog ihr Notizbuch hervor.

Der Taxifahrer zuckte die Achseln. »Keinen blassen Schimmer. Was die Leute so reden …«

Alex schrieb den Namen und die Firma des Fahrers auf und bedankte sich. Während er zu seinem Wagen zurückging, stieg Alex aus und versuchte, ebenfalls durch den Seiteneingang des Roten Ochsen in das Lokal zu kommen. Doch der war verschlossen.

Sie ging durch den Vordereingang und fragte nach der Dame, die gerade gekommen war, aber der Wirt und die Leute um ihn herum grinsten nur. Alex verzichtete darauf, ihren Dienstausweis zu zeigen. Sie würde morgen nachforschen, was es mit diesem Lokal auf sich hatte.

Als Alex endlich zu Hause ankam, fühlte sie sich eigenartig leer. Wie schön wäre es doch, wenn Hubert jetzt auf sie warten würde und sie alle Gedanken an den Fall Windisch für ein paar Stunden beiseiteschieben könnte. Dann hätte sie morgen Früh einen klaren Kopf zum Weiterarbeiten. Doch so schwirrten Windisch, seine Frau, Jenny Lehmann und Elfie Ruhland unablässig in Alex' Gehirn herum.

Kaum hatte sie die Haustür geöffnet, ertönte Lydias vorwurfsvolle Stimme aus dem Wohnzimmer.

»Na endlich. Wir warten schon seit Stunden auf dich. Du musst gleich mit Amadeus Gassi gehen.«

Alex ging ins Wohnzimmer und ließ sich in einen Sessel fallen.

»Ich hatte einen anstrengenden Tag und bin völlig fertig. Warum machst du nicht selbst einen kleinen Spaziergang mit Amadeus?«

Lydia thronte mit dem Mops auf der Couch und hatte die Füße auf einen Hocker gelegt. Theatralisch strich sie sich über die Stirn.

»Das ist völlig ausgeschlossen. Ich fühle mich nicht gut und muss ruhen. Sonst bekomme ich noch eine Migräneattacke.«

»Ich muss mich aber erst umziehen und wenigstens kurz durchatmen«, erwiderte Alex.

»Tja, wie du willst. Aber ich übernehme keine Garantie dafür, wie lange Amadeus sein Geschäft noch zurückhalten kann.«

Demonstrativ setzte Lydia den Mops auf den Boden. Dieser watschelte prompt auf Alex zu und blickte erwartungsvoll zu ihr hoch.

Das arme Tier konnte ja auch nichts dafür. Und einer weiteren Diskussion mit Lydia fühlte sich Alex heute nicht gewachsen. Wortlos erhob sie sich, ging in den Flur und holte die Leine.

Als sie vom Spaziergang zurückkam, hörte sie Lydia mit irgendjemandem reden. Hatte sie Besuch? Alex ergriff die Gelegenheit und schlich leise die Treppe hinauf, um sich ein wenig auszuruhen. Schnell legte sie ihre Kleidung ab, wusch sich Gesicht und Hände und schlüpfte in T-Shirt und Leggings. Doch kaum hatte sie sich auf dem Bett ausgestreckt, erscholl Lydias Stimme von unten.

»Alexandra, wo bleibst du denn? Komm schnell.«

Alex tat so, als hätte sie nichts gehört. Vielleicht würde Lydia ein einziges Mal ohne sie zurechtkommen. Alex schloss die Augen und begann mit autogenem Training. Sie hatte gerade ihre Atmung beruhigt und ihren ganzen Körper in eine angenehme Schwere versetzt, als sie wieder Lydias Stimme hörte – diesmal eine Oktave höher.

»Alexandra, nun komm doch endlich. Wie lange willst du Hubertus noch warten lassen?«

Alex sprang auf und rannte die Treppen hinunter. Kurz wurde ihr schwarz vor Augen, und sie musste sich am Geländer festhalten.

Hubert – endlich! Immer noch schwindelig, eilte sie unsicheren Schrittes ins Wohnzimmer.

»Mach es gut, Hubertus«, sagte Lydia gerade und schickte sich an, den Hörer aufzulegen.

»Nein«, schrie Alex, war mit zwei Sätzen an der Couch und entriss Lydia das Telefon.

»Hubert, bist du noch dran?«

Ihr Herz schlug wie wild. Es rauschte in der Leitung. Dann endlich die erlösende Stimme.

»Liebes, da bist du ja«, sagte Hubert. »Geht es dir gut?«

Erleichtert sank Alex auf den Sessel neben dem Telefontischchen. Jetzt erst nahm sie Lydia wieder wahr, die sie missbilligend ansah und vor sich hin murmelte: »Was für ein Benehmen.«

Alex wandte sich von ihr ab. Leider war die Telefonschnur nicht so lang, dass sie sich weiter von Lydias Stammplatz auf dem Sofa entfernen konnte.

»Hubert«, flüsterte sie, »wir haben uns so lange nicht gesprochen. Wann kommst du nach Hause?«

Die Verbindung war schlecht. Es rauschte, und im Hintergrund waren andere Stimmen zu hören.

»Mir geht es ausgezeichnet«, war Hubert zu vernehmen. »Und stell dir vor, Corinna und ich haben einen Anschlussauftrag in Uruguay angeboten bekommen. Eine einmalige Chance für uns!«

Alex erstarrte.

»Wie lange würde das denn dauern?«, brachte sie mühsam hervor.

»Schwer zu sagen, aber zwei Monate Minimum.«

Alex' Bauch krampfte sich schmerzhaft zu einem Klumpen zusammen. In ihrer Kehle brannte es.

»Aber … aber das halte ich nicht aus«, brachte sie mühsam hervor.

»Ich vermisse dich auch schrecklich, Alex. Aber es ist das erste Mal, dass wir einen Forschungsauftrag für Uruguay bekommen können. Und da wir schon hier unten sind, bietet es sich an, dass wir …«

Seine Stimme ging im lauten Knacken der Leitung unter.

»Hubert, bitte komm nach Hause«, rief Alex in den Hörer.

Keine Antwort.

Alex presste das Telefon noch fester ans Ohr und rief immer wieder Huberts Namen. Vergeblich. Nur noch Rauschen in der Leitung. Dann war die Verbindung tot.

Alex schluchzte laut auf und warf den Hörer einfach von sich.

»Wie kann man sich nur so gehenlassen«, ließ sich Lydia mit tadelnder Stimme vernehmen. »Ein bisschen mehr Contenance, wenn ich bitten darf. Und leg endlich den Hörer auf. Das Tuten macht mich ganz verrückt.«

Man kann nur etwas werden, das man noch nicht ist, dachte Alex wutentbrannt, während sie den Hörer aufhob und auf die Gabel knallte. Dann flüchtete sie aus dem Zimmer. Nur weg von Lydia. In deren Nähe hatte sie nicht genug Luft zum Atmen.

Sie riss die Haustür auf und lief ins Freie. Aber wohin nur?

Ihr Wagen stand noch vor der Garage. Schnell ging sie ins Haus zurück, holte die Schlüssel und stürzte zum Auto. Sie ließ den Motor aufheulen und brauste mit quietschenden Reifen davon.

Weg, nur weg von hier. Sie fuhr aus der Stadt hinaus und bog dann in einen schmalen Waldweg ein, bis dieser an einem Holzstoß endete.

Alex sprang aus dem Wagen, hämmerte mit den Fäusten auf das Holz ein und schrie aus Leibeskräften – bis Lunge und Hände schmerzten und sie erschöpft zusammensackte.

31

Am nächsten Morgen saß Alex kaum an ihrem Schreibtisch, als Gudrun hereinkam.

»Wie hast du dich denn heute gewandet? Ist wer gestorben?«

Gudruns schrilles Lachen ließ Alex zusammenzucken. Sie blickte an sich herab. Schwarze Bluse mit Nadelstreifen, schwarze Jacke, schwarze Hose. Tatsächlich, sie sah aus wie ein Trauerkloß. Aber fühlte sie sich nicht auch so? Egal.

Sie machte eine ungeduldige Handbewegung, um Gudrun zum Schweigen zu bringen.

»Ich bin gestern Abend noch mal bei Helene Windisch vorbeigefahren, die gerade in ein Taxi stieg, und bin ihr gefolgt. Stell dir vor, sie ist in einem ziemlich üblen Laden verschwunden und …«

»Alex auf Verfolgungsjagd. Das hätte ich gern gesehen«, warf Gudrun ein.

Alex schnitt eine Grimasse.

»Jedenfalls müssen wir uns darum kümmern, was es mit dieser Kneipe auf sich hat. Da liefen ein paar seltsame Typen rum. Außerdem waren da noch zwei äußerst merkwürdige Gestalten, die wohl hinter Helene Windisch her waren und denen ich möglicherweise in die Quere gekommen bin.«

»Was macht eine Frau wie Helene Windisch in solch einer Umgebung?«, fragte Gudrun.

»Ich tippe mal auf Drogen oder Glücksspiel«, sagte Alex.

Gudrun nickte. »Ja, wir sollten mit den beiden Dezernaten Kontakt aufnehmen. Aber warten wir ab, bis der Chef da ist. Der hat mich heute Früh schon angerufen, dass er später kommt. Er ist beim Zahnarzt.«

»Ach, darum bist du schon so früh hier. Er hat dich wohl geweckt.«

Gudrun zuckte die Achseln. »Dabei sind Felix und ich gestern so richtig versackt. Ich habe gerade mal vier Stunden Schlaf gekriegt.«

»Und war der Rechtsmediziner mit dem knackigen ...«

»Leider nicht«, Gudrun schüttelte bedauernd den Kopf, doch dann hellte sich ihr Gesicht schon wieder auf. »Aber andere Mütter haben ja auch hübsche Söhne.«

Brause kam über den Flur. Seine linke Wange war so dick geschwollen, dass sein Auge darüber noch schweinsäugiger aussah als sonst. Natürlich hielt er die obligatorische Tüte mit der Leberkässemmel in der Hand, brummte die Andeutung eines Grußes und ging in sein Büro.

Alex folgte ihm und sah, wie er die Tüte kraftlos auf seinen Schreibtisch warf. Sie platzte dennoch auf und verzierte den zuoberst liegenden Aktendeckel mit einem mittelgroßen Fettfleck.

»Mist! Was gibt's denn, Majestät? Kann man nicht mal in Ruhe leiden in diesem Laden?«

»Es hat sich bei der Obduktion herausgestellt, dass Stefan Windisch doch ermor...«, begann Alex, wurde aber sogleich unterbrochen.

»Weiß ich, weiß ich. Und?«

»Frau Windisch war bis gestern Abend nicht zu erreichen. Dann habe ich sie beobachtet, wie sie eine ausgesprochen miese Kneipe aufsuchte. Da stimmt irgendetwas nicht.

Ich würde mich gern mit dem Rauschgift- und dem Glücksspieldezernat in Verbindung setzen.«

»Mach das! Ruf den Manger und den Nowak an. Die wissen alles über miese Kneipen. Und lass mich in Ruhe!«

»Danke, Chef. Gute Besserung! Vielleicht eine Schmerztablette gefällig?«

»Hab ich schon eingeworfen. Wirkt aber noch nicht.« Brauses Brummen war kaum zu verstehen.

Behutsam schloss Alex die Tür und ging zu ihrem Schreibtisch zurück. Sie bat Gudrun, bei Nowak durchzuläuten, und rief selbst bei Manger an.

»Ja, der Rote Ochse ist hinlänglich bekannt«, meinte der Kollege vom Glücksspieldezernat. »Wahrscheinlich wird im Hinterzimmer illegal Black Jack gespielt und gepokert. Wir hatten letzte Woche eine Razzia, aber der Wirt muss gewarnt worden sein. Als wir kamen, spielten ein paar Leute Skat und grinsten dabei wie die Honigkuchenpferde. Wir konnten nur die Personalien aufnehmen. Dabei ist einigen das Grinsen zwar vergangen, dennoch mussten wir wieder abziehen und hatten nichts in der Hand.«

Alex bedankte sich bei dem auskunftsfreudigen Kollegen und informierte Gudrun darüber, dass es möglicherweise einen Zusammenhang mit illegalem Glücksspiel gab.

»Aber wie passt das alles mit dem Mord an ihrem Mann zusammen?«, fragte Gudrun. »Den Drogenfahndern ist der Rote Ochse übrigens kein Begriff.«

»Vielleicht passt da überhaupt nichts zusammen«, gab Alex zurück, »aber vielleicht eben doch. Wenn Eifersucht in diesem Mordfall keine Rolle spielt, dann möglicherweise Geld. Vielleicht hat Helene Windisch Spielschulden. Das würde zum Beispiel erklären, weshalb jemand sie verfolgt. Schließlich macht man Spielschulden nicht bei einer Kreditbank, sondern bei höchst privaten Geldhaien oder ähnlichen Ganoven.«

Gudrun nickte. »Und wie willst du dahinterkommen?«

Alex sprang auf. »Als Erstes werde ich Konteneinsicht beantragen, sowohl von Stefan Windischs Konten – das dürfte bei einem Verstorbenen kein Problem sein – und dann bei Helene Windisch – das könnte etwas schwieriger werden.«

»Allerdings«, stimmte Gudrun zu und wies mit dem Kuli in der Hand auf Brauses Büro. »Hoffentlich hat inzwischen die Schmerztablette gewirkt.«

Alex holte tief Luft und ging dann in die Höhle des zahnschmerzgepeinigten Löwen.

»Chef …«, setzte sie an.

»Mach, was du willst. Alles. Lass mich nur in Frieden«, jammerte Brause.

»Ich möchte Einsicht für die Konten der Eheleute Windisch beantragen.«

»Und wenn du die Monarchie wieder einführen willst – ist mir egal. Mach das mit dem Staatsanwalt ab. Ich geh jetzt nach Hause und bereite mich aufs Sterben vor.«

Gudrun, die alles mitgehört hatte, grinste. »Männer.«

Diesmal musste Alex nicht über das Öffnen von Hemdknöpfen nachdenken, ein Telefonat mit dem Staatsanwalt genügte.

»Ich habe gerade den Obduktionsbericht vor mir. Selbstverständlich muss das rasch geklärt werden. Der Ermordete war ja kein Unbekannter, ebenso wenig wie seine Frau. Morgen habe ich wahrscheinlich schon die Presse am Hals. Ich schicke Ihnen sofort ein Fax mit der Genehmigung für die Konteneinsicht. Das dürfte fürs Erste reichen.« Mit einem kurzen Gruß hatte er aufgelegt.

»Du, Gudrun, der Prinz hat schon den Obduktionsbericht. Warum wir eigentlich nicht?«

In diesem Augenblick kam Felix zur Tür herein und schwenkte ein Briefkuvert.

Hastig öffnete Alex den Umschlag. Gudrun sah ihr über die Schulter. »Das kennen wir alles schon, aber da!«

Sie begann laut zu lesen. »In Mundhöhle, Nasenlöchern und der Luftröhre befanden sich Textilfasern aus Kaschmir und Seide, Farbe Hellbeige …«

Alex hörte kaum noch zu. Sie lehnte sich in ihrem Stuhl zurück und stieß so heftig die Luft aus, dass Gudrun sie erstaunt anstarrte.

Kaschmir und Seide. Damit schied Elfie Ruhland aus der Reihe der Verdächtigen aus, denn das bestickte Kissen hatte nichts mit dem Tod von Stefan Windisch zu tun. Das war eindeutig aus Leinen.

Elfie runzelte die Stirn. Was Rüdiger heute sagte, gab ihr zu denken.

»*Empowerment* ist ein Handlungskonzept, das an den Stärken und Kompetenzen der Menschen zur Lebensbewältigung ansetzt, und zwar auch und gerade in Lebenslagen, die von persönlichen und sozialen Schwächen gekennzeichnet sind«, erklärte Rüdiger. »Es ist also eine Hilfe zur Selbsthilfe.«

Das war ein völlig neuer Ansatz. Elfies Gedanken überschlugen sich, während Rüdiger weiterredete.

»Nun wollen wir unsere bisherigen Erfahrungen mit *Empowerment* austauschen und über künftige Handlungsformen diskutieren«, schloss Rüdiger seinen Vortrag.

Niemand meldete sich zu Wort. Die meisten blickten zu Boden.

»Ich bin sicher, jeder von euch kann ein Beispiel nennen«, sagte Rüdiger. »Und ich sehe es Yvonne an, dass ihr schon etwas eingefallen ist.«

Yvonne lächelte verlegen. Noch vor ein paar Monaten wäre sie jetzt im Boden versunken. Doch durch Rüdigers Hilfe hatte sie sich ziemlich herausgemacht.

»Also, bei mir war es so, dass es mir total geholfen hat, wie wir im Kreis immer sagen, dass wir stark sind und so. Es einfach mal auszusprechen hilft mir. Dadurch fühle ich mich jetzt nicht mehr so schwach und hilflos – jedenfalls nicht immer«, sagte Yvonne und knetete mit beiden Händen ihr gelbes T-Shirt. Auch wenn ihr Gemüt inzwischen etwas sonniger geworden war, stand ihr Gelb immer noch nicht.

»Du, das war aber ein schönes Beispiel«, lobte Rüdiger mit sanfter Stimme. »In der Gruppe geben wir uns gegenseitig Kraft und bestärken uns in unseren Kompetenzen.«

Noch nie hatte Elfie Rüdigers Worte in Frage gestellt, doch heute hatte sie Probleme damit. Zögerlich hob sie ihre Hand.

Erfreut wandte sich Rüdiger ihr zu.

»Ja, Elfie. Nun du.«

»Schließt Hilfe zur Selbsthilfe denn eigenes aktives Tun aus?«, fragte sie.

Rüdiger sah sie erstaunt an.

»Aber das ist doch sehr aktiv, anderen zu helfen und sie zu ermutigen, ihre eigenen Stärken zu entdecken. Findest du nicht?«

Damit konnte sich Elfie nicht zufriedengeben.

»Ja, schon. Aber unsere Leitsätze sagen doch, wir sind für unsere Mitmenschen verantwortlich und befreien uns von allem Negativen. Da muss man doch auch mal selbst Hand anlegen.«

Rüdiger lachte glucksend.

»Unsere Elfie, leidenschaftlich und zupackend wie eh und je. Aber du darfst nicht alles so wörtlich nehmen. Wenn du für andere die Probleme aus dem Weg räumst, lernen sie doch nie, sich selbst zu behaupten. Du sollst sie nur begleiten und sie motivieren, ihre eigenen Ressourcen zur Problemlösung einzusetzen.«

Elfie war sprachlos. Wenn das stimmte, hatte sie Rüdiger all die Jahre völlig falsch verstanden. Sie konnte es nicht glauben und zeigte auf den Aufdruck auf ihrem burgunderroten T-Shirt.

»Und was genau bedeutet dann unser Mantra *Ich darf das*?«, fragte sie verunsichert.

»Das bedeutet, dass jeder das Recht hat, glücklich zu sein, sich wichtig zu nehmen und sich anderen gegenüber zu behaupten«, entgegnete Rüdiger.

Elfie nickte.

»Genau. Und dafür muss man andere manchmal … nun … in ihre Schranken weisen, oder?«

Rüdiger lächelte nachsichtig.

»Elfie, Elfie – immer so kämpferisch. Unsere Selbstbehauptung stößt natürlich dort an ihre Grenzen, wo wir den Lebensraum anderer beeinträchtigen. Das versteht sich doch von selbst.«

Elfie schluckte. Sie hatte sich durch Rüdiger bei ihren Projekten stets bestätigt gefühlt. Und nun das. Entweder hatte er seine Methode geändert – oder sie hatte ihn bisher immer missverstanden. Aber so deutlich wie heute hatte er sein Konzept auch noch nie erklärt.

Während die Diskussion in der Gruppe weiterlief, entspannte sich Elfie allmählich wieder. Denn sie verstand, dass sich offenbar doch wieder alles fügte – nur diesmal gab es eine neue Botschaft. Zuerst Ludwig, der ihr seine Unterstützung bei den Projekten aufkündigte. Und jetzt machte auch Rüdiger einen Rückzieher.

Das konnte nur eines bedeuten: Sie sollte ihre Aktivitäten einstellen. Die Zeichen waren eindeutig. Sie würde einen neuen Weg einschlagen.

Sie besah sich die Idee von allen Seiten und befand, dass sie sich gut anfühlte. Dann musste es die richtige Entscheidung sein.

Als sich zum Schluss der Sitzung alle die Hände reichten, genoss Elfie die überbordende Energie, die jetzt durch sie hindurchfloss. Das heutige Mantra *Ich bin frei* sprach sie voller Überzeugung mit.

32

Am Nachmittag machten sich Alex und Gudrun auf den Weg, die fraglichen Banken abzuklappern. Telefonisch würden sie nichts ausrichten, dafür war das Bankgeheimnis zu streng.

»Eigentlich könnten wir Felix auch noch mitnehmen«, überlegte Alex kurz. »Aber nein, nachdem der Chef heute zu Hause vor sich hin leidet, sollte Felix hier die Stellung halten. Ach, Gudrun, gleich kommt die Lehmann, um ihr Protokoll zu unterschreiben. Wie regeln wir das denn?«

»Ich werde Felix sagen, dass er der jungen Dame in seiner liebevollen Art noch einmal auf den Zahn fühlen soll. Vielleicht ist sie ihm gegenüber etwas mitteilsamer und heult nicht sofort wieder los.«

Alex nickte zustimmend. »Inzwischen müsste sie ja ihren Schreck überwunden haben. Und eigentlich denke ich, dass Jenny Lehmann kaum noch als Verdächtige in Frage kommt, nachdem das Kissen aus der Nummer raus ist. Ich glaube, der Schlüssel liegt bei Helene Windisch, in welcher Form auch immer. Na ja, glauben ist nicht wissen«, seufzte sie.

Nachdem Gudrun Felix instruiert hatte, kam sie wieder zur Tür herein.

»So nehme ich dich aber nicht mit, als Trauerkloß. Die denken ja, wir kämen vom Beerdigungsinstitut, du bist der Boss und ich die Leichenwäscherin. Hier«, sie kramte in ihrem Schreibtisch und zog triumphierend eine Plastiktüte hervor, »hab ich letztens gekauft. Zwei Tücher zum Preis von einem. Reine Seide oder fast reine Seide.«

Sie schlang Alex so geschickt ein pinkfarbenes Tuch um den Hals, dass die Nadelstreifenbluse nicht mehr zu sehen war.

Alex protestierte: »Das ist ja so knallig wie die Muleta, die beim Stierkampf geschwenkt wird.«

»Von mir aus muletafarben. Ich sag Pink dazu. Steht dir gut. So blass, wie du derzeit bist, verleiht es deinem Gesicht einen rosigen Schimmer. Felix, schau mal!«, rief sie ins andere Büro hinüber.

»Ist schon gut, wenn du meinst, dann eben Pink.« Alex stand hastig auf. »Lass uns endlich losfahren.«

Felix kam über den Flur. »Was gibt's denn?«

»Alex trägt ausnahmsweise mal Farbe!«, sagte Gudrun und grinste.

Verständnislos starrte Felix die beiden an. »Frauen«, murmelte er hinter ihnen her.

Zwei Stunden später kamen Alex und Gudrun zurück, bepackt mit Unterlagen und Kontoauszügen.

»Am besten ist, du schaust dir die Sachen von Stefan Windisch an und ich die von seiner Frau.« Alex teilte die Papiere auf. »Da scheint ja einiges im Argen zu liegen, wenn sich auch die Banker nur sehr zurückhaltend geäußert haben. Vorher versuche ich noch mal, Frau Windisch ans Telefon zu bekommen.«

Aber auch jetzt meldeten sich nur Anrufbeantworter und Mailbox. Alex versuchte es im Immobilienbüro.

»Ich weiß immer noch nicht, wo Frau Windisch ist.« Die Stimme der Sekretärin klang gereizt. »Es ist mir inzwischen auch egal. Ich habe zwei Monate kein Gehalt bekommen und kündige. Angeblich ist da mit der Bank etwas schiefgelaufen, aber das soll glauben, wer will. Ich schließe hier ab, werfe den Schlüssel in den Briefkasten, und das war's dann!«

Eine halbe Stunde später wusste Alex über Helene Windischs Finanzen Bescheid.

»Alle Konten sind bis zur Schmerzgrenze überzogen, sowohl privat als auch geschäftlich. Dauernd sind größere Summen abgehoben worden. Ich vermute mal, dass sie beim Glücksspiel so viel verloren hat.«

Sie überschlug im Kopf die Schulden, die aufgelaufen waren. Rund 50 000 Euro.

»Gudrun, Helene Windisch wird sowohl geschäftlich wie privat Insolvenz anmelden müssen.«

»Na ja, bei ihrem Mann sieht die Sache allerdings anders aus.« Gudrun raschelte mit den Papieren.

»Alle Konten gedeckt. Sieh dir das mal an: Bei einer Bank hat er seit Jahren jeden Monat dreitausend Euro eingezahlt. Außerdem hat er zahlreiche Aktienfonds und Wertpapiere. Alles in allem ergibt das fast zwei Millionen Euro.«

»Ein nettes Sümmchen.«

»Wie passt das bloß zusammen? Sie ist pleite, und er ist mehr als gut betucht. Die beiden haben ja wohl finanziell miteinander gar nichts am Hut«, spekulierte Gudrun.

»Komm, wir fahren noch einmal zu der Wohnung. Irgendwo muss diese Frau doch stecken. Nicht dass sie sich was angetan hat oder …«

»Oder was?«

»Ach, ich weiß nicht so recht. Ich habe alles in allem ein ungutes Gefühl. Lass uns einfach mal nachsehen, ob sie nicht vielleicht doch zu Hause ist.«

Im Auto berichtete Alex von ihrem letzten Besuch bei Helene Windisch, von der teuren Einrichtung, den Originalgemälden an den Wänden.

Sie klingelten bei einem der anderen Bewohner, um in den Hausflur zu gelangen.

»Gudrun, du fährst mit dem Aufzug bis zur vorletzten Etage. Bis ganz oben kommt man nur mit einem entsprechenden Schlüssel. Ich gehe zu Fuß, damit sie uns nicht etwa entwischt.«

Auf einem der Treppenabsätze lungerten die beiden düsteren Gestalten vom letzten Mal herum. Mit zwei Rottweilern. In Anbetracht der gefährlich aussehenden Hunde ging Alex schnell an den beiden vorbei, doch sie spürte ihre Blicke im Nacken, und ein Schauer durchlief sie. Etwas außer Atem kam sie im obersten Stockwerk an, wo Gudrun schon auf sie wartete.

Sie bedeutete Gudrun, leise zu sein, und erzählte ihr im Flüsterton von den Männern und den Rottweilern.

Dann klingelte sie, einmal, zweimal. Zunächst rührte sich nichts, doch dann vernahmen sie von drinnen ein leises Geräusch, so als ob jemand etwas über den Boden schleifte.

»Frau Windisch, öffnen Sie bitte! Öffnen Sie, Polizei!«

Nichts rührte sich mehr hinter der Tür, aber aus dem unteren Treppenhaus waren sich eilig entfernende Schritte zu vernehmen. Dann schlug die Haustür zu.

»Wir müssen uns Einlass verschaffen. Gudrun, ruf Verstärkung! Vor allem brauchen wir jemanden, der sich mit dem Öffnen von schweren Wohnungstüren auskennt.«

Gudrun nickte. »Da geht nix mit Dietrich, Draht oder Scheckkarte, da hilft nur rohe Gewalt.«

Sie telefonierte und zuckte dann die Achseln. »Es geht

nur mit einem Sondereinsatzkommando. Drei Leute werden gleich hier sein.«

Na, ob das nicht etwas heftig ist, dachte Alex im Stillen. Aber jetzt war es nicht mehr rückgängig zu machen.

Nach ein paar Minuten kam das Einsatzkommando. Bewaffnet, mit Helmen und schusssicheren Westen.

»Bitte alle einen Schritt zurück«, ordnete der Einsatzleiter an. »Es rumst gleich ein wenig.«

Mit einer Minisprengladung wurde die Tür aufgebrochen. Die drei Polizisten betraten die Wohnung zuerst.

»Bis jetzt ist niemand zu sehen.«

Alex und Gudrun gingen hinterher, mussten in der Diele an einer schweren Glasvitrine vorbei. Die hatte wohl jemand vor die Tür schieben wollen, war aber an der Schwere des Möbelstücks gescheitert.

»Kollegen, eine weibliche Person im Schlafzimmer.«

Alex und Gudrun folgten der Stimme. Sie gingen durchs Wohnzimmer, in dem sich einiges verändert hatte. Die Wände waren leer. Nur leichte Schattenumrisse zeugten davon, dass dort noch bis vor kurzem Bilder gehangen hatten.

Im Schlafzimmer auf dem Bett kauerte Helene Windisch. Von ihrer mondänen Erscheinung war nicht viel übrig geblieben. Ihr Haar war zerzaust, ihr graues Gesicht rotfleckig. Ihre Hände zitterten. Sie hatte offensichtlich getrunken.

»Sind die mit den Hunden weg?«, fragte sie kleinlaut.

Als Alex bejahte, setzte sie sich plötzlich gerade hin.

»Wer gibt Ihnen das Recht, meine Wohnung aufzubrechen?« Ein Hauch der alten Arroganz in ihrer Stimme. »Das ist Sachbeschädigung. Ich werde Sie auf Schadensersatz verklagen.«

Sie stand auf, schüttelte den Schal ab, den sie um sich geschlungen hatte.

Eine Pashminastola, registrierte Alex. Pashmina gleich Kaschmir mit Seide. Das wusste Alex, Hubert hatte ihr ein solches Tuch einmal aus Indonesien mitgebracht. Auch die Farbe passte. Hellbeige, wie es im Obduktionsbericht stand.

»Was ist das für ein Schal?«, fragte Alex.

»Was ist das für eine Frage?«, setzte Helene Windisch dagegen.

»Alles, was Sie jetzt sagen, kann gegen Sie verwendet werden«, sagte Alex automatisch.

Helene Windischs Züge verhärteten sich, ein unschöner Ausdruck entstellte das ehemals attraktive Gesicht. »Was wollen Sie damit andeuten? Was kann gegen mich verwendet werden?«

»Vielleicht stelle ich nur einfach einen Zusammenhang zwischen diesem Schal und dem Tod ihres Mannes her.«

»Und wie sollte so ein Zusammenhang möglich sein?«

»Sagen Sie es mir«, forderte Alex.

»Ich habe keine Ahnung, was Sie meinen.«

»Ihr Mann wurde erstickt.«

»Ja und?«

»Das scheint Sie nicht sonderlich zu überraschen.«

»Was wollen Sie überhaupt von mir?«

»Ich will, dass Sie mir die Wahrheit sagen. Was wissen Sie über den Tod Ihres Mannes? Und geben Sie mir bitte den Schal. Er muss kriminaltechnisch untersucht werden.«

Blitzschnell riss Helene Windisch die Stola vom Bett, trampelte mit den Füßen darauf herum.

»Machen Sie sich nicht lächerlich, Frau Windisch.« Alex schlug jetzt einen energischen Ton an. »Die Spurensicherung wird den Schal untersuchen. Und ich fürchte, die Textilfasern dieses Schals werden mit den Textilfasern in Nase und Mund Ihres Mannes übereinstimmen.«

Helene Windisch verfärbte sich, wurde erst blass, dann rot.

»Ja, ja, ja«, schrie sie plötzlich. »Ich habe ihm den Schal in den Mund gestopft, bis er still war, ganz still. Ich habe Schulden, Spielschulden, und schon alles Mögliche zu Geld gemacht – von meinem diamantenen Ehering bis zu dem Picasso, den ich von meinem Vater geerbt habe. Aber es reicht noch nicht. Selbst mein goldenes Feuerzeug war schon beim Pfandleiher, ich musste es erst auslösen, als Sie es haben wollten. Und ich weiß ja, dass Stefan Geld hatte. Aber er wollte mir keins geben. Er hat mich angegrinst, und dann war plötzlich der Schal in meinen Händen und auf seinem Gesicht, damit ich sein Grinsen nicht mehr sehen musste.«

Alex schluckte und sagte dann mit fester Stimme: »Frau Windisch, ich nehme Sie fest wegen der Tötung Ihres Mannes.«

»Könnt ihr Frau Windisch ins Kommissariat bringen?«, fragte sie die Kollegen, die sich im Hintergrund gehalten hatten.

»Klar, wir haben ja den großen Wagen dabei.« Zwei der Einsatzpolizisten nahmen Helene Windisch in die Mitte und führten sie Richtung Fahrstuhl.

»Eine Frage noch«, rief Alex hinterher. »Was haben Sie eigentlich gestern Abend im Roten Ochsen gewollt?«

Helene Windisch drehte sich nicht um. »Ich brauchte doch Geld, nachdem mir mein Mann keines geben wollte. Also habe ich meinen restlichen Schmuck aufs Spiel gesetzt. Und natürlich verloren.«

Ihre Stimme klang bitter. »Jetzt habe ich nur noch mehr

Schulden. Und der Gauner, bei dem ich sie habe, hat seine Schläger auf mich angesetzt. Deshalb musste ich mich verstecken.«

Alex nickte Gudrun zu. »Daher auch die Hunde, die können einem schon Angst machen.«

»Aber jetzt sind Sie ja in Sicherheit«, rief sie Helene Windisch nach, während sich die Aufzugtüren schlossen. Im Gegensatz zu ihrem Mann, den Alex nicht hatte beschützen können.

33

Zufrieden betrachtete Elfie ihr Werk. Das Grab und die Wege drum herum waren von jeglichem Unkraut befreit, welke Blätter und Blüten entfernt und die Erde aufgelockert. Jetzt hatte alles wieder seine Ordnung.

Langsam streifte Elfie ihre Gartenhandschuhe ab und klopfte sie an der Bank aus. Das Grün der Handschuhe stach ihr ins Auge. Warum hatte sie sich nur für diese Farbe entschieden? Die war doch viel zu schrill. Außerdem sahen die Handschuhe schon recht mitgenommen aus. Kein Wunder, so oft wie sie schon im Einsatz waren.

Entschlossen ging Elfie zum Abfalleimer und warf die Handschuhe hinein. Sie würde sich neue in einer passenderen Farbe zulegen. Diese hatten endgültig ausgedient.

Elfie setzte sich in die Sonne, schloss die Augen und genoss die wärmenden Strahlen. Plötzlich vernahm sie Motorengeräusch. Drei Totengräber tuckerten mit ihrem kleinen Bagger und einem Trecker mit Anhänger auf dem asphaltierten Hauptweg heran, wohl um ein neues Grab auszuheben. In Ludwigs Reihe hielten sie an.

Elfie hatte gesehen, dass schon seit längerer Zeit eine Stelle von Gras und Unkraut überwuchert war. Jetzt hoben die drei mit Ächzen und Stöhnen den alten Grabstein auf, ließen ihn auf die Ladefläche des Anhängers poltern und begannen dann mit dem Aushub. Irgendwann drehte sich der älteste der drei Männer um, sah Elfie auf ihrer Bank sitzen und winkte ihr zu. Elfie grüßte zurück.

Sie sah den Männern bei der Arbeit zu. Wie schnell doch heutzutage so eine Grube ausgeschachtet war. Als das Geräusch des Baggers verebbte, holte Elfie ihren *Ewigen Quell* aus der Tasche und lehnte sich mit einem wohligen Seufzer zurück.

Die Gedichte, die sie Ludwig heute vorlesen wollte, hatte sie schon markiert.

Sie begann mit Heine.

Die Welt ist so schön und der Himmel so blau.
Und die Lüfte, die wehen so lind und so lau.
Und die Blumen winken auf blühender Au,
Und funkeln und glitzern im Morgentau,
Und die Menschen jubeln, wohin ich schau …

Mitten in der *Götterdämmerung* von Marie von Ebner-Eschenbach hörte Elfie Schritte auf dem Kiesweg und hob den Kopf. Die Kommissarin kam auf sie zu, und Elfie musste unwillkürlich lächeln. Ein Gutes hatten die Ereignisse der letzten Monate – so unerfreulich sie auch waren – ja doch gehabt. Sie hatte Alex von Lichtenstein kennengelernt, die auf ihre Art für Ruhe und Ordnung sorgte. Elfie hatte sie vom ersten Moment an ins Herz geschlossen. Und jetzt stand einer Freundschaft nichts mehr im Wege.

»Hallo Frau Ruhland«, sagte Alex mit leiser Stimme und ließ sich neben Elfie auf die Bank fallen. Sie sah blass aus, ließ die Schultern hängen und starrte zu Ludwig hinüber.

»Hallo Alex, was ist denn mit Ihnen los?« Elfie drehte sich zu ihr, um sie besser betrachten zu können.

»Was mit mir los ist?« Alex lachte freudlos auf. »Ich habe eine Mörderin festgenommen.«

Elfie schlug erschrocken die Hände vor das Gesicht. Dann hatte also jemand anders nachgeholfen.

»Stellen Sie sich vor«, sprudelte es aus Alex heraus. »Frau Windisch hat ihren Mann umgebracht. Ich hätte das verhindern müssen. Ich hätte durchsetzen müssen, dass der Polizeischutz aufrechterhalten wird.«

So, so! Frau Windisch hatte also auch ihre Gründe gehabt.

Elfie rückte etwas näher und legte Alex behutsam eine Hand auf den Arm.

»Meine Liebe, das dürfen Sie sich nicht so zu Herzen nehmen. Es ist bestimmt nicht Ihre Schuld. Sie können doch nicht jedes Verbrechen verhindern.«

»Aber das ist meine Aufgabe. Schließlich bin ich Polizistin.«

»Und sicher eine gute. Das wird Ihnen jeder bestätigen.«

Alex schnaubte.

»Wer denn schon? Mein Freund ist seit Wochen in Brasilien und ruft ab und zu für ein paar Minuten an. Zu allem Überfluss hat er jetzt noch einen neuen Auftrag angenommen, der mindestens noch einmal zwei Monate dauert. Wann er zurückkommt, steht in den Sternen. Und seine Tante – die ist anscheinend nur auf der Welt, um mich zu schikanieren. Bei der Arbeit sieht es nicht viel besser aus. Mein Chef hackt ständig auf mir herum.«

Elfie juckte es förmlich in den Fingern. Da taten sich völlig neue Betätigungsfelder auf. Ihre ordnenden Hände waren offenbar sowohl bei der Polizei als auch in Familien dringend nötig. Vielleicht sollte sie nur ihren Wirkungskreis verändern.

Aber nein, schalt sie sich sofort und dachte an Rüdigers Worte. Keine Projekte dieser Art mehr. Damit war endgültig Schluss. Stattdessen Hilfe zur Selbsthilfe. *Empowerment.*

Sie wandte sich Alex zu.

»Es gibt immer wieder Phasen im Leben, wo die Dinge nicht so laufen, wie sie sollten. Glauben Sie mir, ich kann ein Lied davon singen. Aber Sie dürfen die Schuld nicht immer nur bei sich suchen. Sie können es nicht allen recht machen. Denken Sie auch mal an Ihre eigenen Bedürfnisse, und hören Sie mehr auf Ihre innere Stimme. Ich kenne Sie erst seit kurzem, aber schon gut genug, um verstanden zu haben, dass Sie ein wunderbarer Mensch sind.«

Für einen kurzen Moment wandte Alex sich Elfie zu. In ihren Augen flackerte ein Hoffnungsschimmer auf. Doch dann schüttelte sie den Kopf und blickte wieder starr geradeaus.

»Das ist lieb von Ihnen. Aber Sie wollen mich nur trösten. Und ein wunderbarer Mensch bin ich weiß Gott nicht.«

Sie verzog das Gesicht zu einem traurigen Grinsen.

»Dieser Fall hat mich so fertiggemacht, dass ich schon überall Gespenster gesehen habe. Sogar«, sie stockte einen Moment und starrte zu Boden, »sogar Sie habe ich schon verdächtigt.«

Elfie lächelte in sich hinein und tätschelte Alex' Arm.

»Ach, Kindchen«, sagte sie nur und fügte nach einer Weile hinzu: »Das macht doch gerade einen guten Polizisten aus, dass er in alle Richtungen ermittelt. Und dass Sie zu mir so aufrichtig sind, ehrt mich sehr.«

Ein paar Minuten lang war es still. Schweigend sahen Elfie und die Kommissarin den Totengräbern bei ihrer Arbeit zu. Auch da ging es ohne große Worte ab. Die Männer arbeiteten Hand in Hand. Sie verschalten das frisch ausgehobene Grab mit ein paar Holzbohlen, damit die Seitenwände nicht einstürzten. Einer von ihnen sprang in das mannstiefe Erdloch und warf mit der Schaufel ein paar Erdbrocken auf den entstandenen Hügel. Die beiden anderen klopften den Haufen in eine gleichmäßige Form. Sie reichten dem Mann in der Grube die Hand und halfen ihm aus dem Loch. Zu dritt zogen sie einige Matten Kunstrasen vom Anhänger, kleideten damit die Grube aus und bedeckten den Erdhügel.

»Das sieht alles so normal aus«, sagte die Kommissarin, »so …«

»So friedlich«, ergänzte Elfie, »friedlich und ordentlich. Und in ein paar Monaten sieht es dann so aus.«

Sie deutete auf Ludwigs Grab.

»Erzählen Sie mir von Ludwig«, sagte die Kommissarin.

Elfie zögerte, aber vielleicht war jetzt der richtige Moment gekommen.

Ja, das Grablicht flackerte. Elfie suchte nach den passenden Worten.

»Wir kannten uns von klein auf und waren einfach füreinander bestimmt – wie zwei Teile eines Ganzen. Wir brauchten keine Worte, um uns zu verstehen. Wir waren verlobt und wollten heiraten, sobald Ludwig seinen Doktor gemacht hatte. Er war ein begabter Physiker und ging völlig in der Forschung auf. Aber er war auch sehr sensibel, immer unsicher, ob er auf dem richtigen Weg war mit seiner Arbeit. Einige Kollegen am Lehrstuhl konnten ihn nicht leiden und beschimpften ihn als Streber, weil er ihnen von den Professoren ständig als leuchtendes Vorbild unter die Nase gerieben wurde. Einer der Doktoranden tat sich besonders hervor und schikanierte Ludwig, wo er nur konnte. Als er dann Ludwigs Forschungsergebnisse stahl und sie als seine ausgab – und sich niemand auf Ludwigs Seite schlug und ihm glaubte –, brach für ihn die Welt zusammen.«

Elfie musste sich einen Moment sammeln, bevor sie weitersprach. Auch nach so langer Zeit schmerzte die Erinnerung immer noch. Doch zugleich hatte es etwas Befreiendes, endlich mit jemandem über die Ereignisse von damals zu sprechen.

»Er war völlig außer sich, fühlte sich in allem, wofür er lebte, in Frage gestellt, in seiner Existenz bedroht. Und ich konnte ihm nicht helfen.«

Elfie musste schlucken, konnte die Tränen gerade noch zurückhalten.

»Ich war auf einem Lehrgang und den ganzen Tag telefonisch nicht zu erreichen. Abends kam dann der Anruf, dass er sich vom Dach des Physikalischen Instituts gestürzt hatte. Er war sofort tot.«

Jetzt hatten sich doch ein paar Tränen ihren Weg gebahnt. Elfie versuchte, sie wegzublinzeln, um wieder freien Blick auf Ludwig zu haben.

Dann spürte sie Alex' Hand auf ihrem Arm. Ohne sich zu ihr umzuwenden, legte Elfie ihre Hand auf die von Alex und drückte sie sanft. Eine Weile verharrten beide reglos. Dann lösten sie sich wieder voneinander.

»Das muss furchtbar für Sie gewesen sein«, sagte Alex mitfühlend.

»Ja, ich habe lange gebraucht, bis ich mein Leben wieder einigermaßen im Griff hatte. Seitdem reagiere ich allergisch auf jede Art von Ungerechtigkeit. Immer, wenn jemand schikaniert wird, muss ich an Ludwig denken. Deswegen habe ich es mir auch zur Aufgabe gemacht, für Ordnung zu sorgen. Denn das ist der erste Schritt zur Harmonie. Ich möchte einfach, dass sich alle wohl fühlen.«

Elfie spürte jetzt Alex' prüfenden Blick auf sich, wandte jedoch nicht den Kopf zu ihr, sondern sprach in Ludwigs Richtung weiter.

»Leider gibt es sehr viel Ungerechtigkeit auf der Welt. Aber man muss sich dagegen wehren. Wissen Sie, ich hatte auch mal einen Chef, der mich nicht leiden konnte.«

Jetzt drehte Elfie sich auf der Bank und sah Alex fest in die Augen.

»Nichts konnte ich ihm recht machen, ständig hat er mich vor der ganzen Abteilung bloßgestellt. Es war die Hölle.«

Mit Schaudern dachte Elfie an Werner Borchers zurück. Dabei fiel ihr auf, dass er eine gewisse Ähnlichkeit mit Windisch besessen hatte – der gleiche aalglatte Typ, der sich für unwiderstehlich hielt.

Als Alex sie erwartungsvoll anschaute, fuhr Elfie fort.

»Eines Abends nahm ich meinen ganzen Mut zusammen und wartete vor der Firma auf ihn, um ihn zur Rede zu stellen. Wir gerieten in Streit. Dann wollte er die Diskussion abbrechen, drehte sich abrupt um und lief direkt auf die Straße. Der arme Lkw-Fahrer konnte nicht mehr bremsen.«

Alex sah sie irgendwie irritiert an. Doch Elfie konzentrierte sich weiter auf ihre Erinnerungen.

Zunächst hatte sie in ihrem burgunderfarbenen Pulli völlig geschockt dagestanden. Doch dieses Gefühl war langsam einer grenzenlosen Erleichterung gewichen. Und als sie dann merkte, dass nicht nur sie, sondern die ganze Abteilung unter Borchers gelitten hatte und nun froh war, ihn los zu sein, wertete sie den Unfall als glückliche Fügung.

»Haben Sie sich schuldig gefühlt?«, wollte Alex wissen.

In ihrem Blick lag nun neben Mitgefühl auch ein gewisser Zweifel.

»Im ersten Moment war ich vollkommen verwirrt. Aber ich konnte ja nichts dafür, es war ein Unfall.«

Wie Alex nur auf die Idee kam, es könnte ihre Schuld gewesen sein? Es war doch seine eigene Schuld gewesen. So wie bei den anderen auch.

Laut fuhr sie fort: »Für mich war es aber wichtig, dass ich mich gewehrt und ihn noch zur Rede gestellt hatte, verstehen Sie?«

Alex nickte, und Elfie überlegte, wie lange es eigentlich von Borchers' Unfall bis zu ihrem ersten Projekt gedauert hatte. Waren es zwei oder eher drei Jahre gewesen? Und wie durch eine glückliche Fügung hatte sie dabei wieder den burgunderfarbenen Pulli getragen. Von da an war er ihr ein treuer Begleiter bei all ihren Projekten gewesen.

»Seitdem habe ich immer wieder erlebt, dass sich die Dinge plötzlich fügen – auf die eine oder andere Art«, sagte sie laut.

Für Harmonie zu sorgen, war ihr einfach zur zweiten Natur geworden.

»So wie bei der Sekuranz«, warf Alex ein.

Elfie gestattete sich ein kleines Lächeln. Ja, letztlich hatte sich auch hier alles gefügt. Aber es war ja nicht so einfach gewesen – wie etwa beim ersten Mal, als nur ein kleiner Schubser nötig war, den sie ganz unwillkürlich gemacht hatte. Auch bei den anderen Projekten hatten sich immer günstige Situationen ergeben – nur bei Windisch wollte es nicht gleich klappen. Aber nun hatte seine Frau das Projekt beendet. Elfie nahm sich vor, sie im Gefängnis zu besuchen.

Dann richtete sie ihre volle Aufmerksamkeit wieder auf Alex.

»Sehen Sie, meine Liebe, es geht nicht immer alles glatt im Leben. Aber stehen Sie auf, und kämpfen Sie. Lassen Sie sich nichts gefallen – weder von Ihrem Chef noch von Ihrer Tante. Ich weiß, dass Sie das können.«

Auf Alex' Gesicht erschien ein zaghaftes Lächeln. Ihre Schultern strafften sich. Mit Befriedigung registrierte Elfie diesen ersten Anflug von neuem Selbstbewusstsein. Vielleicht sollte sie in die Coachingbranche wechseln? Die Idee schien ihr durchaus reizvoll. Vielleicht wäre das der neue Weg, den die Zeichen ihr wiesen?

Alex erhob sich wortlos von der Bank, und auch Elfie stand auf. Alex zögerte einen Moment und umarmte Elfie dann unbeholfen.

»Es gibt für alle Probleme eine Lösung«, murmelte Elfie in Alex' Nacken.

Nach einer Weile trat Alex einen Schritt zurück.

»Nun muss ich aber los. Ich danke Ihnen, Frau Ruhland, für alles. Ich hoffe, wir sehen uns bald wieder.«

»Das hoffe ich auch, meine Liebe«, entgegnete Elfie aus vollem Herzen und winkte Alex nach, die mit energischen Schritten davonging.

Alex würde es aus eigenen Stücken schaffen, Elfie hatte da ein gutes Gefühl. Sie wandte sich dem Grab zu.

»Und Ludwig, was meinst du?«

Das Grablicht flackerte. Genau, sie konnte sich den Gedanken an neue Betätigungsfelder getrost wieder aus dem Kopf schlagen. Und wenn sie den Kontakt zur Kommissarin aufrechterhalten wollte, war es sowieso besser, sich künftig auch am Arbeitsplatz auf Lochen und Heften zu beschränken.

Und das war nicht der einzige Vorteil, wenn sie ihren Projekten abschwor.

Elfie wurde es warm ums Herz, als sie an Paul-Friedrich dachte. Bisher hatte sie sich ihm gegenüber stets reserviert verhalten – aus Angst, zu viel von sich preiszugeben, sich vielleicht sogar zu verraten. Das war nun nicht mehr nötig.

Gleich heute Abend würde sie ihm das Du anbieten.

Mit sich und der Welt im Reinen, blieb Elfie noch eine Zeitlang auf ihrer Bank sitzen, sah, wie die Totengräber Pause machten. Die drei saßen auf dem Kunstgras am Rande des neuen Grabes, ließen die Beine in die Tiefe baumeln. Der Älteste, mit dem sich Elfie schon ein paarmal unterhalten hatte, biss in ein Butterbrot und griff nach einer Cola-Flasche. Hatte er ihr nicht vor kurzem erzählt, dass er unter einem Magengeschwür litt?

Elfie verzog den Mund. Vielleicht sollte er besser Kamillentee trinken. Na ja, er wusste hoffentlich, was er tat. Zumindest fügte er nur sich selbst und sonst niemandem Schaden zu.

Elfie stand auf, nahm ihre Tasche und ging noch einmal zum Grab, um sich von Ludwig zu verabschieden. So oft wie bisher würde sie ihn jetzt nicht mehr besuchen kommen, sondern stattdessen mehr mit Paul-Friedrich unternehmen. Sie freute sich darauf.

Da krabbelte über die Inschrift auf dem Grabstein doch wieder eine dieser impertinenten Fliegen.

Elfie schnalzte missbilligend mit der Zunge und griff automatisch nach der Fliegenklatsche in ihrer Tasche. Doch bevor sie zuschlagen konnte, hatte die Fliege schon das Weite gesucht.

34

Am nächsten Morgen lief Alex beschwingt die Treppen im Polizeipräsidium hoch und stürmte ins Büro.

»Und was sagst du jetzt?«, fragte sie Gudrun statt einer Begrüßung.

»Steht dir super«, entgegnete Gudrun und musterte das Poloshirt, das Alex gerade bei einem Spontankauf erstanden und gleich anbehalten hatte.

»Hab ich doch schon immer gesagt, dass Pink deine Farbe ist – oder Muleta, wie wir Toreros sagen. Das lässt dich richtig aufblühen.«

Schnaufend kam Brause herein und pflanzte sich auf Gudruns Schreibtisch.

»Mädels, ihr seid spitze«, sagte er schlicht.

Alex und Gudrun sahen sich erstaunt an. Lob aus Brauses Mund – eine seltene Angelegenheit.

»Na, Chef, du stehst wohl noch unter Drogen, was?«, frotzelte Gudrun auch schon. »Aber wider Erwarten hast du deine Zahngeschichte ja überlebt.«

»Gott sei Dank ist der Zahn jetzt raus«, seufzte Brause. »Hat tierisch wehgetan. Der saß so fest, dass der Zahnarzt ihn nur mit der Brechstange rausgekriegt hat. Aber seitdem geht es wieder aufwärts.«

»So, so, mit der Brechstange.« Gudrun hielt mit ihrer Belustigung nicht hinter dem Berg.

»Jetzt erzähl uns doch mal, warum wir spitze sind. Davon können wir nämlich nicht genug kriegen.«

»Ihr habt den Fall Windisch sauber gelöst. Das war hervorragende Arbeit.«

Brause hievte sich vom Schreibtisch herunter, kam auf Alex zu und klopfte ihr auf die Schulter.

»Du hast was gut bei mir, Durchlaucht. Kannst ruhig öfter auf dein Bauchgefühl hören«, sagte er und grinste sie an.

»Danke, Chef«, erwiderte Alex und merkte, wie ihr die Röte ins Gesicht stieg. Endlich – Anerkennung von Brause! Das tat gut.

Doch etwas störte immer noch. Alex dachte an Elfies Worte: »Lassen Sie sich nichts gefallen!«

Jetzt war der richtige Moment gekommen.

Sie lächelte Brause an und sah ihm fest in die Augen.

»Übrigens heiße ich Alex. Und ich würde mich freuen, wenn du mich auch so nennen könntest. Lass dein Arsenal an Adelstiteln einfach stecken. Das nervt nämlich.«

Gudrun applaudierte.

»Echt, Chef, das hat sich Alex jetzt verdient.«

Brause sah verdutzt zwischen Alex und Gudrun hin und her. Der Mund stand ihm offen.

»Kann ich doch nicht wissen«, sagte er mit einem Anflug von Schuldbewusstsein. »Warum hast du das nicht gleich gesagt, Hoh …, äh, ich meine, äh, Alex?«

Alex zuckte die Achseln.

»Na, ist ja auch egal … Alex. Jedenfalls habt ihr heute frei, sobald der Schreibkram erledigt ist. Urlaubssperre ist auch aufgehoben. Ihr habt euch ein paar freie Tage redlich verdient. Und nichts für ungut … Alex.«

Mit diesen Worten stapfte Brause aus der Tür. Im Flur murmelte er weiter vor sich hin.

»Alex … Alex … Alex …«

Anscheinend musste er den Namen erst noch üben.

Als sie die Tür von Brauses Büro schlagen hörten, brachen Alex und Gudrun in lautes Gelächter aus.

Epilog

Das Adrenalin pumpte auf Hochtouren durch Alex' Körper. Sie hatte Mühe, sich auf den Verkehr zu konzentrieren.

Ihre Gedanken überschlugen sich, kehrten jedoch immer wieder zu demselben Schluss zurück.

Es gab für alle Probleme eine Lösung!

An der nächsten roten Ampel blickte sie in den Rückspiegel und lächelte sich zu. Das neue Poloshirt stand ihr wirklich gut.

Lauthals begann sie zu singen. Als sie in ihre Straße einbog, schmetterte sie ihre Lieblingsmelodie aus »Carmen«:

»Auf in den Kampf, Tore-e-e-ero …«

Schwungvoll nahm sie die letzte Kurve – da stand er am Ende der langen Auffahrt und grinste sie an.

Automatisch stieg Alex auf die Bremse, einen Moment lang zögerte sie.

»Es gibt für alle Probleme eine Lösung!«, sagte sie mit fester Stimme.

Dann trat sie das Gaspedal bis zum Anschlag durch.

Der Wagen schoss nach vorn.

Aus den Augenwinkeln bemerkte Alex eine Bewegung. Sie blickte zum Haus. Lydia stand am Fenster und riss vor Angst die Augen auf. Ihr Mund öffnete sich zu einem stummen Schrei.

Noch einmal zögerte Alex, nahm den Fuß vom Gas. Doch

dann – den Blick fest auf das Gesicht Lydias gerichtet – gab sie wieder Vollgas.

Der Motor heulte auf. Der Wagen machte einen Satz. Lydia schlug die Hände vor das Gesicht.

Alex lachte auf – und dann bremste sie. Bremste, dass die Reifen quietschten. Der Motor erstarb, und Alex stieg aus.

Amadeus saß direkt vor dem rechten Vorderreifen.

Lydia war vom Fenster verschwunden.

Die Haustür öffnete sich. Thea kam angelaufen.

»Na, komm, Fettgesicht, ich bring dich ins Haus. Kriegst sogar 'ne Praline von mir – auf den Schreck.«

Sie griff nach dem Hund und wuchtete ihn sich unter den Arm.

»Dem ist das Grinsen aber vergangen«, meinte sie und zwinkerte Alex zu. »Und der Gnädigsten auch. Sie packt schon die Koffer!«

Alex lächelte. Also auch dieses Problem gelöst!

Thea griff in ihre Schürzentasche und zog mit triumphierender Miene einen Umschlag heraus.

»Ein Telegramm. Aus Brasilien.«

Alex riss den Umschlag auf und las.

Liebes – habe Anschlussauftrag abgelehnt – schicke Corinna allein nach Uruguay – lass uns stattdessen Hochzeitsreise vorziehen – komm so schnell Du kannst – habe Karten für Teatro Amazonas: Die Macht des Schicksals – ich liebe Dich – Hubert.

Alex lachte, bis ihr die Tränen kamen.

Die Macht des Schicksals. Was auch sonst?

Dank

Die Autorinnen danken ihrer Agentin Susan Bindermann, die von Anfang an an die Geschichte geglaubt und sie konstruktiv begleitet hat, ihrer Lektorin Stefanie Werk für die kompetente und engagierte Unterstützung sowie dem gesamten Team des Aufbau Verlags für die herzliche Aufnahme und die Begeisterung für das Buch.